KATRIN ASKAN

AUS DEM SCHNEIDER

ROMAN

BERLIN VERLAG

Umschlaggestaltung:
Nina Rothfos und Patrick Gabler, Hamburg
Gesetzt aus der Aldus Roman durch psb, Berlin
Druck & Bindung:
Franz Spiegel Buch GmbH, Ulm
Printed in Germany 2000
ISBN 3-8270-0358-X

Gedruckt auf chlor- und säurefreiem Papier

In dreieinhalb Stunden werde ich gehen.

Vor dreieinhalb Stunden habe ich zu heizen begonnen. Weil ich nicht frieren will, wenn ich heute nacht hierher zurückkehren muß. Ich möchte nicht frieren wie in den letzten zehn Tagen. Nachdem ich den Brief erhalten hatte, ließ ich das Haus auskühlen. Am Thermometer im Korridor überprüfte ich, sooft ich daran vorbeikam, ob die blaue Säule wieder ein Stück gefallen war. Zu frieren erschien mir notwendig, um mich innerlich von allem zu lösen, und es bereitete auf das Kommende vor.

Aber wenn ich zurückkehren muß, hätte das Frieren keinen Sinn mehr, es würde das Gefühl, gescheitert zu sein, nur noch verstärken. Also habe ich vor einigen Stunden zu heizen begonnen. Ein Blick auf das Thermometer bestätigt, daß sich die Luft rasch erwärmt. Die Rohre, die zu den Heizkörpern im gesamten Haus führen, dehnen sich und reiben an den Dielen, die hin und wieder laut knacken.

In dreieinhalb Stunden werde ich gehen.

Dreieinhalb Stunden, die meine letzten sein könnten. Vater weist in seinem Brief ausdrücklich darauf hin. Es bräuchte nur ein anderes Fahrzeug auf den Golf aufzufahren. Dann hätte ich, im Kofferraum, kaum eine Chance.

Wahrscheinlicher ist, daß ich am Grenzübergang entdeckt werde. Für diesen Fall rät Vater, nicht wegzulaufen. Weil es sein könnte, daß einer der Soldaten schießt. Lieber solle ich mich einsperren lassen, ich müsse damit rechnen, ins Gefängnis zu kommen, dann werde er alles dafür tun, daß ich so schnell wie möglich freigekauft würde.

Vielleicht schießen sie auch, ohne daß ich weglaufe. Junge Wachsoldaten, die gerade die Grundausbildung hinter sich haben, sie sind ebenso nervös wie dienstbeflissen.

Dreieinhalb Stunden noch. In denen keine Sachen zu packen sind, weil ich nichts mitnehmen kann. Und selbst wenn ich einen Koffer mitnehmen könnte, wüßte ich nicht, was ich auswählen sollte. Photos vielleicht, die Briefe und Tagebuchnotizen, die nach der Hausdurchsuchung noch da sind. Die ich noch nicht verbrannt habe, um sie vor fremden Augen zu schützen.

Die Heizung rauscht, das Wasser in den Rohren scheint bald zu sieden. Wenn ich nichts unternehme, wird es im oberen Stockwerk aus dem Überlauf quellen, was jedesmal Dreck und Gestank verursacht.

Ich gehe in den Keller, vom Flur aus führt eine Treppe hinunter. Die Decke ist schräg und niedrig, an einigen Stellen fehlt Putz, zerknickte Strohhalme hängen aus den Löchern und streifen meinen Kopf. Unweigerlich muß ich immer hier, auf der Kellertreppe, an Großvater denken. Ich stelle mir vor, wie er als junger Mann dieses Haus baute. Vater erzählte oft, wie penibel Hilding in handwerklichen Dingen war. Von denen er nicht sehr viel Ahnung hatte, und in die er sich dennoch von niemandem reinreden ließ.

Das Licht im Kohlenkeller funktioniert nicht. Über der Tür hängt zwar eine Glühbirne, aber ich kann mich nicht entsinnen, daß sie je brannte. Doch ich weiß auch im Dunkeln, wo der Kohleberg endet, in den ich nun, knapp über dem Boden, die Metallkippe stoße, zweimal, dreimal, ich spüre am Gewicht, ob der Behälter gut gefüllt ist, einige Kohlestücke prasseln hinunter, als ich ihn, an einem Bein abgestützt, zu tragen beginne.

Der Ofen steht am Eingang zur Waschküche. Sein eiserner Körper gleicht einem kleinen Haus, von einer dicken Schicht Glaswolle umhüllt, die einmal weiß war, inzwischen aber dunkelgrau ist. Sein leises Fiepen beweist, daß er die Luft in gewaltigen Zügen ansaugt, er klingt wie ein Langstreckenläufer kurz vor dem Ziel. Als ich die obere Klappe öffne, schlägt mir Hitze entgegen, die Kohlen sind noch nicht ganz zerfallen, sie sehen rund und weich aus, wie blühende Rosen. Ihre Farbe verändert sich ständig, mal sind sie dunkelrot, im nächsten Moment gelb, dann wieder blau, fast schwarz. Ich nehme Vaters Brief aus der Hosentasche, falte ihn auseinander und lasse ihn in die Flammen gleiten. Das Blatt mit seiner zittrigen Handschrift krümmt sich, rollt sich zusammen, es wird immer dunkler und dünner, die ersten Zeilen, »Westberlin, den 21.10.1986«

und »Liebe Judith!«, scheinen noch einmal auf, bevor das Papier zwischen den Rosen zerfällt. Erst jetzt schütte ich die neue Ladung Kohlen durch das schmale Ofenloch. Einige Stücke fallen daneben, ich sammle sie auf und werfe sie hinterher. Für einige Minuten werde ich nun die Aschetür aufsperren, damit die Glut nicht erstickt.

Ich hocke mich vor den Ofen und betrachte meine Hände in dem roten Schein, der durch die offene Klappe fällt. Das Licht flackert, es ist mal stärker, mal schwächer, je nachdem, wie der Wind in den Schornstein fährt. Meine Hände wirken größer als sonst, sie leuchten orange, die Nägel und Falten schimmern hellgrau und blau. Hin und wieder knallt es im Ofen leise, das ist der verbrennende Grus, den ich mit den Kohlen ins Feuer geschüttet habe. Manchmal springen Glutstücke aus der unteren Tür und zerplatzen in der Luft. Solange die Glut springt, kann ich die Asche nicht herausnehmen, obwohl der Kasten fast voll ist.

Früher habe ich einmal gesehen, wie sich Mutter beim Herausnehmen der Asche die Hände verbrannte. An diesem Tag waren wir lange durch die Stadt gelaufen, um ihre Nylonstrümpfe reparieren zu lassen. Doch überall schüttelten die Frauen hinter den Ladentischen die Köpfe; die Laufmaschen waren zu groß, um sie mit den glitzernden Häkelhaken zusammenzuziehen. Mutter warf die Strümpfe in den Ofen. Kurz darauf leerte sie mit einer kleinen Schippe das Ascheloch. Und schrie auf. Das flüssige Nylon war ihr auf die Hände getropft.

Am einfachsten wäre, alles zu verbrennen. Nicht nur Vaters Brief, den ich auswendig kann. Das Westberliner Kennzeichen des roten Golf ist in meinem Gedächtnis gespeichert, ebenso die Uhrzeit, zu der ich heute nacht an der Raststätte der Transitautobahn sein soll.

Dieser Gedanke beruhigt: alles zu vernichten. Wie die vielen anderen Dinge, zumeist persönliche Aufzeichnungen, die ich bereits in den Ofen geworfen habe, nachdem Vater vor gut einem halben Jahr von einer Besuchsreise nach Westberlin nicht zurückgekehrt war. Am besten wäre, nichts zu hinterlassen. Keine Beweisstücke, keine Wertgegenstände, die sich jemand aneignen könnte. Wäre ich sicher, nie wieder einen Fuß in dieses Haus zu setzen, würde ich es anzünden. Aber ich muß damit rechnen, heute nacht zurückzukehren. Es ist möglich, daß ich den roten Golf verpasse. Oder der Fahrer bekommt Angst und bedeutet mir, daß ich nicht einsteigen soll. In diesem Fall werde er an dem vereinbarten Treffpunkt die Windschutzscheibe putzen, stand in Vaters Brief. Es kann sein, daß ich dieses Leben hier fortführen muß.

Der Ofen hat wieder zu fiepen begonnen. Ich schlage die Aschetür zu, schiebe den rostigen Riegel davor, löse auch die Kette der Luftklappe, bis sie dicht abschließt, ich entziehe dem Feuer Sauerstoff, damit es mäßiger brennt und das Wasser in den Rohren etwas abkühlen kann.

Als ich mich aufrichte, wird mir ein wenig schwindlig, ich halte mich am Türrahmen fest.

Mein Blick fällt auf den braun emaillierten Waschkessel, der unterhalb des Kellerfensters auf einem Eisenrost steht. Margarete, meine Großmutter, hat früher darin gewaschen. Einmal verbrühte sich Vater dabei, er kann höchstens zwei Jahre alt gewesen sein, als kochendes Wasser die Haut an seinem Bein löste und oberhalb des Knies eine bleibende Tasche hinterließ, in die ein Fünfmarkstück paßt. Als Kind fand ich das ungeheuer praktisch.

Der Ofen knackt leise und strahlt Wärme ab.

Die Waschküchentür bleibt für gewöhnlich immer offen. Jetzt drehe ich sie in den quietschenden Angeln herum. Die dicken Bretter sind lückenlos aneinandergeschraubt, während sie innen unbeschadet wirken, haben sie außen zahlreiche Dellen und Einkerbungen. Am Schloß wirkt das Holz regelrecht ausgefranst. Als im Frühjahr '45 die Russen in Berlin einmarschierten, sollen sich in unserer Waschküche etwa zwanzig Menschen verbarrikadiert haben. Die Soldaten stießen ihre Gewehrkolben gegen die Tür und hieben mit Messern auf sie ein. Sie hielt stand. Schließlich wurde verhandelt: Die Eingeschlossenen konnten unbehelligt abziehen, die Russen besetzten das Haus. Angeblich richteten sie hier für eine Weile ihre Hauptkommandantur ein.

Auf dem Weg zur Treppe komme ich an der Vorratskammer vorbei. Ein Regal füllt den Raum halb aus. Zwischen vielen leeren Einweckgläsern entdecke ich einige volle. Pfirsiche oder Birnen, sie sind halb zerfallen und grau.

Gerade schwer erhältliche Nahrungsmittel wurden bei uns, in Erwartung eines wirklich lohnenden Anlasses, immer so lange aufgespart, daß sie nicht selten darüber verdarben.

In der Ecke, neben dem Regal, liegen Vaters dunkelgraues Ölzeug und sein Motorradhelm: eine bleiche, verschrammte Nußschale mit schwarzen Streifen. Ein Photo fällt mir ein, das ich eine Zeitlang ständig bei mir getragen habe, darauf sitzt Vater, damals nicht viel älter als ich jetzt, stolz auf seiner neuerworbenen Maschine. Eine gebrauchte EMW, 350 Kubik; sie soll einer BMW haargenau geglichen haben, nur, daß sie nicht in Bayern, sondern im ehemaligen Tochterwerk in Eisenach hergestellt worden war.

Ich schließe die Vorratskammer und steige wieder nach oben, gehe ins Bad. An meinen Händen klebt Ruß, die Seife und das Waschbecken färben sich dunkelgrau. So ausgiebig ich meine Finger auch bürste: unter den Nägeln und in den Falten bleibt Schmutz zurück. Richtig sauber wird die Haut erst wieder im Frühling. Vielleicht brauche ich aber morgen schon nicht mehr zu heizen.

In die Badewanne ist eine Spinne gefallen, ein Weberknecht. Ich greife nach der Dusche, will sie in die Kanalisation spülen. Dann aber lege ich den Schlauch vorsichtig neben die Spinne. Wenn es ihr gelingt, daran herauszukrabbeln, überlebt sie vielleicht.

In der Küche setze ich mich, ohne Licht anzuschalten, ans Fenster. Die Nachbarn gegenüber sehen fern, sie haben noch einen Schwarzweißapparat, ich erkenne es am Schein, der aus ihrem Wohnzimmer fällt.

In der Dunkelheit am Küchenfenster sitzen und warten. Daß die Zeit vergeht, vielleicht läuft jemand vorbei, führt seinen Hund aus, die Straßenlaternen betrachten, die milchig scheinen, also ist die Luft feucht und kühl.

Hoffentlich läßt mich mein Motorrad nicht im Stich. Ich habe es in den letzten Wochen nur selten benutzt. Als ich es heute vormittag in der Garage ausprobierte, startete der Motor sofort. Es muß auch nachher anspringen, ich wüßte nicht, wie ich sonst zur Raststätte kommen sollte.

Ich lege meine Füße auf den Heizkörper. An den Hacken, wo die Strümpfe sehr dünn sind, ist die Hitze unerträglich; ich muß die Beine immer wieder anheben.

Wie viele Stunden habe ich an diesem Fenster gewartet. Als Kind weigerte ich mich eine Weile, das Gartentor aus den Augen zu lassen. Selbst zum Schlafen wollte ich hierbleiben, fest davon überzeugt, daß Mutter bald zurückkehren werde. Weil sie bisher immer zurückgekehrt war, von all ihren Aufenthalten im Krankenhaus und selbst von den Reisen in den Westen, wohin sie in den letzten anderthalb Jahren vor ihrem Tod als Invalidin mit Rentenpaß hatte fahren dürfen.

An der Heizung wird es zu warm, ich stehe auf und gehe ins Schlafzimmer, ein kühler Raum mit hochglanzpolierten Holzmöbeln. Über dem Ehebett das Hochzeitsbild der Eltern vom Frühsommer '61. Die Flitterwochen wollten sie in Italien verbringen, sie hatten die Reise auch wegen des Mauerbaus geplant, der sich schon eine Weile vorher erahnen ließ, so erzählte es Vater. Und daß sie dann doch nicht fuhren, weil Mutter im letzten Moment Bedenken bekam.

Die Dosen und Schatullen auf dem Schminktisch sind noch so angeordnet, wie sie von ihr vor zwölf Jahren zurückgelassen wurden. Auf dem schweren Flacon aus geschliffenem Glas steckt ein umhäkelter Gummiball. Wenn ich ihn früher zusammendrückte, verströmte er einen Hauch von Mutter. Inzwischen ist das Parfüm längst verflogen.

Auf dem Nachttisch ein Photo von Vaters Bruder. Er ist am dreizehnten August '61 nach Westberlin geflohen.

Mutter konnte sich angeblich selbst nie verzeihen, um welche Gelegenheit sie sich, ihren Mann und schließlich auch uns, Ruth und mich, gebracht hat. Vater meint, sie sei darüber krank geworden. Ihre zunehmende Gebrechlichkeit hätte ihre Schuldgefühle noch verstärkt.

Ich gehe durch den Korridor ins Treppenhaus, steige die Stufen hoch in den ersten Stock, auf das Linoleum blikkend, dessen teilweise abgetretenes Muster so vertraut ist, daß ich es nur selten bewußt wahrnehme.

Nur selten wird mir bewußt, wie vertraut mir dieses Haus ist, sein Geruch und seine Geräusche, die knarrenden Dielen, das arbeitende Holz, wenn sich das Wetter und damit die Luftfeuchtigkeit ändert.

Es gibt nur einen einzigen Ort, vor dem mir graut: den Dachboden. Vom oberen Treppenabsatz aus führt eine schmale Stiege zur Eingangsluke hoch. Dort soll sich, noch vor dem Krieg, Vaters Tante erhängt haben.

Neben der Stiege befindet sich der Eingang zur oberen Wohnung, zwei Zimmer, die Ruth und mir gehören. Als ich die Tür öffne, nehme ich sofort den beißenden Geruch wahr, im Badezimmer bestätigt sich mein Verdacht: Die Heizung hatte tatsächlich gekocht. Unter dem Überlauf, am Spiegel und im Waschbecken, entdecke ich braune Tropfen, sogar an die Wand ist das brodelnde Wasser gespritzt. Jetzt spielt es auch keine Rolle mehr, denke ich. Das Bad ist nach Vaters Hausumbau immer eine Baustelle geblieben. Die Wände sind nicht verputzt, auf dem Fußboden kleben Mörtelreste, die Dusche hat nie funktioniert.

Die Tür zum Zimmer meiner Schwester ist angelehnt.

Als Ruth vor einigen Jahren wegen ihres Studiums wegzog, hat sie kaum etwas mitgenommen, alles ist noch so, als lebte sie hier.

Mir fällt es schwerer, ihre Sachen zurückzulassen als meine eigenen. Wahrscheinlich, weil sie sich von ihnen nicht hat verabschieden können. Vor einigen Wochen wurde Ruth verhaftet.

Ihr Zimmer war für mich immer eine ganz eigene Welt, in der sie sich mir häufig entzog. Weder Vater noch ich teilten ihre Lesegier, drei Regale, mit Büchern vollgestopft, jetzt bereue ich, kaum eines davon zu kennen.

Ruth war achtzehn, als sie zum ersten Mal mit einer Freundin im Sommer nach Ungarn fuhr. Als sie zurückkehrte, wirkte sie verändert. Noch heute sehe ich sie neben ihrem Rucksack an der Tür lehnen, braungebrannt und ein fremdes Lächeln auf den Lippen. Hier, in diesem Land, sagte sie, werde sie bestimmt nicht sterben.

Daß sie in den Westen wollte, schockierte mich nicht. Aber ich hatte Angst vor ihrer Entschlossenheit, davor, ohne sie zurückbleiben zu müssen.

Doch ihr Entschluß schien zu verblassen wie eine Urlaubserinnerung. Nach der Schulzeit wartete sie zwei Jahre lang auf ihren Studienplatz. Es schien ihr nichts auszumachen, im Krankenhaus zu arbeiten. Wie oft habe ich damals ihre leidige Parole gehört: »Bleib im Land und wehr dich täglich!«, mit einem moralischen Unterton, den sie immer bestritt.

Auf ihrem Bett liegen noch das Laken, das Kissen und die Decke, die sie bei ihrem letzten Besuch benutzt hat. Seit ich von ihrer Verhaftung weiß, habe ich darin geschlafen, ihren Schlafanzug an mich gepreßt. Ich konnte die Sachen nicht waschen, obwohl ich mir Ruths Geruch wahrscheinlich nur noch einbildete.

Unweigerlich stelle ich mir nun vor, ein Fremder läge bald in diesem Bett, befühlte ihren Schlafanzug. Ich trage ihn nach nebenan, in mein Zimmer. Und nun?

In die Geheimkammer könnte ich ihn werfen, die Vater schon vor Jahren hinter der holzgetäfelten Wand neben meinem Bett gebaut hat. Dort versteckte ich, nachdem er in Westberlin geblieben war, auch seine persönlichen Dokumente und Dinge, die ihm einmal viel bedeutet haben. Bei der Hausdurchsuchung blieb die Kammer unentdeckt.

Doch wenn ich heute nacht nicht zurückkehren sollte, wird das Haus aufs neue durchsucht werden; es ist nur eine Frage der Zeit, wann sie das Versteck finden.

Ich könnte Ruths Schlafanzug natürlich auch unterziehen, bevor ich losgehe. Aber wenn sie mich fassen, erhalten ihn doch diejenigen, an die ich ihn keinesfalls ausliefern will.

Wahrscheinlich werde ich gefaßt. Und eingesperrt wie meine Schwester. Mindestens zwei Jahre, so hat Vater geschrieben. Ob Ruth auch bereit ist, sich freikaufen zu lassen?

Verbrennen, sagt eine innere Stimme, den Schlafanzug in den Ofen werfen.

Aber wenn ich heute nacht zurückkehren muß, würde ich ihn vermissen. Kaum zu lösen, das Problem: vernichten zu wollen, woran mir besonders viel liegt, und doch keine Gewähr zu haben, daß dieser Abschied nicht verfrüht ist.

Ich lege mich auf mein Bett, schiebe Ruths Schlafanzug in den Nacken und betrachte die holzgetäfelte Decke. Vater hat sie vor einigen Jahren angebracht, ohne Hilfe hat er die obere Etage für Ruth und mich ausgebaut. Sobald er aus dem Betrieb nach Hause kam, an den Wochenenden schon morgens, begann er zu sägen, zu hämmern, zu bohren. In dieser Zeit lebte er völlig zurückgezogen, auch mit uns sprach er kaum.

Auf dem Stereogerät neben meinem Bett liegt eine Schallplatte. Vorsichtig setze ich die Nadel in die Spur. Pink Floyd, »Wish You Were Here«, eine unter dem Ladentisch verkaufte Amiga-Produktion.

Oft habe ich diese Musik nicht ertragen. Weil sie in mir Sehnsucht weckt. Nach keiner bestimmten Person. Sondern nach einer, die ich selber sein könnte. Die ich sein werde. »Wish You Were Here.« Ich weiß, daß ich die, die ich sein möchte, nur an einem anderen Ort, unter anderen Bedingungen sein kann. Und daß ich mich vielleicht einmal zurücksehnen werde nach der, die ich hier war, in diesem Haus.

Häufig habe ich mir beweisen müssen, jederzeit aus allem aussteigen zu können. Es reichte schon, die Schule zu schwänzen, manchmal blieb ich tagelang weg, meistens kam ich nur ein, zwei Stunden zu spät. Das war eine der wenigen Freiheiten, die mir überhaupt möglich schien.

Der Direktor bestellte mich zu einer sogenannten Aussprache, dort erklärte ich mein häufiges Fehlen mit »Unwohlsein«. Genau das hatte ich morgens, an den bevorstehenden Unterricht denkend, ja auch empfunden. Schließlich wurde Vater in die Schule zitiert. Danach entschuldigte er, sooft ich ihn darum bat, meine Fehlzeiten schriftlich. Mit »Unwohlsein«. Er hat nie nachgefragt.

Ich drehe die Platte um und stehe auf, lösche das Licht und trete ans Fenster.

Undurchdringlich wirkt die Dunkelheit draußen, es ist neblig und nieselt vielleicht, die Straßenlaternen schwimmen in milchigem Licht.

Hoffentlich friert es nicht. Dann käme ich mit dem Motorrad nie ans Ziel.

Die Nachbarn gegenüber sehen noch fern.

Vielleicht werde ich ihnen nie wieder begegnen, nie wieder hierher zurückkehren, dieses Haus nie wieder betreten, niemals mehr aus diesem Fenster schauen, mein Zimmer nicht wiedersehen und meine Freunde nicht, denen ich mein Vorhaben verheimlichen mußte. Ich habe von ihnen Abschied genommen, ohne sie es spüren zu lassen. Es ist mir leichter gefallen, als ich gehofft hatte.

»Wish You Were Here« klingt aus, und mir fällt ein, Ruths Schlafanzug in eine Tüte zu packen und beim Weggehen in die Mülltonne vor dem Haus zu werfen. Sollte ich zurückkehren, kann ich ihn wieder herausnehmen. Ansonsten wird ihn die Müllabfuhr holen.

Das Telephon läutet. Unten, im Korridor, ich laufe hinunter, springe die letzten Stufen. Und halte inne vor dem Apparat. Es klingelt noch einmal, zweimal, ich warte, es klingelt erneut, unwillkürlich greift meine Hand nach dem Hörer, fährt im nächsten Augenblick hoch an mein Ohr, wer könnte das sein, Vater, vielleicht will er mich warnen, soll ich heute nacht nicht fliehen, es klingelt, und meine

Hand greift wieder zum Hörer, wahrscheinlich ist es eine Freundin, die sich mit mir fürs Wochenende verabreden will. Ich schließe die Augen, hoffe darauf, daß mich mein Gefühl nicht verlassen hat, das Gefühl, daß es kein wichtiger Anruf ist. Meine Hand streichelt den Hörer. Das Klingeln hört auf. Mein Herz rast. Ich muß lachen.

Wie ich dastehe. Ruths Schlafanzug zwischen meine Knie geklemmt.

Ich lege ihn neben die Haustür, damit ich ihn später nicht vergesse, und gehe ins Wohnzimmer.

Im Winter ist es hier kühler als in den übrigen Räumen, im Sommer wärmer. Das Zimmer liegt ungeschützt, Vater hat es, genau wie die Terrasse, nachträglich angebaut.

Besonders gern lehne ich mich an den hohen Heizkörper neben der Glastür, die nach draußen führt, ich schaue auf die Lichter der nahen Hochhaussiedlung und genieße die Wärme in meinem Rücken.

Daß ich hier geboren wurde, ist im Grunde Großvaters Schuld. Nachdem er Margarete geheiratet hatte, suchte er in Berlin ein Grundstück. Zwei habe er in die engere Wahl gezogen, hat er uns früher immer wieder erzählt. Und wie er, am entscheidenden Tag, erst nach Britz fahren wollte, um sich dort das Bauland anzuschauen. Aber die Straßenbahn in den Südwesten sei ihm vor der Nase weggefahren, auf die nächste hätte er eine halbe Stunde warten müssen, also habe er sich auf den Weg in das östliche Stadtviertel gemacht, ins sogenannte Drei-Seen-Gebiet. Er hat den

Vertrag dann sofort unterschrieben. Margarete war bereits schwanger, sie sollte zu Hause entbinden, er mußte also unverzüglich mit dem Bau des Hauses beginnen.

Neben dem Heizkörper war früher ein Fenster zum Garten hin. Später hat Vater hier das Wohnzimmer angebaut. Dabei entdeckte er zwischen den Steinen, direkt unterhalb des Fensters, eine sorgsam verpackte Zeitung vom Tag seiner Geburt. Hilding hatte sie dort eingemauert, er war damals gerade mit dem Rohbau fertig. Bevor Vater das Fenster mit Gipsplatten verschloß, legte er die Zeitung wieder an ihren Platz und außerdem eine aktuelle dazu. Ich habe sie nie gesehen, weiß aber, daß sie vom Tag meiner Geburt ist.

Es reicht, mit einem Finger gegen die Wand zu tippen, um am veränderten Ton zu hören, wo früher das Fenster war. Irgendwo dort, in einem Hohlraum der Wand, liegen zwei Zeitungen. Eine von 1936 und eine von 1966.

❖

Hilding hält sie in der Hand. Er rollt die Zeitung, schlägt sie mehrmals gegen sein Bein, dann gegen einen Stuhl. Er legt sie auf den Tisch. Nimmt sie wieder, blättert. Aus dem Nebenzimmer Schreie. Er stürzt zur Tür, verharrt davor, blickt auf seine Uhr. Erneut rollt er die Zeitung zusammen und schlägt sie gegen sein Bein, wirft sie schließlich auf den Tisch und steckt sich eine Zigarette an.

Wieder ein Schrei aus dem Nebenzimmer.

Hilding klopft mit der Faust gegen die Tür. Sie öffnet sich prompt, eine Frau mit weißer Haube bittet nachdrücklich um Ruhe.

Er pustet den Rauch an ihr vorbei, ins Zimmer, zu den beiden anderen Frauen. Die eine liegt im Bett, die andere steht daneben.

– Mach, Margarete! Es ist schon halb neun!

Die Frau mit der Haube schiebt ihn energisch zurück.

– Ungeduld kann Ihre Frau jetzt überhaupt nicht brauchen, sagt sie. Und Zigarettenqualm erst recht nicht!

– Aber sie liegt doch schon seit heute morgen, jammert er. Ida, sag deiner Schwester, daß sie sich beeilen soll!

– Du wolltest doch unbedingt, daß Margarete zu Hause entbindet, antwortet die Frau neben dem Bett. Wie sich das für eine deutsche Mutter gehört, nicht wahr? Jetzt halt dich gefälligst zurück!

– Wie redest du mit mir? Das sind ja ganz neue Töne! Na, darüber unterhalten wir uns später! Hauptsache, sie schafft es heute noch!

Die Hebamme will die Tür zudrücken. Doch nun ist von drinnen Margaretes erstickte Stimme zu hören: Die Pistole! Bitte! Gib mir deine Pistole!

Hilding greift sich an die hintere Hosentasche. Sie ist leer. Vor einigen Stunden bereits hat er seine Uniform gegen die Baukleidung gewechselt, um noch die letzten Steine in die Hauswand auf der Gartenseite zu setzen. Nur einen kleinen Hohlraum unterhalb des Fensters ließ er bislang offen. Der Mörtel, mit dem er das Loch zumauern wollte, ist inzwischen hart und unbrauchbar.

– Deine Pistole!, ruft Margarete. Ich halte es nicht mehr aus …

Die Hebamme versucht vergeblich, Hilding von der Türschwelle zu schieben.

– Tun Sie Ihrer Frau den Gefallen und lassen Sie sie in Ruhe!

– Aber sie muß unbedingt noch heute entbinden, ruft er verzweifelt. Und an der Hebamme vorbei ins Zimmer: Streng dich an, Margarete! Und du, Ida, hilf deiner Schwester gefälligst!

Den Rest der Zigarette bläst er hinterher.

– Jetzt reicht es!, findet die Frau mit der Haube und stößt ihn in die Küche zurück.

– Margarete, ruft er noch einmal, denk an die Kindersachen!

– Herrgott! Ihre Frau hat jetzt andere Sorgen!

Die Hebamme schließt die Tür.

Hilding nimmt die Zeitung, er rollt sie und schlägt sie gegen sein Bein. Dann wirft er sie auf den Tisch, setzt sich, greift nach einem Stift und einer neuen Zigarette.

– Zeitgeschmack ist … MODE. Richtung mit vier Buchstaben? Richtung mit vier … – Erst mal quer: Befreier mit sechs Buchstaben. – Das ist klar!

Hohe Schreie aus dem Zimmer nebenan. Hilding läßt den Stift fallen und stürzt zur Tür.

– Hast du's geschafft, Margarete?

Die Hebamme steckt kurz ihren Kopf heraus, sie klingt resigniert.

– Wenn Sie nicht endlich Ruhe geben, muß ich Sie bitten, Ihr eigenes Haus zu verlassen! Begreifen Sie denn nicht, daß das Leben Ihrer Frau am seidenen Faden hängt?

Hilding kratzt sich am Ohr. Er schleicht zurück zum Tisch, greift erneut nach der Zeitung. Natürlich könnte er sie auch jetzt schon einmauern. Dann hätte er wenigstens etwas zu tun. Das ist doch das Beste im Leben: Zeichen zu setzen. Ein Familienhaus bauen. Einen Walnußbaum pflanzen. Einen Sohn zeugen. Der am Geburtstag des Führers zur Welt kommt. Abergläubisch ist er, im Gegensatz zu seiner Frau, nicht. Aber ihm drängt sich, unweigerlich, immer wieder der Gedanke auf, sie könnte die Geburt nicht überstehen. Oder das Kind stirbt oder hat einen Schaden. Für diesen Fall würde er die Zeitung natürlich nicht einmauern. Ein solches Zeichen will er nicht.

Hilding hat seine Armbanduhr auf den Tisch gelegt. Es ist kurz nach Mitternacht. In Unterhemd und Arbeitshose sitzt er vor einer Flasche Schnaps, die Hosenträger hängen an den Seiten, und sein Haar steht in alle Richtungen ab. Die Zigarettenschachtel ist leer. Er wirft noch einen Blick auf die Uhr, nimmt dann die Zeitung und reißt sie mittendurch. Sie war ohnehin schon abgegriffen, denkt er, und das Datum stimmt nicht mehr. Er zerfetzt das Papier in kleine Schnipsel, immer kleiner, so klein, bis aus dem Nebenzimmer ein markerschütternder Schrei dringt. Hilding springt auf, an die Tür.

Jetzt! Das Wimmern eines Säuglings! Er greift nach seiner Uhr, starrt ungläubig darauf, geht in die Knie und verbirgt sein Gesicht im Ellenbogen.

– Zwölf Minuten zu spät, Margarete!

Ida reißt die Tür auf.

– Herrgott! Hab ich's mir doch gedacht! Die arme Margarete: Zwillinge!

Hilding hebt den Kopf.

– Ein Junge?

– Der erste ja. Was nachkommt, weiß ich nicht, die Hebamme sagt, sie fühlt noch einen Schädel, Herrgott, die arme Margarete!

Sie wendet sich ins Zimmer und schließt die Tür.

– Ein Junge!

Hilding legt die Hände vor sein Gesicht.

– Zwölf Minuten zu spät!

Jetzt blickt er auf.

– Zwillinge? Hat sie Zwillinge gesagt?

Er erhebt sich schwerfällig, nimmt die Flasche vom Tisch und trinkt.

Margarete schreit nicht mehr, aber Hilding hört sie stöhnen.

Wieder öffnet Ida die Tür, ihr Gesicht ist feuerrot.

– Lieber Gott!, sagt sie atemlos. Es ist noch eins drin! Was hast du meiner Schwester angetan? – Auch das zweite ein Junge. Aber das dritte …

Hilding winkt ab.

– Ist egal, flüstert er.

Im Morgengrauen zwei krähende Hähne, mit hohen, zerbrechlichen Stimmen. Ihre kleinen Fäuste boxen in die Luft. Hilding hält sie beide, einen links und einen rechts. Einer hätte ihm gereicht, zumal er jetzt keine Hand mehr frei hat, um sich die Tränen abzuwischen. Das ist ihm unangenehm, vor allem vor der Hebamme und seiner Schwägerin. Margarete scheint ohnehin nichts zu merken, ihre Augen sind geschlossen, der Kopf ist zur Seite gekippt, das lange schwarze Haar klebt auf ihrem Gesicht, eine Strähne hängt ihr in den Mund. Aber auch die beiden anderen Frauen kümmern sich um Hildings Regungen nicht, weder um seine Rührung noch um seinen Stolz. Sie sind mit dem dritten Kind beschäftigt. Es ist viel kleiner als die anderen beiden und grau. Tot ist es zur Welt gekommen.

– Sie werden die Geburt um einige Minuten vordatieren?, fragt Hilding die Hebamme, nachdem das Schlafzimmer wieder sauber und aufgeräumt ist.

Sie hat sich ans Bett gesetzt und füllt Papiere aus, die auf ihren Knien zittern.

– Wenigstens die Geburt des ersten. Kurz vor zwölf würde ja reichen …

– Der erste wurde aber zwölf Minuten nach Mitternacht geboren, antwortet sie. Die weiße Haube sitzt wieder akkurat auf dem gescheitelten Haar.

– Aber Ihnen kann es doch egal sein, findet Hilding. Und uns würde es helfen!

– Alle drei zusammen hatten fünfzehn Pfund, sagt die Hebamme halblaut und schreibt.

– Fünfzehn Pfund?, fragt Ida ungläubig.

– Fünfzehn Pfund!, wiederholt Hilding. Er betrachtet die Säuglinge.

– Das Vordatieren des ersten um fünfzehn Minuten wäre mir ein Pfund Bohnenkaffee wert, erklärt er und schaut zu Ida, die den Kopf abwendet, dann zu Margarete, die nicht reagiert, vermutlich ist sie eingeschlafen.

Die Hebamme beugt sich wieder über ihre Arbeit und behauptet, nicht mit sich handeln zu lassen.

– Außerdem, fügt sie hinzu, müßten Sie dann den ersten Sohn auch Adolf nennen. Denn nur Jungen, die seinen Namen tragen und am selben Tag geboren sind wie er, erhalten Kindersachen kostenlos.

– Ich weiß!, entgegnet Hilding. Der erste soll ja auch so heißen.

– Und Ihre Frau ist damit einverstanden?

– Natürlich! Wir haben das ja abgesprochen! Sie wollte auch einen Adolf. Am selben Tag geboren wie er!

Margarete stöhnt.

Die Hebamme ordnet Formulare.

– Ihretwegen werde ich nicht schwindeln, sagt sie schließlich. Also müssen Sie auch keinen Ihrer Söhne Adolf nennen.

– Sie sind vielleicht dickköpfig!, stellt Hilding fest. Aber daß Sie's nur wissen: Ich werde ihn trotzdem Adolf nennen! Auf die Kindersachen verzichten wir eben, das schaffen wir auch alleine!

– Überlegen Sie es sich noch mal. Ich muß die Namen ja nicht gleich eintragen. Sie können das später beim Amt erledigen. Reden Sie mit Ihrer Frau …

– Nichts da!

Sein Arm fährt heftig durch die Luft, die beiden Säuglinge schreien. Hilding steckt seine Zeigefinger in die Ohren.

– Der erste soll Adolf heißen!, ruft er. Basta!

Margarete stöhnt lauter.

– Welcher war denn der erste?, überlegt Hilding, mehr für sich. Er betrachtet die Söhne.

Die Hebamme ordnet ihre Unterlagen, Ida beruhigt die Kinder, Margarete blinzelt durch die Augenlider.

– Welcher war denn der erste?, wiederholt er. Der große dicke oder der kleine?

Die Frauen schweigen.

Hilding blickt zur Tür. Auf dem Fußboden liegt das in blutige Tücher geschlagene Bündel.

– Margarete, sagt er leise und geht einen Schritt auf das Bett zu. Du wolltest doch auch einen Adolf?

Sie schüttelt den Kopf.

Er zieht die Schultern hoch, seufzt und zeigt auf die Hebamme.

– Wenn die da es sowieso nicht vordatiert, ist es ja auch egal ... Aber wie wäre es mit Arnulf? Oder Rudolf. Oder Alfons. Oder, noch besser, Arnold.

Margarete nickt.

Hilding fragt wieder nach dem Erstgeborenen, und nun weisen die Hebamme und Ida auf den kleineren.

Er kratzt sich am Kopf. Der größere wäre ihm lieber gewesen, aber nun gut, soll der kleine eben Arnold heißen und der andere Rudolf.

– Und den dritten, beschließt Hilding, wobei er sich noch einmal nach dem Bündel umdreht, den dritten nennen wir Winfried. Weil er so winzig und so friedlich ist.

❖

Gestern abend stand Christian unerwartet vor der Tür. Genau vierundzwanzig Stunden vor meiner Flucht, eine Zeit, die ich eigentlich allein in diesem Haus hatte verbringen wollen.

Verlegen erklärte er, weshalb er sich nicht, wie gewöhnlich, vorher habe ankündigen können. Kurzfristig war ihm mitgeteilt worden, daß er an diesem Wochenende von seinem Dienst bei der Armee beurlaubt wurde. Er durfte nach Hause, fuhr aber nicht zu seinen Eltern, sondern zu mir. Vom Bahnhof aus hatte er anzurufen versucht, angeblich funktionierte aber kein einziges Telephon.

So stand er vor mir: mit geröteten Wangen, sein kurzgeschorenes Haar regennaß wie die Uniform, die modrig roch. Zu jedem anderen Zeitpunkt hätte mich das abgestoßen, gestern aber empfand ich den Geruch fast als angenehm. Es war die Gewißheit damit verbunden: zum letzten Mal.

Dabei ist es überhaupt nicht gewiß. Was mit Christian und mir werden soll. Ob wir uns nicht morgen schon wiedersehen, wenn ich heute nacht zurückkehren muß.

Die Kälte im Haus fand Christian bedenklich. Ich hätte wegen Ruth nicht geheizt, behauptete ich, und nun machte er mir Mut, bat eindringlich, mich nicht hängen zu lassen, so würde ich meiner Schwester erst recht nicht helfen. Er jedenfalls wäre immer für mich da, was auch geschehe.

– Und deine Eltern?, fragte ich.

Christian zuckte mit den Schultern.

Sein Vater, ein hoher Parteifunktionär, hatte ihm verboten, mich zu sehen. Er fürchtete wohl, daß sein Sohn mit einer Freundin, deren Vater nach einer Besuchsreise in Westberlin geblieben und deren Schwester inhaftiert worden war, sein Berufsziel nicht erreichen würde. Christian wollte erst Unteroffizier werden und danach Jura studieren.

Und er wollte mich heiraten. Obwohl mein Vater im Westen und meine Schwester im Gefängnis war, er wollte mich heiraten. Den Entschluß hatte er bereits während unserer Schulzeit gefaßt und sich nicht davon abbringen lassen. Trotz unserer verschiedenen Einstellungen zu diesem Staat.

Ich durfte ihm nicht einmal andeuten, daß dieser Konflikt, in dem er sich seit langem befand, in vierundzwanzig Stunden entschieden sein konnte. Daß ich morgen vielleicht tot oder im Gefängnis oder im Westen sein würde.

Wir tranken Tee. Christian, in seiner regennassen Uniform, zitterte.

Ich durfte ihm nicht sagen, daß es mir leid tat, ihn zu enttäuschen. Ihm etwas Wichtiges zu verheimlichen, etwas, das unser beider Leben veränderte, weil auch er sicher Probleme bekam, wenn ich fort war.

Ich hatte wegen Ruth nicht geheizt. Dabei blieb es. Wir froren, weil sie im Gefängnis saß und es wahrscheinlich kalt hatte.

Angekleidet legten wir uns in mein Bett. Christian in seiner feuchten Uniform, die Uniform der Grenzschützer, das fand ich absurd, weil mich in der kommenden Nacht, zur gleichen Zeit, Soldaten in der gleichen Uniform am Transitübergang nach Westberlin, in Dreilinden, aus dem Kofferraum des roten Golf holen konnten.

Wir legten uns ins Bett, weil das Haus kalt war und auch der Tee nicht wärmte, wir dachten an Ruth, deretwegen ich nicht geheizt hatte. Dabei blieb es, Christian wollte mich heiraten, und nun zitterten wir beide, vor Erwartung oder Angst. Sein Vater hatte ihm den Kontakt mit mir verboten.

Es war nicht das erste Mal, daß Christian meine Brüste berührte, aber es war das erste Mal, daß wir miteinander zu schlafen versuchten. Wir hatten es immer wieder aufgeschoben und dafür sicher verschiedene Gründe, über die wir nie sprachen: Ich wollte ihm das damit verbundene Versprechen nie geben, und er wollte mir vermutlich beweisen, daß er warten konnte, daß er bereit war, mir die Zeit zu lassen, die ich zu brauchen vorgab.

Gestern nacht ließ ich zu, daß er mir den Pullover abstreifte, meine Hose öffnete und seine Hand hineinschob. Ich befreite ihn von seiner Uniform, bis er kein Grenzsoldat mehr war, nur dieser Geruch haftete noch an ihm, und ich versuchte, mich ihm hinzugeben, doch noch bevor er in mich dringen konnte, war es für ihn vorbei.

Christian schämte sich. Mir war es recht, doch das behielt ich für mich. Daß ein Geschenk ein Geschenk blieb, auch wenn der Beschenkte es zerschlug, absichtslos und bitterlich bereuend.

Beim nächsten Mal klappe es bestimmt besser, versprach er, und ich sagte nicht, daß es dieses nächste Mal wahrscheinlich nie geben werde.

Wir redeten nicht darüber. Sondern über Ruth. Wir stellten uns vor, wie sie in ihrer Zelle hockte und fror, dabei sahen wir uns nicht an. Aus Scham oder Verwirrung, weil die Distanz, die wir über Jahre hinweg zueinander gehalten hatten, zusammengebrochen war.

Beinahe hätte ich mich verraten. »Morgen flüchte ich«, es fehlte nicht viel, und ich hätte mich ihm anvertraut.

❖

– Ida, wettert Hilding, du bist die goldene Taschenuhr, die ich für dich eingetauscht habe, nicht wert!

Sie beißt die Zähne aufeinander, während er ihr den Jungen vom Arm zerrt. Die Lider des Kindes sind halb geschlossen, es wirkt benommen; der Arzt hat ihm ein Beruhigungsmittel verabreicht. Arnolds verweintes Gesicht verzieht sich schmerzhaft, als sein Vater ihn auf seinen Schoß hebt. Ida läßt die Hand ihres Neffen nicht los.

– Was seid ihr nur für Weibsbilder!, zischt Hilding. Kopfschüttelnd betrachtet er den dicken Verband, der von Arnolds Fuß bis zum Oberschenkel reicht.

– Da seid ihr nun schon zu zweit, und dann passiert das! Ihr habt in der Waschküche wohl geschlafen?

– Der Rudi hatte gerade ein Stück Kohle im Mund, verteidigt sich Ida kleinlaut. Und als Margarete und ich versuchten, daß er es ausspuckt, muß der Arno an den Waschkessel sein und … Alles ging so schnell. Plötzlich hat er geschrien, seine Hose dampfte, das ganze heiße Wasser, und seine Augen, entsetzlich, mein Gott …

– Ihr seid zu nichts nutze, ihr Weiber!, unterbricht Hilding seine Schwägerin barsch. Selbst wenn das Bein noch mal heilt, bleibt der Junge für sein Leben gezeichnet!

Er schlingt beide Arme um seinen Sohn, der laut aufweint.

– Unfähig, sich um zwei Zweijährige zu kümmern! Und unfähig zu waschen wahrscheinlich auch!

Ida schweigt. Ihr Daumen streichelt Arnolds Hand, die sich um ihre klammert, sein Kopf ist gegen die Brust seines Vaters gekippt.

– Du bist die Golduhr wirklich nicht wert!, wiederholt Hilding.

– Du hast sie doch nur Margaretes wegen hergegeben.

– Aber für dich hätte ich es nicht tun sollen. Es hätte mir egal sein sollen, was aus dir wird.

– Fang doch nicht wieder damit an, bittet sie. Nicht vor den Kindern.

❖

Vor drei Tagen habe ich erfahren, wo Ruth inhaftiert ist. Vier Wochen lang hatte ich mich vergeblich bemüht, es herauszubekommen. Vier Wochen, in denen ich kaum erwarten konnte, sie zu besuchen, ich malte mir aus, wie das wäre, wenn sie mich endlich zu ihr ließen, was ich ihr mitbringen und was ich ihr sagen würde. Ich versuchte sie mir vorzustellen wie Häftlinge aus Filmen: abgemagert und in

Sträflingskleidung, ihr dunkles Haar kurzgeschoren. Dann sah ich mich ihr gegenübersitzen, in einem bewachten Raum, in den wir, für eine kurze Besuchszeit, geführt worden waren. Mehr konnte ich mir nicht ausdenken. Weil ich nicht wußte, ob es möglich sein würde, daß wir uns berührten, ob ich ihre Hand halten oder Ruth umarmen durfte.

Wahrscheinlich werde ich es nie erfahren. Als mir endlich mitgeteilt wurde, wo sie inhaftiert ist, blieben mir nur noch drei Tage. Ich habe gar nicht erst versucht, eine Besuchsgenehmigung zu erhalten. Ich befürchtete, Ruth in Gefahr zu bringen, falls ich das Geheimnis vor ihr nicht hätte bewahren können: daß Vater von Westberlin aus eine Fluchtmöglichkeit für mich organisiert hatte, die unmittelbar bevorstand. Sicher hätte sie es mir angemerkt, wir kennen einander so gut, daß selbst ein veränderter Tonfall oder eine Geste, gewollt oder ungewollt, der anderen Botschaften vermitteln kann.

Ich vertraue Ruth. Aber ich traute mir selber nicht, mein Vorhaben vor ihr geheimhalten zu können. Daß sie nichts weiß, wird sie bei künftigen Vernehmungen schützen, und dieser Schutz mußte mir wichtiger sein als das Verlangen, sie noch einmal zu treffen. Ein letztes Treffen für lange Zeit. Für immer vielleicht.

Ich wollte Ruth einen Brief schreiben. Da sie ihn erst erhalten würde, wenn meine Flucht geglückt oder aber gescheitert war, spielte es keine Rolle, ob er versteckte Hinweise auf meinen Plan enthielt, ich mußte nur darauf achten, daß der Brief, wegen der Zensur im Gefängnis, belanglos blieb.

Ich überlegte, was ich ihr schreiben könnte. Vom Fenster meines Zimmers aus schaute ich, über die Nachbargrundstücke hinweg, auf die Laternen und den Wachturm der nahen Untersuchungshaftanstalt. Als Kind habe ich mir manchmal vorgestellt, wie es wäre, hinter den mit Stacheldraht gesäumten Mauern zu leben. Es zog Ruth und mich immer wieder zu dem bewachten Gelände, im Sommer auf Rollschuhen und im Winter mit dem Schlitten. Obwohl wir es natürlich nie betreten haben, glaubte ich, mich darin gut auszukennen. Ich bildete mir ein, in diesem Gefängnis zu leben, wenn wir davor spielten.

Nun ist sie eingesperrt, und ich bin in drei Tagen vielleicht frei.

Vielleicht hätte ich Ruth davon schreiben sollen: Daß es uns früher immer zu diesem Gelände hingezogen hat, zu dem schmalen Weg vor allem, der zwischen der Gefängnismauer und einer angrenzenden Fabrik verlief; wir haben nie erfahren, was darin hergestellt wurde, sahen nie Arbeiter hinein- oder herausgehen, es schien überhaupt keinen Eingang zu dieser Fabrik zu geben, aus der, zu jeder Tageszeit, das Schlagen auf Metall dröhnte. Der Pfad zwischen der Fabrik und der Gefängnismauer war einige hundert Meter lang und kaum zwei Meter breit. Im Sommer wurde er von wilden Pflanzen eingeengt, Sträucher und Büsche, die uns um einiges überragten, häufig versteckten wir uns darin, vergaßen die Zeit, betört vom Geruch von Wermut und Goldregen.

Vielleicht hätte ich Ruth von diesem Geruch schreiben sollen. Den wir vielleicht beide mit unserer Kindheit verbinden, wir haben nie darüber geredet, ob wir damals dasselbe empfanden.

Vater sah es nicht gern, wenn wir dort spielten, er warnte uns, dieser Weg sei unübersichtlich und deshalb gefährlich. Über das Gefängnis sprachen wir nie. Aber so lange ich zurückdenken kann, habe ich gewußt, daß dort keine Verbrecher eingesperrt waren. Sondern Politische. Habe ich, als Kind, jemals nachgefragt, was sie getan hatten?

Ruth ist eine Politische. Sie wurde wegen Staatshetze verurteilt.

Ob wir dasselbe empfanden, auf diesem schmalen Weg, auf dem wir unsere Rollschuhe abschnallen mußten, weil er zu sandig und zu steinig war, und den wir nur flüsternd gingen, bis wir an die Gleise gelangten. Die Gleise kamen aus einem Tor in der Gefängnismauer.

Vater hat erzählt, daß sich auf diesem Gelände früher ein Güterbahnhof befand. Kurz nach dem Krieg, er war zehn oder elf, wurde er dort beim Klauen erwischt und beinahe erschossen.

Manchmal wanderten Ruth und ich die Gleise entlang. Wir wollten wissen, wohin sie führten.

Ob es meiner vier Jahre älteren Schwester die gleiche Mühe bereitet hat, auf den Schwellen zu gehen, die für mich viel zu weit auseinanderlagen? Und welche Mühe würde es uns heute kosten, jetzt, wo der Abstand für unsere Schritte viel zu kurz ist.

Vielleicht hätte ich davon schreiben sollen.

Aber die Gewißheit, mit Ruth nie wieder auf den Gleisen zu gehen, diesen Weg zwischen der Gefängnis- und der Fabrikmauer entlang, zwischen wuchernden Pflanzen, wo wir uns flüsternd vor Brennesseln warnten, sie machte es mir unmöglich, auch nur eine Zeile zu schreiben. Was mit mir geschieht, wird Ruth früher oder später erfahren. Und nicht daran zweifeln, was uns verbindet, unser Vertrauen zueinander hält das alles aus.

❖

Sie preßt sich die Faust auf den Mund. Sie wirft den Kopf in den Nacken, ihre Augen sind leer.

Hilding umfaßt ihre Schultern.

So stehen sie eine Weile, beide in langen Nachthemden. Margaretes schwarzes Haar ist gelöst. Schließlich versucht er, ihr die Hand vom Mund zu ziehen, er drückt gegen ihren Arm.

– Nein, wiederholt sie tonlos, immer wieder, Nein.

– Ruhig! Ganz ruhig!, flüstert Hilding. Auch du kannst sie jetzt nicht mehr retten!

Margarete schreit. Es klingt seltsam verhalten. Sie will die Söhne nicht wecken, es ist mitten in der Nacht.

– Ich muß meine Kollegen rufen, Margarete. Was sollen wir sagen?

Ihre schwarzen Augen forschen unergründlich in seinem Gesicht.

– Was sollen wir sagen? Sie werden zwangsläufig denken, daß es mit gestern nacht zusammenhängt, daß es wegen der Brände war. Weshalb mußte deine Schwester das auch ausgerechnet heute tun? Und dann noch in unserem Haus! Im Haus eines Polizisten! Sie hat mich bestrafen wollen. Nun können wir zusehen, wie wir da wieder rauskommen. Es war sehr verantwortungslos von Ida! Was, wenn ich deswegen meine Arbeit verliere?

Margarete legt den Kopf in beide Hände, sie beugt sich etwas vor.

– Bitte, flüstert sie, ruf die Polizei noch nicht. Laß sie mir noch eine Weile.

– Was willst du mit ihr? Sie ist tot.

– Du hast sie gehaßt.

– Aber, Margarete! Habe ich sie denn nicht gerettet? Wozu wohl habe ich eure Abstammungsurkunden verschwinden lassen? Wofür habe ich meine goldene Taschenuhr hergegeben?

Er rüttelt an ihrer Schulter.

Sie weint auf.

Er läßt sie wieder los.

– Was sollen wir bloß sagen?

❖

Zehn Tage lang hatte ich den Brief ständig bei mir, immer wieder mußte ich ihn lesen, obwohl ich bald jedes Wort auswendig konnte. Ich habe die Uhrzeit im Kopf, zu der ich an der Raststätte der Transitautobahn erscheinen soll, ebenso wie das Kennzeichen von Brunos rotem Golf.

Vor zwölf Jahren habe ich Bruno das letzte Mal gesehen. Werde ich ihn wiedererkennen? Vaters Freund, unseren früheren Nachbarn, der zur selben Zeit wie Mutter verschwand.

Bruno schuldet mir diesen Gefallen, hat Vater in seinem Brief geschrieben.

Aber er könnte doch einen Rückzieher machen. Wenn er auf dem Parkplatz der Raststätte die Windschutzscheibe seines Autos putzt, muß ich nach Hause zurück.

Daß er, als Gehörloser, überhaupt fahren darf. Hatte er schon früher, als er noch neben uns wohnte, ein Auto? Er konnte Worte von den Lippen ablesen. Geredet hat er nur selten, sich lieber mit Gebärden verständigt.

Vater vertraut ihm. Er wird jedes Risiko genau abgeschätzt haben, um die Gefahr für mich so gering wie möglich zu halten. Aber er kann nicht jede ausschließen.

Das Auto hat keinen Stauraum. Wenn du im Kofferraum liegst, stand in dem Brief, und einer fährt auf, überlebst du wahrscheinlich nicht.

Dieser Gedanke hat mir keinen Moment lang Angst gemacht. Denn einen Unfall kann ich, durch noch so sorgsame Planung, nicht ausschließen. Unerträglich ist aber die Vorstellung, daß mir ein Fehler unterläuft.

Immer wieder habe ich versucht, in Gedanken alle Mißgeschicke vorwegzunehmen, die mir passieren könnten. Wenn ich unpünktlich wäre, weil ich zu spät losfahre, die Straßen sind vielleicht gefroren, und ich käme mit meinem Motorrad nicht von der Stelle, vielleicht stürze ich auch, oder ein Reifen platzt, oder der Motor springt gar nicht erst an.

Dauernd schaltete ich den Wetterbericht ein. Es soll regnerisch bleiben. Und kälter werden. Mit Frost sei die kommenden Tage zu rechnen, verkündete gestern das Radio, und es klang wie ein Todesurteil.

Natürlich werde ich vorsichtig fahren, wenn die Straßen glatt sind, benötige ich die doppelte Zeit.

Sollte die Flucht aber scheitern, weil ich durch Infrarotkameras entdeckt werde, dann läge es nicht an mir.

Ich versuchte auch, mir ganz genau vorzustellen, wie das wäre, von Grenzsoldaten umstellt, aus dem Kofferraum steigen zu müssen, während sie ihre Gewehre auf mich richten. Lauf nicht weg!, hat Vater geschrieben. Lieber solle ich mich einsperren lassen. Ins Gefängnis gehen, wie Ruth. Wahrscheinlich würde es viele Monate dauern. Bis ich vom Westen freigekauft werde.

Ich habe keine Wahl. Nur diesen Traum. Und weil es ein Traum ist, der vor mir liegt, und weil er scheitern kann, bekam ich auch keine Angst. Bis auf die, hierbleiben zu müssen.

Trotzdem wurde ich nachlässig. Ich räumte nicht mehr auf, wusch das Geschirr nicht ab, auf den Möbeln sammelte sich Staub. Und ich heizte nicht mehr, das Haus kühlte aus. Wenn ich von der Arbeit kam, zog ich mir noch einen Pullover und dicke Socken über, band mir manchmal einen Schal um. Ich kochte eine Kanne Tee und legte mich in Ruths Bett, dachte über mein Leben nach, hörte Musik und schlief schließlich in der Kleidung ein.

Als Vaters Brief kam, blieben mir noch zehn Tage. Um dieses seltsame Gefühl ertragen zu lernen, wenn möglich, es auszukosten. Daß mein Abschied aus dieser Welt bevorstehen könnte, den ich vor allen geheimhalten mußte. Nicht, weil er scheitern konnte. Sondern damit er nicht scheitert.

Unerträglich blieb nur die Vorstellung, unser Haus nie wiederzusehen.

Zehn Tage lang brauchte mich im Grunde nur noch zu kümmern, pünktlich an der Raststätte zu sein. Daß die Straßen nicht frieren, daß der Motor anspringt und kein Reifen platzt.

Das Motorrad steht in der Garage. Seit unser Haus beschlagnahmt wurde, kurz nachdem Vater im Westen, bei Hilding, geblieben war, bin ich nur noch selten damit gefahren. Anfangs durfte ich es nicht benutzen, weil es mir gar nicht mehr gehörte, so war mir mitgeteilt worden.

Wenig später habe ich unseren Hausrat mit Großmutters Geld zwar zurückkaufen können, doch blieb ich unsicher, ob auch das Motorrad nun wieder mein Eigentum war. Eine Liste der erst beschlagnahmten und dann erneut erworbenen Sachen habe ich nie erhalten. Allerdings ist auch keiner gekommen, um das Fahrzeug abzuholen.

Wenn ich das Motorrad zur Flucht benutze, so überlegte ich schließlich, wird es keine Rolle spielen, ob es mir oder dem Staat gehört.

❖

– Margarete, hast du das getan?

– Was?

– Das weißt du genau! Auf dem Dachboden … Willst du uns in Teufels Küche bringen?, empört sich Hilding. Ist dir eigentlich klar, was das bedeutet?

– Ja. Eine Erinnerung an Ida.

– Konntest du nicht wenigstens warten, bis die Ermittlungen abgeschlossen sind? Reicht es denn nicht, daß sich deine Schwester ausgerechnet in dieser Nacht und in unserem Haus umgebracht hat, mußtest du das auch noch für alle sichtbar in den Balken ritzen?

– Es ist doch nur ein Kreuz.

– Es ist eben nicht nur ein Kreuz! Du hast auch noch das Datum dazugesetzt. Das Datum, an dem die Judengeschäfte zertrümmert wurden!

Stumm legt sie ihre Hände aufs Gesicht.

– Wenn ich jetzt versuche, es abzuschleifen, machen wir uns erst recht verdächtig! Dann werden die Ermittler fragen, was es denn war, was wir vom Balken, wo sie sich aufgehängt hat, entfernt haben. Da wird doch eine helle Stelle bleiben!

– Laß es dran, bittet sie.

– Das Datum muß weg!

– Du bist erleichtert, daß sie tot ist, spricht sie in ihre Hände.

– Unsinn.

– Weil Ida so unverkennbar jüdisch war, daß du selber einmal gesagt hast ...

– Schluß jetzt! Ihr seid keine Juden! Das kann euch niemand mehr anhängen! Ich will dieses Wort nie wieder hören! Wofür habe ich mich denn strafbar gemacht? Wofür habe ich denn vor Jahren einen Kollegen bestochen? Was, wenn das alles herauskommt?

Margarete schaut auf.

– Dann wird es dir noch einmal mehr um deine goldene Uhr leid tun.

Er holt aus. Und läßt den Arm wieder sinken.

– Das hast du von deiner Schwester, stellt er verbittert fest. Auch sie hat es nie gedankt. Sondern dir eingeredet, mir deine eheliche Pflicht zu verweigern.

– Das hat nichts mit Ida zu tun!

– Sondern?

– Ich habe dir drei Söhne geboren. Was willst du noch.

Hilding wendet sich ab.

– Sie hatte keinen guten Einfluß auf dich. Sie hat sich nichts aus Männern gemacht.

– Woher willst du das wissen?

– So was merkt man. Sie hat sich gar nicht bemüht, eine eigene Familie zu gründen. Wie die manchmal rumgelaufen ist! Aber wozu auch: Der ging es bei uns doch gut, die …

– Hör auf!

Hilding fährt herum.

– Verbietest du mir den Mund? In meinem eigenen Haus?

Sie schlägt erneut die Hände vors Gesicht.

Er stößt sie von sich. Zieht sie dann wieder näher, greift in ihr Haar.

– Margarete, jetzt sind wir doch endlich eine richtige Familie. Jetzt können wir …

– Es ist doch nur ein Kreuz, bittet sie leise, laß mir wenigstens das.

Zaghaft gleiten ihre Hände in seinen Nacken.

❖

Vor zwei Wochen hat mich Vater angerufen. Großmutter komme ihn besuchen, er nannte das Datum und die Uhrzeit, zu der ich sie bei ihrer Rückkehr vom Grenzübergang

Friedrichstraße abholen solle. Dann sagte er »Auf Wiedersehen« und hängte ein.

Für einen Augenblick blieb mir der Atem weg. Auf Wiedersehen?

Großmutter hat Vater schon öfter besucht, seit er in Westberlin lebt. Dreißig Tage im Jahr darf sie drüben verbringen. Wenn sie sich entschließen würde, nicht mehr zurückzukehren, wäre die hiesige Regierung vermutlich erfreut; dann könnten sie ihre Rente einsparen.

Großmutter ist aber jedesmal zurückgekehrt. Fast immer habe ich sie vom Grenzübergang abgeholt, wenn sie bei Vater war. Er begleitet die alte Frau ebenfalls bis zur Friedrichstraße, auf der westlichen, unterirdischen Seite, und gibt ihr Geschenke mit für Ruth und mich.

Vor zehn Tagen mußte ich lange warten. Als Großmutter mit ihren Tüten endlich aus der Sperre trat, sah ich sofort, daß etwas geschehen war.

– Ich bin kontrolliert worden, erklärte sie aufgeregt. Aber zum Glück nur die Taschen und mein Mantel. Bestimmt wegen Ruth!

Ich nahm ihr die Tüten ab, wir gingen zum Bus.

– Deinem Vater geht es schlecht, sagte sie an der überfüllten Haltestelle. Er hat sehr abgenommen und wirkt durcheinander. Sicher macht er sich Sorgen wegen deiner Schwester. Hast du inzwischen herausbekommen, in welchem Gefängnis sie ist?

Ich schüttelte den Kopf.

– Außerdem hat er nach Schnaps gerochen!, sagte sie vorwurfsvoll, als ob es meine Schuld wäre, ich spürte, daß ich rot wurde, trat einige Schritt vor und schaute nach dem Bus.

Großmutter wollte nicht mit mir nach Hause fahren wie sonst, sondern bei sich übernachten, obwohl es schon so spät war und ihr Heimweg mindestens noch zwei Stunden dauerte. Ich drängte sie nicht, es sich anders zu überlegen, wahrscheinlich hatte sie Angst, unser Haus zu betreten, wegen der Geschichte mit Ruth.

Im Bus standen wir dicht nebeneinander, nahe der Tür, zwischen vielen anderen Menschen, die nach Schweiß rochen und schwiegen wie wir. Die Plastiktüten knisterten zwischen unseren Waden. Ich betrachtete Großmutters magere Hand an der Haltestange, direkt neben meinem Gesicht. Trotz ihrer achtzig Jahre war ihr Geist noch klar, Großmutter hatte ein unbestechliches Gedächtnis. Auch ihr Körper wirkte jünger, nach wie vor arbeitete sie täglich mehrere Stunden lang schwer. Dennoch tat es mir jetzt leid, daß sie sich nicht hinsetzen konnte, sicher hatte sie einen anstrengenden Tag hinter sich, war mit ihrem Schwiegersohn durch Westberlin gelaufen, und sie haben nur kurz irgendwo gegessen. In die Wohnung von Hilding, bei dem Vater jetzt wohnte, ging Großmutter nie. Frieda und Hilding verband, außer dem gleichen Alter, wechselseitige Feindschaft, angeblich von Anfang an.

An der Staatsoper schob mich Großmutter unvermittelt aus dem Bus. Dabei waren es noch drei Stationen bis zum Alexanderplatz, wo sie in die S-Bahn umsteigen wollte.

Wir standen Unter den Linden. Mitten in der Nacht. Wir teilten uns die Tüten, wechselten die Straßenseite und liefen weiter.

Auf der Marx-Engels-Brücke erklärte sie, wie erleichtert Vater sei, daß ich unseren beschlagnahmten Hausrat zurückgekauft habe.

– Arnold ist erleichtert, wiederholte sie. Er findet es richtig, daß du mein Erbe für dich und Ruth dazu verwendet hast. Er hätte nicht anders entschieden. Und deine Mutter auch nicht.

– Die brauchte das zum Glück nicht mehr mitzuerleben, entgegnete ich. Stell dir vor, man würde alle Menschen zwingen, ihr Eigentum noch einmal zu kaufen, nämlich beim Staat – wo kämen wir da hin?

– Vielleicht hat Arnold einen Fehler gemacht, sagte sie leise. Er scheint im Westen nicht glücklich zu sein. Im Gegenteil.

Ich erwiderte nichts. Obwohl ich mir sicher war, daß sich Vater richtig entschieden hatte. Natürlich würde es nicht leicht für ihn sein, er mußte noch einmal von vorn beginnen. Es kann lange dauern, bis er sich eingelebt hat. Für Großmutter sah es wahrscheinlich so aus, als hätte er Ruth und mich im Stich gelassen.

Am Lustgarten blieb sie plötzlich stehen. Sie schaute

sich um und zog mich dann am Ärmel mit sich in den schlecht beleuchteten Park vor dem Alten Museum.

Hinter einem Baumstamm hob sie ihre Röcke.

– Sie haben mich durchsucht, aber nichts gefunden!, flüsterte sie.

Aus ihrer Unterwäsche zog sie ein Kuvert.

– Von deinem Vater!

Angeblich hatte er sie gebeten, das Papier lieber aufzuessen, als es in die Hände der Grenzpolizisten fallen zu lassen.

– Das kann wohl nur ein Scherz gewesen sein, meinte sie.

Es war kein Scherz. Großmutter hatte mir meinen Fluchtplan überbracht. Ausgerechnet sie, der überhaupt nichts daran liegen kann, daß ich nun auch noch verschwinde. Sie, die ihr mühevoll erspartes Geld hergegeben hat, damit ich unseren Hausrat zurückkaufen konnte. Wofür.

Nachdem ich Vaters Brief gelesen hatte, war ich sofort entschlossen, alles hier zu verlassen.

❖

Alle rufen es. Dieses eine einsilbige Wort: Krieg.

Unsichere Freude in den Gesichtern der Menschen. Auf der Leipziger Straße kann niemand mehr gemächlich gehen, denn irgendwer hat zu laufen begonnen, und auch

Margarete zieht ihre beiden Söhne im Trab hinter sich her. Viel zu schnell für die kleinen Beine, die Jungen stolpern mitunter oder fallen hin. Doch sie springen sofort wieder auf, rennen weiter. Ihre Augen hängen an den Mündern der Vorübereilenden, aus denen unentwegt dieses eine Wort dringt.

Wenn sich die Mutter nach ihnen umsieht, vergewissern sie sich kurz, ob sie sich auch freuen sollen. Oder besser nicht. Denn Margaretes Blick ist besorgt. Sie hält Rudolf an ihrer linken Hand, Rudolf wiederum hält Arnold, der einen halben Kopf kleiner ist und öfter hinfällt als sein Zwillingsbruder. Seine frischen Hosen sind immer binnen Minuten schmutzig, nicht selten reißt er sich Dreiangel ein, und seine Nase hat meistens Schrammen. Rudolf dagegen ist umsichtiger, mit seinen drei Jahren wirkt er schon eitel, und Margarete befürchtet, daß er sich von ihr bald nichts mehr sagen läßt.

Im Gedränge rempeln Menschen gegen die schwere Tasche, die sie über der Schulter schleppt, vollgepackt mit neuen Kinderkleidern. Hilding hatte gemurrt, weil sie in den letzten Wochen viele Nächte an der Maschine verbracht hat. Eine Beamtenfrau habe das nicht nötig, fand er, blieb jedoch kleinlaut, und Margarete ließ sich von der Arbeit nicht abbringen. Denn sie haben es nötig. Das Geld ist knapp. Obwohl er Beamter ist. Der er gar nicht hatte sein wollen, Hilding wäre am liebsten Schneider geworden wie sein Vater. Deshalb stand er nicht selten mitten in der

Nacht auf und setzte sich zu ihr in die Küche. Ohne ein Wort nahm er Margarete die Schere aus der Hand und half ihr beim Zuschneiden; er kann es viel besser und schneller als sie. Im Licht der Tischlampe stoben Stoffpartikel wie Schwärme winziger Fische auf, über Stunden war nur das Ritschen des Stoffes zu hören, der Klang von Metall, wenn er kurzzeitig die Schere aus der Hand legte, die knisternden Schnittbögen und hin und wieder das Rattern der Maschine, von ihren Füßen gleichmäßig getreten; die blitzende Nadel zog den Faden stochernd durch das buntbedruckte Material. Schließlich mußte sie Hilding wie ein Kind ins Bett schicken, mußte ihn an seinen Dienst erinnern, bei dem er morgens pünktlich zu erscheinen hatte. Ihre Stimme war ihr selber fremd vorgekommen, sie hatte das stille Einvernehmen, ihre Zweisamkeit gestört.

Margarete zieht die Kinder von der Straße weg in ein Haus. Hinter der breiten Glastür öffnet sich ein riesiger Raum mit dicken Teppichen, der die Schritte dämpft, Lichterketten an Decke und Wänden beleuchten die vielen hohen Regale. Kleidungsstücke liegen darin, nach Farbtönen sortiert, seitlich davor stehen lange Spiegel und Garderobenständer aus blankem Metall, an denen Mäntel und Jacken wie an einem Karussell hängen. Eine elegante Dame kommt ihnen mit ausgestreckten Armen entgegen, lächelnd beugt sie sich zu den Kindern hinab.

Margarete schiebt die beiden ein Stück von sich weg. Da

sollen sie stehenbleiben. An ihre Finger gekettet, beobachten sie die Mutter, die ihrerseits die elegante Dame betrachtet. Ein Kleid nach dem anderen zieht sie aus der Tasche, manchmal hebt sie die Hände, faltet sie vor der Brust, und ihr leuchtend geschminkter Mund lächelt. Als die Tasche leer ist, geht die Dame zur Kasse und rechnet auf einem Block. Sie hebt den Kopf, Margarete fängt ihren Blick auf. Jetzt zögert die andere kurz, sie nennt eine Summe. Margarete nickt sofort. Sie ist nicht zum ersten Mal hier; die beiden Frauen wissen, was sie voneinander zu erwarten haben. Sie geben sich die Hände.

Margarete schiebt die Kinder, die selig die geschenkten Bonbons lutschen, vor sich her zur Tür, sie schiebt sie noch ein Stück weiter und dreht sich noch einmal um.

– Was halten Sie davon?

– Wovon?

Die elegante Dame hatte sich bereits einer Kundin zugewandt, jetzt folgt sie Margarete zögernd, nur einige Schritte, bleibt dann stehen, mitten im Geschäft.

– Vom Krieg, sagt Margarete und streift die Henkel der leeren Tasche über ihre Schulter.

Einander abwägend, schauen sie sich an.

– Hoffen wir, daß er nicht zu lange dauert, sagt die Dame.

Margarete nickt und schiebt die Kinder vor sich aus der Tür.

❖

Ruth war in der Stadt, in der sie studierte, telephonisch nicht zu erreichen. Deshalb meldete sie sich, mindestens einmal in der Woche, aus einem öffentlichen Fernsprecher. Dann aber vergingen vierzehn Tage, in denen sie nicht anrief. Ich schrieb ihr einige Zeilen. Nichts Wichtiges, nur die Bitte, sie möge doch ein Lebenszeichen von sich geben.

Wenige Tage später steckte der Brief wieder im Kasten, offensichtlich ungeöffnet, neben der durchgestrichenen Anschrift stand »Zurück an Absender«.

Von der Auskunft erfuhr ich die Nummer der Universitätsklinik in Ruths Stadt. Ihr Freund Guido arbeitet dort als Arzt. Ich ließ mich mit ihm verbinden. Kaum hatte ich meinen Namen genannt, legte er auf.

Ruth stand auf einem öffentlichen Platz, von Menschen umringt. Sie trug weiße Kleider, weiße Handschuhe, ein weißes Kopftuch, sie war weiß geschminkt. Sie blätterte, auf einem leeren Getränkekasten, für alle sichtbar, in der Zeitung »Neues Deutschland«. Dann nahm sie eine Schere und schnitt den Titel aus. Hoch über ihren Kopf hielt sie ihn, nur diese Zeile: Neues Deutschland.

So könnte es gewesen sein.

Zweiundzwanzig Monate Haft, erfuhr ich im Polizeipräsidium, in das ich schriftlich geladen worden war, erhielt Ruth als Strafe.

Von einem Tag auf den anderen war es empfindlich kalt geworden, ich mußte wieder zu heizen anfangen. Und verfaßte Briefe an die zuständigen Behörden, in denen ich, in Anbetracht der neuesten Ereignisse, um Aufschub der Räumung unseres Hauses bat.

Auch um Ruths Wohnung mußte ich mich kümmern, die versiegelt worden war. Ihre Freunde berichteten es mir, sie wohnten im selben Haus und versprachen, zu meiner Schwester zu halten. Ich vertraute ihnen, daß sie die Miete pünktlich einzahlten und ihre Sachen unberührt ließen, wenn sie Ruths Wohnung nun nutzten.

❖

Er hatte Schneider werden wollen. Wie sein Vater, seine beiden Onkel und sein Großvater. Wie seine fünf Brüder. Nur der jüngste, Walter, und er selbst hatten diesen Beruf nicht erlernen können. Weil es an Lehrstellen mangelte oder an guten Zensuren, mußte Hilding Seiler werden und Walter Pfefferküchler.

Walter lebt nach wie vor in der Heimatstadt Seeburg, in Ostpreußen. Vor einigen Tagen kam ein Brief von ihm, er bot an, einen der Zwillinge über die Kriegszeit zu sich zu nehmen, auf keinen Fall beide. Maria, seine Frau, sei guter Hoffnung, der Nachwuchs werde um Weihnachten erwartet, eine Zeit, in der Walter besonders viel arbeiten müsse, dann ist für seinen Berufsstand Hochsaison, ansonsten kämen sie gerade so über die Runden, der Boden wäre ausgemergelt und nicht sehr ertragreich. Wenn du ein Kind schickst, schreibt Walter nach Berlin an seinen Bruder Hilding, so hätten wir lieber den Arnold. Er unterzeichnet den Brief mit lieben Grüßen, auch an Margarete, Seeburg, den 21. Juno, im ersten Kriegsjahr.

– Rudolf kommt ins Egerland, bestimmt Hilding, und Arnold nach Seeburg zu Waltern!

Margarete schießen Tränen in die Augen.

– Müssen wir gleich beide verschicken? Und die Jungen sogar trennen? Wenn du an die Front kommst, und ich hier …

– Ich werde nicht eingezogen, das weißt du genau! Das hat der Führer so entschieden, die Beamten bleiben, darauf kannst du dich verlassen. Man kann die Polizei doch nicht ins Feld schicken. Da bricht hier ja alles zusammen, dann hätten wir Anarchie. Soweit kommt es niemals, du kannst unbesorgt sein! Und den Kindern wird es nicht schaden, gesunde Landluft zu schnappen.

– Wie lange?

Hilding zuckt mit den Schultern.

– Glaubst du, daß es gefährlich für uns wird?

– Gefährlich?

Hilding lacht und tätschelt Margaretes Wange.

– Wir verreisen, sagt Hilding und nimmt Arnold an die Hand. Die Mutter bleibt am Gartentor zurück, sie winkt mit einem Taschentuch.

Das Kind schreit und versucht, sich vom Vater loszureißen. Die Tränen trocknen erst am Bahnhof: Eine riesige Halle, durch die viele Menschen ihre Gepäckstücke schleifen, sie scheinen der gewaltigen Stimme zu folgen, die hin und wieder erschallt. Für Arnold sind die Worte unverständlich, unverständlich ist auch, wer hier so dröhnend ruft und zugleich unsichtbar ist. Doch dieses Rätsel vergißt er, als sie den Bahnsteig betreten, eine schwarze, rauchende Lokomotive steht dort, die er eine Weile betrachten darf, bevor sie in einen der angekoppelten Wagen einsteigen.

Arnold sitzt auf dem Schoß seines Vaters, er drückt die Nase ans Fenster und verfolgt das Treiben auf dem Bahnsteig.

– Mach das jetzt um!

Hilding hängt dem Jungen ein Schild um den Hals.

– Was steht da drauf?

– Dein Name und der Ort, wo wir jetzt hinfahren.

– Warum?

– Damit du nicht verlorengehst!

Er streicht einmal kurz über den Kinderkopf.

– Du mußt auf die Tasche hier achten!, sagt der Vater. Da sind deine Sachen drin. Und etwas zu essen und zu trinken für die Reise.

– Fahren wir weit?

– Ja. Paß auf die Tasche auf, hörst du! Es gibt überall Diebe.

Entsetzt blickt sich Arnold unter den Fahrgästen um.

– Bleib hier sitzen, fordert Hilding. Ich komme gleich wieder.

Die Kindernase preßt sich wieder ans Fenster.

Der Zug setzt sich in Bewegung, der Bahnhof entschwindet, die Stadt zieht vorbei.

Als die ersten Felder beginnen, schnellt sein Kopf herum.

– Papa?

Arnold rutscht vom Platz. Mit aufgerissenen Augen steht er da, umklammert das Schild vor seiner Brust. Das er noch nicht lesen kann.

Eine fremde Frau hilft ihm beim Aussteigen. Ganz fremd ist sie nicht mehr, denn während der stundenlangen Fahrt hatte sie neben ihm gesessen und sich mit ihm unterhalten. Aber auf dem Bahnsteig in Seeburg entläßt sie ihn mit winkender Hand.

Nun beugt sich eine andere Frau zu Arnold herab. Er hat sie nie zuvor in seinem Leben gesehen. Tante Maria.

Sooft er unbemerkt entwischen kann, läuft er dorthin zurück. Von Onkel Walters und Tante Marias Haus ist es nicht weit, den Weg kennt er inzwischen genau. Er schleicht am

Bahnhofsgebäude vorbei, ein kleines Stück nur, bis er sicher ist, daß der Vorsteher ihn nicht mehr sehen kann. Arnold schaut sich noch einmal um. Der Bahnsteig ist leer, nur selten halten Züge hier. Er geht die Gleise entlang, den Blick konzentriert auf die dunkelbraunen Schwellen gerichtet, die so weit auseinanderliegen, daß er die jeweils nächste nur springend erreichen kann.

Sobald er den Bahnhof weit genug entfernt weiß, setzt er sich auf die Schiene, manchmal legt er sich sogar hin, die Hände unter dem Kinn verschränkt, betrachtet er das Gleis, es führt nach Hause zurück.

❖

Immer wieder klingelte das Telephon, oft kurz hintereinander. Auch nachts. Nahm ich ab, meldete sich niemand, manchmal wurde sofort aufgelegt, manchmal vergingen Sekunden, Minuten, in denen ich dem fremden Atem lauschte, unentschieden, ob es nicht doch mein eigener war. Ich mußte mich dazu zwingen, keinesfalls zuerst einzuhängen. Denn ich hatte gehört, daß der Anrufer die Leitung blockieren konnte, wenn er dann seinen Hörer neben den Apparat legte.

In einem Einschreiben war mir mitgeteilt worden, daß ich unser Haus binnen weniger Wochen zu räumen hätte. Außerdem sollte ich mich bei der Wohnraumlenkungsbehörde melden. Dort wollte man mir eine Mietwohnung vermitteln.

Ich schrieb die amtlichen Briefe für Vater ab. Und einen persönlichen dazu, in dem ich erklärte, so schnell wie möglich von hier weg zu müssen, mir sei jeder Weg recht.

Das Kuvert brachte ich Großmutter, ich bat sie, es bei ihrer nächsten Reise nach Westberlin über die Grenze zu schmuggeln. Obwohl es nur eine belanglose Nachricht für Vater sei, sagte ich, wirklich nichts Wichtiges.

Er meldete sich Sonntag, er rief immer sonntags an, wie Hilding früher, wenn er durchkam, sogar zur gleichen Zeit. Großmutter hatte ihm das Kuvert gebracht.

– Das Haus, sagte Vater fassungslos, das können sie doch nicht machen, euch aus dem Haus werfen!

– Und was denkst du über meinen Brief?, fragte ich.

Er schien zu überlegen. Berichtete dann von Hildings und Gretels Garten, von dem vielen Obst und dem Laub, das er täglich zusammenharke.

– Hast du meinen Brief gelesen?, fragte ich noch einmal.

– Hab Geduld!, sagte er nun. Laß dich und Ruth bloß nicht aus dem Haus werfen!

Wie könnte ich geduldig sein, dachte ich, nachdem wir aufgelegt hatten. Vaters Alltagsberichte beunruhigten mich. Es schien, als hätte er sich damit abgefunden, sein Leben in Arbeitsämtern und Versicherungsanstalten zu fristen. Und vor allem: auf Dauer von Ruth und mir getrennt zu sein. Ich versuchte mir auszureden, daß seine Stimme brüchig geklungen hatte, als wäre er in den Monaten, die er im Westen war, rapide gealtert. Oft vergaß er Dinge, über die wir schon einmal geredet hatten, Banalitäten zwar, dennoch erschreckend, daß sein Gedächtnis mitunter auszusetzen schien. Vielleicht, sagte ich mir, ist es zu spät, um mit seiner Hilfe zu rechnen.

Nachts wachte ich auf. Mir war, als käme jemand die Treppe herauf. Ich drehte mich auf die andere Seite, versuchte weiterzuschlafen.

Unverkennbar, wie die Stufen knarrten.

Nun fiel mir ein, die Haustür wahrscheinlich nicht verschlossen zu haben, ich vergaß es häufig, ließ auch die Terrassentür mitunter tagelang offen, das hintere Kellerfenster blieb immer angelehnt.

Jemand stieg langsam zu mir herauf.

Ich stürzte zur Zimmertür, mein Herz hämmerte, die Person war offenbar schon fast oben.

So leise wie möglich drehte ich den Schlüssel meiner Zimmertür herum.

Legte mich wieder ins Bett. Völlig sicher, daß niemand zu mir hereinkommen würde, mir konnte nichts geschehen. Nicht in diesem Haus.

An Ruths Zimmer dachte ich, bevor ich wieder einschlief, wie schade es wäre, wenn Einbrecher es jetzt ausräumten.

Am nächsten Morgen fiel es mir wieder ein. Meine Zimmertür war von innen verschlossen, also hatte ich nicht geträumt. Erst jetzt bekam ich Angst. Wie die Räume aussehen konnten: verwüstet, leergeräumt. Befand sich noch jemand im Haus?

Keine Spuren. Ich entdeckte nichts, was auf den nächtlichen Besucher hinwies, vom Keller bis zum Dach wirkte alles gewöhnlich, vertraut. Nur Ruths Zimmertür war angelehnt. Und ich hätte schwören können, sie noch am Abend fest ins Schloß gezogen zu haben.

Ich wartete mehrere Aufforderungen ab, schließlich die Androhung der Zwangsräumung, bevor ich zur Wohnraumlenkungsbehörde ging. Zwei Mietwohnungen, die mir auf Anhieb angeboten wurden, wies ich mit der Begründung zurück, in die entsprechenden Stadtgebiete keinesfalls ziehen zu wollen. Die zuständige Sachbearbeiterin war solche Töne offenbar überhaupt nicht gewohnt.

– Tausende in Ihrem Alter, schimpfte sie, warten jahrelang auf eine eigene Wohnung, die würden selbst ein Loch mit Kußhand nehmen. Und Sie lehnen unsere beiden Angebote von vornherein ab.

Einige Tage später, als ich abends von der Arbeit kam, ließ sich die Haustür nicht mehr öffnen. Vergeblich versuchte ich, den Schlüssel herumzudrehen. Er bewegte sich weder mit Gewalt noch mit Feingefühl. Als ich das Schloß genau betrachtete, entdeckte ich einen durchsichtigen, ausgehärteten Tropfen.

Die Terrassentür hatte ich noch am Morgen verschlossen, der Schlüssel steckte von innen. Mit einem Fußtritt öffnete ich das hintere Kellerfenster und stieg ein.

Im Haus erschien alles unberührt, trotzdem wurde ich das Gefühl nicht los, daß während meiner Abwesenheit jemand durch die Räume gegangen war.

❖

Fast ein Jahr dauert es, bevor Arnold in den Zug steigen darf, der ihn wieder nach Hause bringt.

Die Ereignisse an der Ostfront haben Hilding dazu bewogen, die Söhne nach Berlin kommen zu lassen. Für die Zwillinge beginnt der Krieg erst jetzt. Mit Wortgefechten und mittelschweren Schlägereien testen sie ihre Kräfte aus. Bis sich Arnold, der nach wie vor einen halben Kopf kleiner ist als sein Bruder, in die Rolle des Unterlegenen fügt.

Margarete ist gerührt, wie anhänglich Arnold in dem Jahr geworden ist, ständig sucht er ihre Nähe, läßt sich streicheln. Dagegen wirkt Rudolf verstockt, er gehorcht nur noch selten, und sie macht sich Vorwürfe, ihn ins Egerland, in fremde Hände, gegeben zu haben.

Hilding hat inzwischen begonnen, die Fassade des Hauses zu verputzen. Die Vorderseite ist fertig, aber nun ist ihm neben dem Kies auch die Lust am Weitermachen ausgegangen. Er plant, hinten noch ein Zimmer und vielleicht eine Garage anzubauen. Die obere Etage mußten sie an ein älteres Ehepaar vermieten, das seit der Rückkehr der Jungen nicht mehr grüßt. Von anderen Nachbarn erfährt Margarete, daß sich die beiden in ihrer Ruhe gestört fühlen, und sie vermutet, daß die abgeknickten Rosen im Garten eine Vergeltungsmaßnahme der alten Leute sind.

Hilding redet, wenn er vom Dienst kommt, mit den Jungen kein Wort, es scheint, als würde er sie kaum wahrnehmen. Nur wenn sie in seiner Gegenwart miteinander tuscheln, beim gemeinsamen Abendbrot etwa, verteilt er sofort Kopfnüsse: Er dreht seine geballte Faust ruckartig auf den Kinderschädeln, so daß die Knöchel klimpern.

Am Wochenende dürfen die Kinder beim Hausbau helfen. Indem sie Baustoffe abholen. Die Anbieter sind zumeist Arbeitskollegen, deren Frauen sich für einen Sack Zement oder eine Karre Klinkersteine von Margarete etwas nähen lassen. Wohnen die nebenberuflichen Händler außerhalb Berlins, müssen die Jungen gleich noch andere Kleider mitnehmen und gegen Lebensmittel einzutauschen versuchen, auf jeden Fall sollen sie hamstern, wo irgend möglich. Hilding warnt davor, sich ja nicht übers Ohr hauen zu lassen. Er schärft ihnen ein, wie viele Zigaretten sie sich mindestens geben lassen sollen für das Dutzend Eier von den neuen Hühnern, die ihren einst grasbewachsenen Garten gackernd aufscharren.

Die Zwillinge ziehen mit der Schubkarre los, in einer Hosentasche knistert die Wegbeschreibung, die sie häufig so weit führt, daß sie erst spät am Abend wieder nach Hause kommen.

Die beiden möchten ihrem Vater beim Hausbau gern helfen. Wenn er zum Beispiel auf der Leiter steht und lange Bretter annagelt oder etwas in den Mörtel schüttet und zugleich rührt. Aber sie dürfen keinen einzigen Stein auf den anderen setzen. Weil jeder von ihnen zwei linke Hände habe, so behauptet Hilding immer wieder. Doch auch vier linke Hände halten ihn nicht davon ab, seinen Kindern regelmäßig Lektionen im Nähen zu erteilen, er ermahnt sie ausdrücklich, ihrer Mutter bei dieser Arbeit zur Seite zu stehen, und läßt keinen Zweifel daran, welchen Beruf er sich für sie wünscht.

❖

– Was auch geschieht, Judith, ich halte zu dir!

Christian sprach in den Himmel hinein, er lag neben mir im Gras.

Wieder war er für ein Wochenende von seinem Dienst beurlaubt worden. Er trug keine Uniform, sondern hatte seine Kleider bei seinen Eltern gewechselt. Mit dem Rad war er dann heimlich zu mir gefahren, nur kurz, damit sein Vater keinen Verdacht schöpfte.

Ich sollte es ihm sagen, dachte ich. Daß ich einen Ausreiseantrag gestellt hatte. Er könnte deswegen Probleme bekommen, vor allem, wenn ihn hier jemand sah.

Im Garten lagen wir, im hohen Gras, das von herabgefallenen Äpfeln übersät war.

Ich sollte ihm sagen, überlegte ich, daß ich meinen Vater um jeden Preis wiedersehen will. Daß ich hier nicht weiterleben kann.

– Das Gras müßte ich schneiden, bemerkte ich, die Äpfel aufsammeln.

– Ich helfe dir, versprach Christian.

Er küßte mich auf die Schulter, beugte sich über mich, küßte meinen Mund. Ich drehte mein Gesicht weg, und er legte sich sofort wieder neben mich.

– Das Haus und der Garten wachsen mir über den Kopf, erklärte ich. Und dachte, daß es für mich hier nichts mehr zu tun gab.

– Wenn du in zwei Jahren deine Ausbildung zur Sekretärin abgeschlossen hast, sprach Christian in den Himmel, bin ich mit dem Dienst in der Armee fertig. Dann werde ich für immer bei dir sein.

– Ich habe den Vertrag doch noch gar nicht unterschrieben.

– Das solltest du unbedingt tun. Vielleicht darfst du im Anschluß daran sogar studieren.

– In diesem Land habe ich keine Zukunft.

Christian setzte sich auf.

– Jetzt, wo du euer Eigentum zurückgekauft hast, sagte

er, jetzt willst du aufgeben? Natürlich war das alles ungerecht! Aber es kommen auch wieder bessere Zeiten, glaub mir, es kommen bessere Zeiten. Für uns.

❖

In Moabit ist eine Bombe gefallen, die erste in Berlin, und natürlich strömen alle Menschen herbei. Auch Hilding plant am Wochenende einen Familienausflug zu der Einschlagstelle, er preist das Ereignis als Sensation, keine erbauliche zwar, aber man solle sie sich trotzdem nicht entgehen lassen. Die Jungen freuen sich, was ihnen Margarete verbietet, nachdem ihr Mann den Raum verlassen hat. Sie ist davon überzeugt, daß 1942 die Welt untergeht. Dies hier kann nur das lang erwartete Vorzeichen sein, jetzt nimmt das Verhängnis seinen Lauf.

Einige Tage später meldet sich der Luftschutzwart, von Amts wegen und also aufgrund höherer Weisung habe er sich zu allen Häusern des Stadtbezirks, in denen gewohnt oder gearbeitet wird, Zutritt zu verschaffen.

Er will nur in den Keller. Dort schaut er sich kurz um, wählt die Waschküche als sichersten Raum aus, vermißt die tragenden Wände, prüft die Stabilität der Decke und meint, veranlassen zu müssen, daß sie an einigen Stellen mit Baumstämmen abgestützt wird, das Fenster und die Luftlöcher sollen vermauert oder mit Beton versiegelt werden.

Hilding diskutiert.

– Die Krim ist unser. Die Ukraine ist unser. Selbst Ägypten ist in unserer Hand. Ganz Afrika wird unser sein …

– Moabit!, erwidert der Luftschutzwart und lächelt bitter.

– Damit muß man leben, findet Hilding.

– Eben, antwortet der Mann und läßt sich seinen Dienst quittieren.

❖

Ich hatte einen Antrag auf Familienzusammenführung gestellt, also auf Ausreise nach Westberlin.

Wenig später erhielt ich eine Vorladung. Im Rat des Stadtbezirks, Abteilung für Innere Angelegenheiten, redeten zwei Männer und eine Frau anderthalb Stunden auf mich ein. Sie wirkten gut unterrichtet, gaben sogar vor, die Ergebnisse von Vaters letzter ärztlicher Untersuchung zu kennen, wonach am Dünndarm Metastasen entdeckt worden waren.

Ich versuchte, die Information so gelassen wie möglich hinzunehmen, wollte auf keinen Fall zeigen, wie schokkiert ich war.

– Dann ist mein Vater im Westen gut aufgehoben, sagte ich, die medizinischen Möglichkeiten sind dort ja unvergleichlich besser.

Die drei lachten, es klang hysterisch, wie verblendet ich

sei, zu glauben, daß in der kapitalistischen Gesellschaft einem Dahergelaufenen geholfen werde. Arnold habe doch überhaupt kein Geld für die Therapie, wurde mir erklärt, ob ich denn nicht wüßte, daß man drüben für seine Medikamente selber zahlen müsse. Es könne ja sein, meinten sie, daß Hilding dafür aufkommen wolle, aber ob Arnold das angenehm wäre? Hier jedenfalls würde er alles kostenlos kriegen, das Sozialversicherungssystem sei eine Errungenschaft des Sozialismus, für die schwierige Operation vor vier Jahren habe er schließlich auch keinen Pfennig zu bezahlen brauchen.

– Offensichtlich, behauptete die eine Frau, haben Sie völlig falsche Vorstellungen vom Westen. Wir halten es für unsere Pflicht, Sie darauf hinzuweisen, daß Sie dort gar keine Zukunft hätten. Wir wollen Sie doch nicht ins offene Messer laufen lassen! Bedenken Sie, daß es dort keine Ausbildungsplätze gibt, keine Wohnungen, da leben viele auf der Straße, was wollen Sie dann noch da, Nutten stehen schließlich auch schon genügend herum.

– Ich habe nicht vor, mich zu prostituieren, erwiderte ich aufgebracht. Das habe ich hier ja auch nicht getan. Obwohl ich weder studieren durfte noch eine annehmbare Lehrstelle erhalten habe.

Die drei warfen sich vieldeutige Blicke zu.

Sie können sicher sein, sagte nun der Mann, daß wir auch Ihre künftigen Ausreiseanträge, falls Sie die stellen wollen, ablehnen werden.

– Überlegen Sie sich genau, wohin Sie gehören!, fügte die Frau eindringlich hinzu. Und wer das Grab Ihrer Mutter pflegt, wenn Sie nicht mehr hier sind.

Als Vater das nächste Mal anrief, wollte ich sofort wissen, ob bei ihm neue Tumoren entdeckt worden waren.

Er verneinte, erstaunt, wie ich darauf käme.

Ich berichtete von dem Ablehnungsgespräch.

Da begann Vater zu lachen, hysterisch.

Der Direktor des Verlags, in dem ich als Aushilfe angestellt war, ließ mich zu sich rufen. Ich hatte mit ihm bislang kein einziges Wort gewechselt. Der Mann galt als linientreu.

Er empfing mich in seinem Büro, bat höflich, Platz zu nehmen, und rieb sich ausgiebig die Augen, bevor er zu sprechen begann.

Natürlich hätte er mit Sorge erfahren, daß ich ausreisen wolle. Mein Antrag sei ja nun vom Tisch, sagte er. Hoffentlich ein für allemal. So, wie der Sozialismus auf mich, auf jeden einzelnen baue, so könne ich auf den Sozialismus bauen. Diese Selbstverständlichkeit wolle man mir gern beweisen, weil ich das offensichtlich nötig hätte, komme man mir ein wenig entgegen. Ich könne hier, im Verlag, eine Ausbildung als Sekretärin beginnen, eine Erwachsenenqualifizierung, bei der ich, neben meiner bisherigen Tätigkeit, zwei Jahre lang dreimal wöchentlich zur

Berufsschule müßte. Dieses Angebot, sagte er und rieb sich erneut die Augen, sei ein Akt des Vertrauens. Das solle ich mir ruhig überlegen. Denn man zweifle nicht an meinen Fähigkeiten, aber es wäre doch bedenklich, wie verwirrt ich erschiene. In gewissem Maße könne man das natürlich verstehen, schließlich sei die Situation, in die mich Vater gebracht habe, keine einfache.

Er legte mir einen Ausbildungsvertrag vor. Beim ersten Überfliegen las ich, daß die Berufsschule schon in fünf Wochen begann.

❖

Die Zelluloidtafeln sind das Beste. Besser sogar als die Schultüten, die jeweils nur zwei mit vielen Bastschleifen versehene Tafeln Johannisbrotschokolade enthalten. Auch die Bleistifte interessieren nicht wirklich, dazu sind sie viel zu bekannt, sie stammen aus Hildings alten Beständen, die er wie einen Schatz hütet, selbst kleinste Stummel spart er auf, um sie in eigens dafür vorgesehene Halter zu stecken, bis sich kein einziger Buchstabe mehr damit schreiben läßt.

Buchstaben sollen den Zwillingen nun beigebracht werden, allerdings nicht auf Papier, sondern zunächst auf diesen neuartigen Tafeln, die genau so groß sind, daß sie in die Schulranzen passen. Noch die Schüler der nächsthöheren Klasse müssen mit dem Griffel auf Schiefer schreiben und feuchte, an Schnüren befestigte Schwämme mit sich herumtragen, lächerlich, wie sie bei jedem Schritt hin und her baumeln. Die Erstkläßler dagegen benötigen bloß ein trockenes Tuch, um ihre Tafeln sauberzuwischen. Dadurch ziehen sie den Neid der Älteren auf sich, und so mischt sich die Freude der Kinder bald mit Besorgnis. Doch sind sie zu allem entschlossen, sie werden ihre neue Errungenschaft verteidigen, koste es, was es wolle!

– Koste es, was es wolle!, sagt Rudolf und schwört für sich und seinen Bruder ewige Rache. Er ist es leid, von seinen Mitschülern gehänselt zu werden, und lacht über deren Drohung, die Geschwister in ein Glashaus zu sperren. Wie die Liliputaner, die sie bei ihrem ersten Schulausflug im Treptower Park betrachten konnten. Nun sind die Zwillinge zwar alles andere als zwergenhaft, aber mindestens ebenso ungewöhnlich finden die Klassenkameraden ihren Haarschnitt, den sie »Glatze mit Pony« nennen. Hilding hatte selber Hand angelegt und die Schädel seiner Söhne bis auf das Stirnhaar kahlrasiert. In der Nacht darauf waren die Zwillinge von einem elterlichen Streit aufgewacht. Ob er sich etwa schäme, wollte Margarete weinend wissen, ob er sich schäme, weil das blonde Haar der Jungen nun immer dunkler nachwachse und vielleicht einmal so schwarz werde wie ihres, und ob ihm auch die braunen Augen der Kinder peinlich seien, was Hilding wütend bestritt.

❖

Großmutter hatte Vater in Westberlin besucht. Wenige Stunden später saß sie bei mir in der Küche.

– Arnold sieht schlecht aus, sagte sie. Er ist mager geworden. Außerdem haben wir uns heute mehrmals verfahren, weil er sich in der Stadt nicht zurechtfand.

– Du hast ihm doch nichts von der Beschlagnahme erzählt?

– Natürlich nicht.

Sie schüttelte den Kopf.

Vor uns auf dem Küchentisch lagen Vaters Geschenke: Kleidung und Lebensmittel für Ruth und mich. Großmutter hatte von ihrem eigenen, wenigen Westgeld noch einige Tafeln Schokolade gekauft.

Ihre mageren Hände lösten die Aluminiumfolie von dem selbstgebackenen Kuchen, den sie den ganzen Tag lang, von ihrer Wohnung nahe der polnischen Grenze durch Westberlin bis hierher, mit sich herumgetragen hatte.

Gefüllter Bienenstich.

– Ich habe Arnold die Hälfte dagelassen, sagte sie und beobachtete, wie ich in ein Stück biß.

Einen Tag lang war der Kuchen im Westen, überlegte ich, und Vater hat die andere Hälfte, und vielleicht ißt er jetzt auch.

Großmutter fegte mit einer Handbewegung unsichtbare Krümel vom Tisch und schlug vor, unseren beschlagnahmten Hausstand vom Staat zurückzukaufen.

– Ich gebe dir das Geld dafür, fügte sie hinzu. Ihr würdet es ja doch bald erben.

Das Kuchenstück fiel mir aus der Hand.

– Zwanzigtausend, sagte Großmutter, mehr ist es leider nicht. Aber es wird wohl für das Wichtigste reichen. Damit ihr eine Grundlage habt. Ihr braucht doch was zum Leben. Ruth soll ohne Sorge studieren, und du …

Ruths Zukunft war ein Argument. Wäre es nur um mich gegangen … Aber die Zukunft meiner Schwester wollte ich keinesfalls verbauen. Ruth sollte ihr Studium beenden. Ruth sollte den Hausrat und alle ihre Möbel und Bücher zurückerhalten. Sie sollte hier leben, wenn sie das wollte, eine Familie gründen. Ruth sollte ohne Sorge sein.

Merkwürdig erschien mir nur, daß die Summe, die ich zu überweisen hatte, so genau übereinstimmte mit der Höhe des Erbes. Zwanzigtausend Mark hatte Großmutter für Ruth und mich erspart. Knapp zwanzigtausend Mark sollte unser Hausrat wert sein.

Als ich ihn vom Staat zurückkaufte, dachte ich, daß ich es für Ruth tat.

❖

Auf der Straße, nicht weit vom Haus entfernt, schlägt eine Bombe ein. Mitten in der Nacht, nach wiederholtem Fliegeralarm. Zu diesem Zeitpunkt sitzen sie, gemeinsam mit den Mietern vom ersten Stock, in der zum Luftschutzraum umfunktionierten Waschküche. Sie hatten bereits daran gedacht, wieder nach oben zu gehen. Dann hören sie es pfeifen, kurz darauf die Detonation. Putz fällt von der Decke, Sand rieselt, Glas zerbricht.

Im Haus ist keine Scheibe heil geblieben.

Arnold und Rudolf müssen morgens, auf dem Weg zur Schule, über die niedergefegten Zäune der angrenzenden Grundstücke klettern; der Bürgersteig hat sich in einen Abhang verwandelt.

Hilding tauscht die zerbrochenen Scheiben durch extra gefertigte Platten aus, sie sind aus Pappe und werden überall kostenlos als Ersatz für Fensterglas angeboten. Bei der Montage läßt er sich zum ersten Mal von den Jungen helfen, sogar mitten in der Woche, nach Dienstschluß, denn nachts wird es bereits spürbar kalt. Außerdem ist die Arbeit sehr aufwendig: jeder einzelne Rahmen muß vermessen und die Platten passend zurechtgesägt werden. Vor dem endgültigen Einsetzen wird jeweils ein kleines Loch herausgeschnitten, damit Licht und Frischluft hereinströmen können, denn die Fenster lassen sich von nun an nicht mehr öffnen.

Die Jungen sind froh, endlich am Haus gebraucht zu werden. Obwohl Hilding ein strenger Baumeister ist, der von seinen Söhnen größte Aufmerksamkeit fordert, keine dummen Fragen und geradezu hellseherische Fähigkeiten, wenn es darum geht, an welcher Stelle gerade eine Hand zum Halten oder welches Werkzeug im Augenblick benötigt wird. Mit Anweisungen ist er geizig, fällt doch einmal ein Satz, so lautet er entweder: »Den Dingsda!« oder: »Den Dubbas!«, wobei er mit der Hand wedelt, was natürlich bedeutet, daß er etwas Bestimmtes, den Hammer vielleicht oder den Schraubenzieher, so schnell wie möglich haben will. Die Jungen schwitzen vor Anstrengung, unablässig beobachten sie die Augen des Vaters, bemüht, seinen Blickwinkel abzuschätzen, damit sie ihm mit größtmöglicher Wahrscheinlichkeit das gewünschte »Dingsda« reichen, damit es auch tatsächlich der geforderte »Dubbas« ist, den sie zögernd in seine Hand legen. Denn sie dürfen nicht nachfragen, was »Dingsda« und »Dubbas« gerade bedeuten, es sind Hildings persönliche Mehrzweckworte, die ihn, von jemand anderem nachgesprochen, zur Weißglut treiben. Sooft den Jungen also eines der beiden Wörter über die Lippen rutscht, erhalten sie Kopfnüsse, für deren Verabreichung Hilding sofort alles aus der Hand legt und sogar von der Leiter steigt.

Margarete schweigt, als er ihr erklärt, den geplanten Anbau des Zimmers verschieben zu müssen. Die nötigen Baustoffe wären gegenwärtig nicht zu bekommen. Außerdem halte er es für klüger, mit den Maurerarbeiten zu warten, bis der Krieg zu Ende ist. In der Zwischenzeit, in jedem Fall noch vor dem Winter, will er die Fassade weiter verputzen.

Weil der Kies dazu fehlt, werden die Kinder, obwohl Margarete protestiert, nachts mit Eimern losgeschickt. Sie sollen nur einige Kiesel von den Wegen eines Nachbargrundstücks sammeln. Hilding beruhigt Margarete damit, daß der Besitzer an der Front sei. Seiner Frau würden die fehlenden Steine sicher nicht auffallen.

Doch der Frau fällt auf, was auch andere Nachbarinnen neidisch bemerken: Hilding und sein Nachbar zur Rechten, Karl, sind die beiden einzigen Männer unter Sechzig, die in dieser Straße bisher nicht eingezogen wurden. Karl ist alleinstehend und noch jünger als Hilding, auch Beamter, Geheimnisträger sogar, weshalb er mindestens dreimal soviel verdient.

Karl verkneift sich Ratschläge, denn Hilding will einfach nicht einsehen, daß seine Methode, ein Haus zu bauen, undurchdacht ist. Als er jedoch die vor Jahren begonnene Fassade weiterverputzt, noch dazu ohne Gerüst, sondern mit einer brüchigen Leiter, die seine Söhne ständig verschieben müssen, mischt sich Karl doch ein. Er redet erst über das Wetter. Und weist dann, sehr freundlich, auf die bedenkliche Konsistenz der Masse hin, die Hilding mit einem Spachtel auf die Hauswand reibt. Doch der Augenblick der Belehrung ist denkbar ungünstig; die Zwillinge stehen mit offenen Mündern daneben, und so landet ein Teil Masse auf Karls Kopf.

In den nächsten Wochen fällt zwischen den beiden Männern kein einziges Wort. Karl verteidigt seinen Nachbarn auch nicht, als er hört, was die Frauen auf der Straße über ihn sagen. Sie tippen sich an die Stirn, denn der Knilch da auf seiner Leiter, der mitten im Krieg an seinem Haus baut, der muß plemplem sein, deshalb wird er vermutlich auch nicht eingezogen. Die armen Kinder und die arme Margarete vor allem, die kann es nicht leicht haben, der ist nur zu wünschen, daß sie ihren Hilding doch noch an die Front holen.

❖

Ruth hatte Semesterferien, konnte aber nicht nach Berlin kommen, weil sie für Prüfungen lernen mußte.

Ich schrieb ihr. Daß unser Haus und Grundstück von nun an treuhänderisch vom Staat verwaltet werden sollten, weil der Besitzer ins westliche Ausland verzogen sei. So war es mir mitgeteilt worden.

Obwohl der Brief vielleicht abgefangen und gelesen wurde, bat ich Ruth, noch einmal zu überdenken, ob wir nicht beide gemeinsam einen Ausreiseantrag, einen Antrag auf Familienzusammenführung mit Vater, stellen sollten.

Die Antwort kam postwendend.

Zur Zeit ist mir ein solcher Schritt unmöglich, schrieb Ruth. Und was sie mir im Grunde gar nicht hatte sagen wollen, damit ich mich nicht sorgte: Ihr Studienplatz war in Gefahr. Die Universitätsleitung drohte mit Exmatrikulation, falls sie sich nicht von Vater distanziere.

Wenn du es für richtig hältst, schloß Ruth ihren Brief, stell den Antrag alleine. Warte nicht auf mich.

Immer wieder nahm ich den möglichen Gesprächsverlauf in Gedanken vorweg. Als Vater schließlich anrief, fiel die Lüge ganz leicht. Alles sei in bester Ordnung, behauptete ich, sowohl Ruth als auch ich würden in Ruhe gelassen, es gäbe keine Probleme, keine Repressalien, nichts.

Ob er mir glaubte. Er hat keine andere Wahl, dachte ich, als erleichtert zu wirken. Fröhlich berichtete er von Hildings und Gretels Haus, in dem es immer etwas zu reparieren gebe, um den Garten kümmere er sich und kaufe täglich für die beiden alten Leute ein. Dann erzählte er, unvermittelt, Bruno wiedergetroffen zu haben. Das erste Mal seit zwölf Jahren.

– Grau ist er geworden, stellte Vater fest.

Angeblich habe man vor einiger Zeit versucht, seine Taubheit zu beheben, leider sei die Operation erfolglos geblieben, Bruno höre nach wie vor nichts, könne jedoch telephonieren, denn er spüre, ob jemand am anderen Ende der Leitung abnehme, dann spreche er seine Nachricht in die Muschel, eine Antwort verstehe er allerdings nicht.

– Grau ist er geworden, wiederholte Vater.

Am selben Abend meldete sich Gretel. Arnold schlafe bereits, flüsterte sie am Telephon, seine Zeit laufe nun wohl ab. Er erzähle nichts über die Resultate seiner ärztlichen Untersuchungen, trinke aber, als wolle er seinem Leben ein rasches Ende setzen. Und das Schlimmste sei, fügte sie hinzu, daß Hilding mittrinke, Vater und Sohn würden sich jeden Abend besaufen, jeder für sich allein, beide seien gleichermaßen wortkarg und verstockt. Seit Arnold bei ihnen wohne, ließe sich Großvater gehen, als wäre sein Leben nun erfüllt, da endlich auch sein zweiter Sohn im Westen sei. Aber wahrscheinlich sterbe der noch vor ihm.

– Ich möchte nur, flüsterte Gretel, daß du dir keine falschen Hoffnungen machst. Du mußt damit rechnen, daß du Arnold nie wiedersiehst.

❖

Sie müssen evakuiert werden, die Lage ist schlecht. Hilding will nicht mehr über Politik reden.

Endlich trifft der erwartete Brief ein. Maria ist einverstanden, auch Walter, der an der Front sei, hätte nichts dagegen, daß sie nach Seeburg kommen, beide Jungen und Margarete, die einfach nicht begreifen will, warum es in Ostpreußen sicherer sein solle als in Berlin. Gegen ihr Kopfschütteln hilft kein Machtwort, Hilding muß erst versprechen, sie über Weihnachten dort zu besuchen, sofern es sein Dienst erlaubt.

Arnold ist stolz, Bruder und Mutter über die Verhältnisse in Seeburg aufklären zu können, er beschreibt Haus und Hof von Onkel und Tante bis in alle Einzelheiten und natürlich auch den Geschmack der Pfefferkuchen, die er früher dort angeblich in unbegrenzter Menge essen durfte, Bruchware, die Walter von der Arbeit mit nach Hause brachte. Darauf müssen sie nun wohl verzichten, den Onkel hat es an die verhaßte Ostfront verschlagen. Schlimmer empfinden die Brüder, daß sie auch weiterhin zur Schule gehen müssen, gemeinsam mit Landeiern also, die einen Dialekt sprechen, den sie insgeheim verachten. Das würden sie ihrem Vater gegenüber natürlich niemals zugeben, Hilding spricht immer voller Stolz über seine Heimat, allerdings auf hochdeutsch.

Das neue Jahr beginnt wenig verheißungsvoll. Leningrad ist verloren, der Kontakt zu Walter abgebrochen, und bei Maria und ihrer kleinen Tochter Ilse fließen ständig Tränen. Margarete schließt sich der Trauer an, als sie durch einen Brief erfährt, daß im Zuge der Totalmobilmachung jetzt auch Beamte eingezogen werden, Hilding wird nach Ungarn abkommandiert. Für einen Besuch in Seeburg bleibe ihm keine Zeit, um das Haus brauche sich Margarete aber nicht zu sorgen, die Gehwegplatten habe er mit Gewinn aus Resten zusammengegossen und vom Gartentor bis zur Haustür verlegt, sie werde sich wundern, wie schön es aussehe. Ansonsten sei Karl beauftragt, sich um das Nötigste zu kümmern, denn der werde mit Sicherheit nicht eingezogen, der wisse nämlich zuviel.

Es dauert nicht lange, bis das erste Paket aus Budapest eintrifft: Eine stabile, mit Blech verstärkte Holzkiste, die zu öffnen sich Margarete vergeblich abmüht. Die Söhne wollen helfen, doch als sie mit Hammer und Brechstange anrücken, tut es ihr um das Behältnis leid.

– Wie ich euren Vater kenne, erklärt sie, hat der Verschluß einen einfachen Mechanismus.

Doch niemand begreift ihn, auch Maria nicht, die sich mit verdächtigem Eifer an der Lösung des Rätsels beteiligt. Schließlich bittet Margarete ihren Mann schriftlich um Erklärung. Wiederum vergehen Tage, bis ihnen die Antwort zugestellt wird. Die Kiste läßt sich also doch nur mit Gewalt öffnen, daß sie dabei zerstört wird, ist in Anbetracht des Inhalts hinnehmbar. Margarete findet neben Zucker und Kaffee viele unbekannte Köstlichkeiten, die langen Riegel getrockneter Marmelade etwa, in die sie heimlich hineinbeißen muß. Besonders glücklich ist sie über das Schuhleder, von Hilding sorgsam auf der Rückseite beschriftet: welche Stücke für die Sohlen und welche für die Oberseiten sind, sogar ihre Namen hat er darauf vermerkt, die der Jungen allerdings mit Fragezeichen.

Die Jungen bekommen ihre Schuhe, ansonsten behält Margarete fast alles ein, zum Tausch für Dinge, die ihr nötiger erscheinen als Trockenmarmelade oder Rosinen, und von denen natürlich auch Maria profitieren soll, schon ihres Neides wegen auf das Paket, dem bald andere folgen, aber auch als Trost für ihren verschollenen Mann, vielleicht sogar um zu entschuldigen, daß sich die Zwillinge immer flegelhafter benehmen. Sie scheinen überhaupt keinen Respekt vor ihrer Tante zu haben, sondern ärgern sie, indem sie ihre Cousine foppen, die mit ihren zwei Jahren die Kränkung noch nicht versteht. »Ilse-Bilse, keiner will se, kam der Koch und nahm se doch!« rufen ihr die Jungen hinterher. Für Maria ist dieser Spruch bitter, denn ihre Tochter schielt, und einmal hat sie Margarete gegenüber die Befürchtung geäußert, daß ihre Tochter, mit diesem Blick, wahrscheinlich nie einen abkriegen werde.

❖

Ich war schriftlich aufgefordert worden, an diesem Tag zu Hause zu sein. Es war mitten in der Woche, ich mußte also Urlaub nehmen, ohne zu wissen wofür.

Bis ein Herr vor der Tür stand. Ebenso freundlich wie nachdrücklich verlangte er, eingelassen zu werden. Um eine Bestandsaufnahme durchzuführen. Er sagte das so, als wäre es eine völlig normale Maßnahme, zu der er amtlich befugt sei, die entsprechende Vollmacht zeigte er mir. Bei dem Haus handele es sich um »Besitz ohne Eigentümer«, erklärte er, inklusive des gesamten Inventars. Damit der Staat seiner Verwaltungspflicht nachkommen könne, müsse er den vorhandenen Bestand erschließen.

Keinen Gedanken konnte ich fassen. Und wirkte dennoch ruhig, so sah ich mich selber, während ich den Mann betrachtete, der in unseren Küchenschränken Teller und Tassen zählte, die Möbel begutachtete, im Schlafzimmer die Wäschestapel notierte, getrennt nach Handtüchern und Laken, in der Wohnstube die Teppichkanten untersuchte, der Kristallschalen wog und bei den Bildern an den Wänden abwinkte.

Äußerlich blieb ich ruhig, als er nun die Treppe hochging, als er Ruths Zimmer betrat und vor ihren Bücherregalen durch die Zähne pfiff. Er maß sie mit einem Zentimeterband aus. Soundso viele laufende Meter an Büchern. Ich habe vergessen, wie viele es waren, aber nicht, wie er Ruths Schlafsofa befühlte.

Erst in meinem Zimmer kam ich zur Besinnung.

– Die Sachen gehören mir, stellte ich klar. Die haben mit meinem Vater gar nichts zu tun!

Er ließ kurz den Notizblock sinken. Nicht so, als müsse er überlegen. Sondern so, als sei er erstaunt über meine Einfältigkeit.

– Alles, was Ihnen Ihr Vater geschenkt oder überlassen hat, betrachten wir natürlich als sein Eigentum. Es sei denn, Sie könnten nachweisen, daß Sie sich das alles hier von Ihrem eigenen Geld erworben haben.

– Selbstverständlich kann ich das! Auch meine Schwester ist schließlich seit Jahren arbeiten gegangen, wir haben uns das meiste selber gekauft, ich zeige Ihnen die Arbeitsverträge, seit wir vierzehn sind, verdienen wir …

– Die Arbeitsverträge allein nutzen nichts, unterbrach er mich. Sie müßten auch die Quittungen für die Gegenstände vorlegen, die Sie sich von Ihrem selbstverdienten Geld erworben haben wollen.

– Die Kaufquittungen? Die Quittungen für jedes Buch, jede Schallplatte, jeden Pullover, für jedes Stück?

Er nickte und seufzte dabei, als würden ihn meine Fragen langweilen. Sicher wurden sie ihm täglich gestellt.

Er maß auch meine Bücher mit dem Zentimeterband aus, ich hatte aber lange nicht so viele wie Ruth.

– Wenn Sie belegen können, was Sie durch Ihren eigenen Verdienst erworben haben, mit Kaufquittung, dann werden die betreffenden Dinge von der Liste gestrichen, darüber diskutieren wir gar nicht, sagte er, während er die Zahlen aufschrieb.

Er wollte auch auf den Dachboden, dann in den Keller, in dem er unseren Kohleberg schätzte, er wollte auch in den Schuppen, wo er die Gartengeräte und Werkzeuge auflistete, sofern sie ihm nützlich erschienen. Er wollte auch in die Garage. Dort stand mein Motorrad.

– Ich habe mir das selbst erspart!, rief ich, als er das Kennzeichen und den Fahrzeugtyp auf seinem Block notierte. Ich bin dafür mehrere Jahre lang in den Ferien arbeiten gegangen!

– Moment mal!, sagte er und drehte sich zu mir um. Ich habe Ihnen doch schon erklärt, daß Sie uns das nur nachzuweisen brauchen. Dann streichen wir das Motorrad von der Liste. Eher nicht.

Er wollte die Garage gerade verlassen, da fiel ihm etwas ein.

– Übrigens muß ich Sie darauf hinweisen, daß Sie sich strafbar machen, wenn Sie irgend etwas aus dem Haus oder vom Grundstück entfernen. Wir verstehen uns doch richtig?

Nun begann er zu grinsen. Er habe etwas vergessen, meinte er verlegen, oben, in meinem Zimmer, er müsse unbedingt noch einmal hinauf.

Wieder standen wir vor meinem Bücherschrank. Sein Zeigefinger glitt über die Reihe der Einbände.

– Sie arbeiten in einem Verlag, nicht wahr?

Ich antwortete nicht.

Er erzählte, einen Sohn zu haben, der ungefähr so alt sei wie ich. Der suche schon seit langem ein bestimmtes Angelbuch.

Er grinste und kratzte sich am Kopf.

– Vielleicht könnten Sie …? – Oder darf ich du sagen? Mein Sohn ist ja auch nicht viel jünger …

Fast hätte ich gelacht.

– Dieses Angelbuch, sagte er, wenn du das besorgen könntest, das wäre doll. Ich gebe dir auch einen Tip!

Er berührte meinen Arm.

– Du kannst die Abholung eurer Sachen vermeiden, indem du sie zurückkaufst. Wie teuer es wird, kann ich nicht genau sagen, die Schätzung wird anhand der Liste vorgenommen, das mache nicht ich. Aber das meiste ist ja nichts wert. Am besten, du fragst in drei, vier Wochen mal nach. Bis dahin wird hier sowieso nichts ausgeräumt.

❖

Hilding und Margarete sehen sich Ende Juni in Berlin wieder, ohne die Kinder, die in Seeburg bleiben, denn der Anlaß ist unerfreulich: Ihr Haus wurde von einer Bombe getroffen. Ganz so schlimm, wie Karl es seinem Nachbarn in einem Brief nach Ungarn geschildert hatte, woraufhin Hilding sofort Urlaub erhielt, ist es dann aber doch nicht.

Von der Straße aus blicken sie direkt in ihr Schlafzimmer, auf die Tapeten und das, was von Schränken und Ehebetten übrigblieb. Ein Teil der Vorderfront und die rechte Ecke des Hauses sind zusammengesackt, die Decke hängt schräg in der Luft.

Die Mieter vom ersten Stock waren während des Einschlags im Luftschutzkeller, sie blieben unversehrt und sind nun zu ihrer Tochter nach Pommern gezogen.

Karl berichtet, daß die Träger bereits untersucht worden seien; sie würden noch halten. Mit seinem Haus habe er weniger Glück gehabt, es sei schwerer getroffen worden und nun abrißreif. Wie selbstverständlich schließt er sich

Hildings und Margaretes Rundgang um ihr Haus an. Nachdrücklich weist er auf die vielen Risse hin, die sich überall durch das Mauerwerk ziehen, auch der Putz ist teilweise abgefallen, was Hilding offensichtlich am meisten schmerzt. Zumindest die Fensterplatten haben sich bewährt, sie hängen tadellos in den Rahmen.

Hilding muß in wenigen Tagen nach Budapest zurück, Margarete möchte die Kinder in Ostpreußen nicht länger allein lassen. Also beginnen sie unverzüglich, die brauchbaren Steine aus dem Schutt zu sammeln und die Mörtelreste abzuschlagen.

Karl darf während ihrer Abwesenheit die intakten Räume der Wohnung nutzen, muß dafür aber das verbliebene Inventar bewachen. Er verspricht sogar, mit der Reparatur zu beginnen. Hilding nimmt das Angebot an, obwohl es ihm nicht nötig erscheint. Denn nun bekommt er sicher häufiger Urlaub, um sein Haus eigenhändig wiederaufzubauen.

❖

Ich stand am Herd. Das Teewasser kochte noch nicht. Christian saß in Uniform am Küchentisch, er wirkte nervös.

Er hatte nicht viel Zeit, seine Eltern erwarteten ihn zum sonntäglichen Mittagessen. Vorher wollte er unbedingt jede Einzelheit wissen. Wie alles abgelaufen war, und was ich dabei empfunden hatte.

– Ich war völlig durcheinander.

Christian schüttelte den Kopf.

– Daß du dich nicht gewehrt, nichts gesagt hast! Ich an deiner Stelle hätte wahrscheinlich um mich geschlagen.

Ich setzte mich mit der dampfenden Kanne zu ihm an den Tisch.

– Was hätte das genutzt?

Christian griff nach meiner Hand.

– Ich liebe dich, zwang ich mich zu sagen.

Seine Hand drückte kurz zu.

Ich weiß ja, daß ich ihn liebe, dachte ich. Aber dieses Gefühl trägt mich nicht. Nicht dorthin, wohin ich will.

– Jetzt träume ich wieder häufig, erklärte ich. Ich träume, zu springen. Habe ich dir schon erzählt, daß ich früher, nachdem Mutter gestorben war, immer wieder von unserer Terrasse in den Garten gesprungen bin? Als Vater dahinterkam, ließ ich es zwar sein, begann aber in Gedanken zu springen. Seit einigen Tagen ist dieses Gefühl wieder da, ich kann es nicht verhindern. Meist kurz vor dem Einschlafen, oder wenn ich vor mich hin döse, in der Straßenbahn etwa, neulich sogar im Büro. Dann höre ich den Klang der sechs Stufen, die zu unserer Terrasse hochführen. Ich sehe das grüngestrichene Geländer vor mir, spüre sogar die rauhe Oberfläche der Stäbe, während ich mich zwischen sie schiebe. Kurz darauf kippe ich nach vorn. Egal, wo ich mich gerade befinde. Ich kippe und empfinde den Aufprall: eine dumpfe Erschütterung im Körper, wie ein Ton, der mich durchfährt, von den Beinen die Wirbelsäule hoch bis zum Kopf, wo er allmählich ausklingt, als wäre mein Schädel eine Glocke, die jemand unter Wasser angeschlagen hat.

Christian, am Tisch, legte seine Stirn auf den Unterarm.

– Das Springen stimmt mich wie ein Instrument. Es ist meine Stimmung, sie entspricht mir auf irgendeine Art.

Er blickte nicht auf.

– Ich mag es, zu springen, redete ich weiter, so unbefangen wie möglich. Ich mag den Raum, den ich dabei überwinde, ich mag auch das Auftreffen, obwohl es immer ein wenig weh tut. Und obwohl es immer zu früh und für den Körper unerwartet geschieht. Ich mag das Auftreffen. Denn es ist eindeutig. Meßbar.

Christians Hand lag gelöst auf dem Tisch. Ich streichelte sie.

– Geh nach Hause, schlug ich vor. Es ist schon kurz vor halb eins. Du wirst Ärger bekommen.

Nun drückte seine Hand wieder zu.

❖

Sie warten jeden Tag vergeblich. Wochenlang.

Seit ihrem Abschied in Berlin hat Margarete nichts mehr von Hilding gehört. Erst nun wird ihr klar, wie prophetisch seine letzten Worte klangen, er hatte »Lebewohl« und nicht »Auf Wiedersehen« gesagt, Endgültigkeit lag in der Luft, sie hatte es gespürt und doch nicht wahrhaben wollen.

Am Küchentisch sitzt sie, in Seeburg, in Marias Haus. Sie spürt ihren rasch wechselnden Gefühlen nach: Mal sind es Weinkrämpfe, die sie schütteln, der Gedanke, sich wie Ida das Leben zu nehmen. Dann wieder fährt ihre Faust auf den Tisch, voller Zuversicht, die Kinder auch allein durchzubringen. Kurz darauf verharrt sie erneut regungslos und starrt vor sich hin.

Maria klopft ihrer Schwägerin tröstend den Rücken, dabei kann sie ihren heimlichen Triumph kaum verbergen. Denn mittlerweile hat sich die Situation der Frauen ins Gegenteil verkehrt: Vor einigen Tagen traf von dem verschollen geglaubten Walter das ersehnte Lebenszeichen ein. Er liegt in Rußland in einem Lazarett, offensichtlich läßt seine Verwundung keinen Heimtransport zu. Und nun bleibt jegliche Nachricht von Hilding aus.

Ob diese Ungewißheit die Zwillinge bedrückt, vermag Margarete nicht einzuschätzen. Immerhin hänseln sie ihre schielende Cousine nicht mehr und verhalten sich überhaupt viel ruhiger, was auch daran liegen könnte, daß sie den ganzen Tag über wegbleiben. Margarete traut sich nicht nachzufragen, womit sie ihre Zeit verbringen, sie ahnt aber, daß sie die Schule schwänzen, was kein Wunder wäre, denn die meisten Lehrer wurden eingezogen und die ledigen Frauen zu Arbeitsdiensten verpflichtet.

Margarete fragt nicht nach, wo die Jungen tagsüber stekken, und sie will auch nicht wissen, wo das magere Kaninchen herkommt, das sie ihr auf den Tisch legen. Arnold und Rudolf schauen zu Boden, als Margarete das Tier nimmt, um den Rest des Blutes in einer Schale aufzufangen. Dabei ekelt es sie. Vor sich selbst, denn wie steht sie nun vor den Kindern da. Oder ist sie etwa nicht gescheitert. Zu aufrichtigen Menschen wollte sie die beiden erziehen, ihnen vermitteln, was sie für wichtig und wertvoll hält. Aber nun stehlen ihre Söhne, und sie kann ihnen nichts anderes raten. Sämtliche Vorräte sind aufgebraucht. Bitte, wiederholt sie für sich, nehmt keinem Hungernden etwas weg, ihr dürft niemanden für ein Stück Brot erschlagen, für alles andere könnt ihr später beim Herrgott um Vergebung bitten.

Verstohlen blickt sie zu Arnold und Rudolf, die am Küchentisch die Inhalte ihrer Hosentaschen sortieren.

Als Margarete dem Kaninchen das Fell über die Ohren zieht, denkt sie daran, was sie den beiden hatte bieten wollen, eine unbeschwerte Kindheit vor allem. Eine Weile tröstet sie sich mit dem Gedanken, daß die Jungen einander haben und sich gegenseitig beistehen können. Dann aber macht ihr gerade das Angst, und sie dankt im stillen, was ihrem dritten Sohn erspart geblieben ist.

❖

Drei Männer kamen, um mich aus dem Verlag abzuholen. Sie redeten kurz mit meinem Vorgesetzten, der gab mir dann für den Rest des Tages frei.

Ich mußte in ihr Auto einsteigen, ein alter und völlig verdreckter Wartburg.

Die drei schwiegen und rauchten. Bis wir vor unserem Haus hielten.

Zwei Männer schauten zu, wie ich die Tür aufschloß, der dritte entfernte sich. Kurz darauf kehrte er zurück, mit einer Nachbarin, die erst seit wenigen Monaten schräg gegenüber wohnte und Hausfrau war. Ich hatte bislang kaum ein Wort mit ihr gewechselt. Ihr Ehemann arbeitete im Ministerium für Staatssicherheit.

Sie wirkte vorbereitet. Sie sollte Zeugin sein. Und ich konnte nicht verhindern, daß sie nun, gemeinsam mit den anderen, unser Haus betrat.

Ein Mann ging nach oben, ich hörte seine Schritte in Ruths und in meinem Zimmer. Dann kam er wieder herunter, er nickte seinen Kollegen zu.

Nun begannen sie, in Vaters Sachen zu kramen, im Schlafzimmer zuerst, sie leerten die Schränke, warfen alles hinter sich.

Die Nachbarin wandte sich ab.

Im Korridor machten sie ihren ersten wichtigen Fund, ich sah, wie sie sich über unser Adreßbuch freuten, mit den Namen und Telephonnummern von allen Freunden und Bekannten.

Ich biß mir auf die Lippen. Natürlich hätte ich daran denken müssen, das Buch zu verstecken. Die wichtigsten Nummern kannte ich auswendig, aber der Staatssicherheit die Arbeit so leicht zu machen, das war unverzeihlich! Andererseits war es vielleicht gut, wenn sie einiges von Belang fanden. Weil sie mich dann nicht verdächtigten, alles Wichtige bereits beiseite geschafft zu haben.

Auch im Wohnzimmer räumten sie die Schränke aus. In einem entdeckten sie endlich Unterlagen. Von Vaters Arbeit, vom Haus, auch Photos und Briefe, die ich jedoch alle schon einmal durchgesehen und mit Bedacht liegengelassen hatte. Offensichtlich fanden sie genug, was sie interessierte. Das beruhigte mich. Und mich beruhigte auch, daß die Nachbarin weinte. Denn dadurch half sie mir, die Beherrschung nicht zu verlieren.

Ich stand neben dem Schrankfernseher, als ich mit einer unüberlegten Handbewegung die Durchsuchung zum Stokken brachte. Ich hatte das Gehäuse des Apparats wie einen treuen Hund geklopft.

Die Männer schauten schweigend auf das Gerät.

Jetzt streichelte ich den Hund eindringlich, als wollte ich ihn vom Beißen abhalten.

– Er ist zwar alt, bemerkte ich, aber absolut zuverlässig.

Sie schwiegen und schauten.

Ich betete inständig, daß sie nicht auf die Idee kamen, den Apparat anzuschalten. Die Mattscheibe würde sicher nicht einmal mehr flimmern. Außerdem, fiel mir nun ein, lag der Netzstecker herausgezogen hinter dem Gerät, das Kabel reichte nicht bis zur nächsten Dose. Mit etwas detektivischem Vermögen hätten sie also herausbekommen müssen, daß unser Wohnzimmer anders als gewöhnlich aussah.

Der eine räusperte sich.

– Die alten Dinge sind oft die besten, sagte er anerkennend.

Die Durchsuchung ging weiter.

Die Nachbarin, die kurz aufgehört hatte zu weinen, preßte sich ihr feuchtes Taschentuch wieder unter die Nase.

In der Küche wußte ich, daß das Schlimmste hinter mir lag. Deshalb verzichtete ich auch gern auf ein Kuchenrezept, ein loser, fettdurchtränkter Zettel, den sie mit spitzen Fingern, wie ein Geheimdokument, aus irgendeinem Backbuch zogen.

»Deutschlandtorte« stand auf dem Papier. Dem Rezept nach wurde der dreischichtige Teig mit Hilfe von Puddingpulver braun, rosa und gelb gefärbt; besonders geschmeckt hatte mir der Kuchen nie.

Es war doch eine Menge zusammengekommen. Die Nachbarin sollte die Liste mit den aussortierten Dingen unterschreiben, was ihr augenscheinlich Mühe bereitete: dreimal fiel ihr der Kugelschreiber herunter.

Zum Schluß reichte sie mir die Hand. Ich schlug nicht ein.

❖

Das Blatt wendet sich erneut.

Durch ein offizielles Schreiben erfährt Maria von Walters Tod. Demnach war er bereits gestorben, als sie seine lang ersehnte Nachricht erhalten hatte, daß er zwar in einem Lazarett, aber am Leben sei.

Sie bricht zusammen, liegt tagelang im Bett, nimmt kaum etwas zu sich und spricht kein Wort, auch mit ihrer Tochter Ilse nicht, die darauf mit andauerndem Gebrüll reagiert. Margarete kümmert sich um die Kleine, obwohl sie sich selber schwach fühlt, seit Wochen schleppt sie eine schmerzhafte Blasenentzündung mit sich herum. Insgeheim rechnet sie mit dem gleichen Schicksal: Von Hilding wird kein Lebenszeichen mehr kommen, damit muß sie sich abfinden. Auch die allgemeine Lage wird nicht besser, das verstehen selbst die Frauen im Dorf. Während ihr die heulende Ilse am Rock hängt und unbedingt auf den Arm genommen werden will, so daß Margarete kaum noch eine Arbeit erledigen kann, reift in ihr der Entschluß, Seeburg zu verlassen, sobald sich Maria einigermaßen gefangen hat.

Wenige Wochen später stehen sie vor ihrem Grundstück. Die Jungen sind schockiert, bemühen sich jedoch, es zu verbergen. Daß sie ihr eigenes Haus nicht wiedererkennen, beinahe wären sie daran vorbeigelaufen. Obwohl das

Loch in der Vorderwand inzwischen vermauert ist, wirkt es fremd. Fremd auch die Straße, das gesamte Viertel, in dem es kaum noch Leben zu geben scheint, viele Gebäude sind in sich zusammengefallen oder ausgehöhlte Ruinen, auch die Wege verlaufen anders als früher, und von ihren Freunden treffen sie keinen wieder.

Sie finden sich nicht zurecht. Unter einem Dach mit Karl, was nicht das Schlimmste ist, denn er verbringt ohnehin den ganzen Tag auf seiner Behörde. Abends aber, wenn sie gemeinsam essen, sitzt er auf Hildings Platz. Und bespricht mit Margarete, woher sie Lebensmittel und Holz zum Heizen bekommen könnten. Hin und wieder fällt sogar ein Wort über die Erziehung der Kinder, wobei der Ton der beiden sehr vertraulich ist. Wenn die Jungen zu Bett gehen, liest Karl ihnen Geschichten vor. Dennoch bleiben sie ihm gegenüber mißtrauisch. Denn wer sonst, wenn nicht er, sollte ihre Hühner auf dem Gewissen und den einstigen Stall verheizt haben?

Margarete scheint es wenig zu kümmern, daß die verbliebenen Nachbarinnen über sie reden. Eine Frau hat ihr neulich sogar auf der Straße zugerufen, ob sie sich denn nicht schäme, mit so einem zusammenzuwohnen.

– Ich habe mit dem nichts, hatte sich Margarete empört.

– Das wundert mich nicht, erwiderte die Nachbarin, weil der Karl hat's ja mit Männern.

So fraglich Margarete diese Information auch erscheint, weil sie sich das überhaupt nicht vorstellen kann, sosehr beruhigt sie dieser Gedanke. Denn wenn es stimmt, was die anderen sagen, wird ihr niemand unterstellen können, daß sie ihrem Hilding untreu geworden ist, womöglich über seinen Tod hinaus.

❖

In der Dunkelheit saßen wir auf der Terrasse, die Nacht war warm. Wir unterhielten uns leise, Ruth und ich, damit die Nachbarn nichts verstehen konnten. Vater war nun also für einige Tage bei seinem Bruder, Onkel Rudolf, in Bayern. Die letzten Telephonate mit ihm waren jeweils nach wenigen Sekunden unterbrochen worden. Warum aber nichts weiter geschah, blieb uns ein Rätsel.

Die Luft war drückend. Kein Windhauch ging, kein Hund bellte, nicht ein einziges Blatt raschelte, alles schwieg. Kurz nach Mitternacht.

Ich fragte Ruth nach ihrem Studium, das nach den Ferien weitergehen würde. Aber sie schien nichts erzählen zu wollen; ein Gespräch darüber kam gar nicht erst in Gang.

Wir saßen in der Dunkelheit auf der Terrasse und lauschten. Auf die Stille, die uns wie eine Glaswand umschloß.

Unverhofft wurde sie von einem Auto durchbrochen, es bog in unsere Straße ein, dem Motor zufolge ein Wolga, darüber verständigten wir uns noch, bevor der Polizeiwagen vor unserem Haus hielt.

Sie klopften nicht, sondern bummerten gegen die verschlossene Tür.

Ruth öffnete. Das verwirrte die beiden Uniformierten, daß nicht ich vor ihnen stand, denn ihrer Dienstanweisung zufolge wohnte ich hier allein, und mich sollten sie holen, wogegen Ruth protestierte. Da sie die Ältere von uns beiden sei, wolle sie statt meiner mitfahren. Damit waren die Polizisten überhaupt nicht einverstanden, sie pochten auf ihren Befehl und warteten im Treppenhaus, bis ich mich umgezogen hatte.

– Wohin bringen Sie mich?

– Ins Ministerium.

– Warum?

Die beiden zuckten mit den Schultern.

– Sie müssen doch wissen, warum Sie meine Schwester fortschaffen!, empörte sich Ruth.

Ich sah, daß sie zitterte.

– Keine Ahnung, antwortete der eine. Wir haben nur die Anweisung, sie abzuholen. Mehr wissen wir auch nicht.

– Soll ich meine Zahnbürste einstecken?

– Kommen Sie und machen Sie keine Umstände, befahl der eine und griff nach meinem Arm.

Im Auto wartete noch ein Polizist, er startete den Motor, sobald er uns kommen sah.

Als ich hinten zwischen den beiden anderen saß, schaute

ich noch einmal zu unserem Haus. Ruth stand am Küchenfenster.

Ruth hatte am Küchenfenster gewartet. Die ganze Nacht lang, bis zum Morgen, dem frühen Vormittag, bis ich zurückgekehrt war.

Den weiten Weg von der Außenstelle des Ministeriums am Rande der Stadt mußte ich nach Hause laufen. Denn nachdem man mich erst eine Weile in einen kleinen Raum gesperrt und dann einige Stunden lang wegen Vater vernommen hatte, wurde ich bis vor den Schlagbaum des abgeriegelten Geländes geführt. Und dann mir selbst überlassen. Es war schon hell, aber ich kannte mich in dieser Gegend nicht aus und erkundigte mich bei dem Wachposten nach öffentlichen Verkehrsmitteln. Er wußte auch nichts Genaues, schenkte mir aber zwanzig Pfennige für die Fahrkarte, denn ich hatte kein Geld dabei. Ein Bus in meine Richtung ist dann aber doch nicht gefahren.

Das erzählte ich Ruth, das war zunächst alles, was ich erzählen konnte. Während wir am Küchenfenster standen, dort, wo sie gewartet hatte, unendlich lange, so kam es mir vor, hielten wir uns gegenseitig umfangen.

Ich begriff, daß es etwas Schlimmeres als Verhöre gab: Die Ungewißheit der Zurückgebliebenen.

❖

Karl rät, den Evakuierungsanordnungen Folge zu leisten. Den Kindern zuliebe. Es müsse ja nicht wieder Seeburg sein.

Wohin sonst, an welchem Ort es jetzt am sichersten sei, das könne er ihr allerdings auch nicht sagen.

Margarete sehnt sich nach Hilding, sie will diese Entscheidung nicht allein fällen. Obwohl ihr längst klar ist, hier nicht bleiben zu können, Berlin ist eine lebensfeindliche Stadt. Doch schreckt sie, daß es ein Weggang für immer sein könnte. Wenn es nur sie selber beträfe! Aber diese Weiche im Leben der Kinder zu stellen, da will sie sicher sein, daß sie das Richtige tut.

Das Richtige fällt ihr erst ein, als sie von Hilding ein Lebenszeichen erhält, Maria hat es ihr von Seeburg nachgesandt. Er ist in Ungarn in Gefangenschaft geraten. Endlich spürt Margarete wieder Hoffnung, es werden andere Zeiten kommen, sie fühlt es: alles wird gut! Warum also nicht nach Sachsen fahren, in der Stadt Lützen kann sie mit den Kindern bei einer fremden Familie wohnen. Und Karl paßt weiter auf das Haus auf.

Obwohl sie die neue Anschrift in Lützen sofort an die zuständige Stelle in Budapest weiterleitet, bleibt die ersehnte Nachricht von Hilding aus. Margaretes Mut sinkt wieder, sie muß an ihre Schwägerin Maria denken, deren Hoffnung ebenfalls ein Irrtum war. Vielleicht haben sie Hilding längst erschossen, wie die vielen Gefangenen, von denen andere Evakuierte in Lützen berichten. Oder ist es ihm gelungen zu fliehen, und er kehrt bereits nach Hause zurück. Vielleicht hat er sich aber auch irgendwo versteckt und wartet erst einmal ab, wie sich die allgemeine Lage entwickelt. Oder stimmt nichts von alldem, Hilding hat womöglich nie im Gefängnis gesessen, sondern kam unter ungeklärten Umständen um, die sie vielleicht nie erfahren wird. Auch das versucht sich Margarete immer wieder vorzustellen: Er könnte inzwischen in einem fremden Land leben, unter falschem Namen. Mit einer anderen Frau. Dieses Bild ist hartnäckig, es läßt sich kaum verdrängen.

❖

Er wirkte tatsächlich schockiert. Der Generaldirektor persönlich. Er hatte den Parteisekretär des Betriebs mitgebracht, von dem ich wußte, daß Vater ihn haßte.

Zuerst holten die beiden seinen Dienstwagen aus unserer Garage, den würden sie nun mitnehmen müssen, entschuldigte sich Vaters Chef bei mir, aber sobald Arnold seine Fehlentscheidung einsehe und wiederkehre, würde er sein Fahrzeug selbstverständlich zurückerhalten.

Dann saßen sie in unserem Wohnzimmer, mit dem Rükken zum Schrankfernseher, so hatte ich sie Platz nehmen lassen. Damit sie das alte Gerät nicht betrachten und womöglich belächeln konnten.

Unsere Einrichtung schien die beiden aber gar nicht zu interessieren. Nur von dem Telephonat wollten sie jede Einzelheit wissen. Wann genau also und mit welchen Worten habe Vater mir mitgeteilt, daß er nicht mehr nach Hause zurück, sondern im Westen bleiben wolle.

Ich wiederholte nur, was sie ohnehin schon wußten.

– Und Sie haben Arnold nicht aufgefordert, zurückzukommen?, fragte der Generaldirektor. Er sächselte.

Ich schüttelte den Kopf.

Der Parteisekretär rutschte nach vorne.

– Warum denn nicht?

Er sprach denselben Dialekt.

– Ich akzeptiere den Entschluß meines Vaters, erklärte ich, wobei es mir um ein Haar passiert wäre, daß ich ihre Mundart nachgeäfft hätte.

Der Sekretär holte übertrieben tief Luft.

– Das ist ein Fehler, sagte der Generaldirektor. Das werden Sie bald einsehen müssen. Der Arnold hat da drüben gar keine Chance, der …

– Ihr Vater hat nämlich Alkoholprobleme, unterbrach ihn der andere. Wissen Sie das überhaupt?

– Was geht Sie das an?

– Eine ganze Menge, übernahm nun wieder der Generaldirektor das Wort, wobei er ebenfalls nach vorn, auf die Sesselkante, rutschte. Wir machen uns um Arnold ernsthafte Sorgen. Unter uns gesagt: Der wird im Westen vor die Hunde gehen.

– Es ist Ihre Pflicht, ihn zu überzeugen, daß es das Beste für ihn ist, zurückzukehren, erklärte der Sekretär.

– Ich bin mir sicher, daß mein Vater sehr wohl selber entscheiden kann, was das Beste für ihn ist.

Die Augen des Generaldirektors verengten sich.

– Arnolds Tat ist eine Schande, nicht nur für unseren Betrieb, sondern für die gesamte Republik! Sie können ihm mitteilen, daß seine Mitgliedschaft in unserer Partei ruht. Solange, bis er zurückkommt. Und er wird zurückkommen!

Vaters Chef erhob sich, wobei er den Sessel kraftvoll nach hinten drückte.

– Das Mitgliedsbuch, erinnerte ihn der Sekretär und stand ebenfalls auf.

– Ach ja, fiel dem Generaldirektor nun ein, wir müssen Sie auffordern, uns Arnolds Mitgliedsbuch für die Dauer seiner Abwesenheit zu geben, denn es ist Eigentum der Partei. Er wird es ja wohl nicht mitgenommen haben?

Das kann nicht wahr sein, dachte ich und blieb sitzen. Vater war doch nie in der Partei.

– Ich habe keine Ahnung, sagte ich, wo sein Parteiausweis sein sollte.

Der Sekretär richtete seinen Finger auf mich.

– Noch hätte Ihr Vater Zeit, sich zu entschuldigen, erklärte er. Die Genossen in der Leitung würden ihm das unter Umständen nachsehen. Wenn er so schnell wie möglich zurückkäme. Sagen Sie ihm das!

Ich sagte es ihm und lachte, als er das nächste Mal anrief. Daß sich die beiden doch tatsächlich einzubilden schienen, daß er zurückkommen würde.

Vater lachte nicht.

Ich erzählte, daß sie seinen Dienstwagen mitgenommen hatten, woraufhin er sagte, er fliege in wenigen Tagen nach München, Rudolf habe ihn eingeladen und auch den Flug bezahlt, er freue sich sehr.

Und nahm mir damit die Gelegenheit zu fragen, ob er tatsächlich in der Partei gewesen sei.

Mit Ruth sprach ich darüber am Telephon.

Es war also wahr, und sie hatte es schon lange gewußt und mir nichts erzählt. Zufällig hatte sie einmal Vaters Parteibuch gefunden und ihn daraufhin zur Rede gestellt.

– Er hat es doch nicht aus Überzeugung getan, beruhigte mich Ruth, als sie mich weinen hörte.

– Daran zweifle ich ja auch nicht. Nur, daß er es uns nie von sich aus gesagt hat!

❖

Weihnachten 1944. Sie kann das Fest nicht in Lützen begehen. Obwohl ihr die Menschen freundlich begegnen, und auch den Zwillingen gefällt es hier offenbar. Der Vater der Familie, bei der sie nun wohnen, hatte Glück: Er wurde vor einem Jahr angeschossen und verlor daraufhin ein Bein, weshalb er für die Front nicht mehr taugt. Es scheint ihn verbittert zu haben, er ist herrschsüchtig und jähzornig. Aber seine Frau und seine Kinder können doch froh sein, findet Margarete, daß er überhaupt zurückgekehrt ist.

Natürlich dürfen sie zu Weihnachten bleiben. Wo sollten sie auch sonst hin.

Margarete antwortet nicht, schlägt aber mit einer Geste das Angebot des Gastgebers aus.

– Wo wollen Sie denn nur hin?, wiederholt der Mann.

– Nach Berlin, in unser Haus.

Er legt eine Hand vor die Augen.

Die Jungen nehmen Margaretes Plan gelassen auf. Sie protestieren auch dann nicht, als sie, am Tag vor Heiligabend und in Eiseskälte, auf der Straße erfahren, daß ihre Mutter selber noch nicht genau weiß, wie sie nach Berlin kommen sollen. Die Zugverbindung ist unterbrochen, und Autos fahren, wenn überhaupt, nur für die Wehrmacht.

Eine halbe Stunde lang warten sie am Ortsausgang von Lützen, hinter einer Scheune. Als sich endlich Motorengeräusch nähert, das einzige Mal während der ganzen Zeit, tritt Margarete aus dem Versteck. Der LKW verringert das Tempo und stoppt. Die Jungen hören ihre Mutter mit dem Fahrer sprechen. Offensichtlich ist alles schon ausgehandelt, Arnold und Rudolf werden eilig herangewinkt. Margarete hilft ihnen auf den Beifahrersitz, springt selber auf, während der LKW schon wieder rollt.

Auf dem Boden müssen sie kauern, und dort sollen sie während der gesamten Fahrt bleiben, nur nicht aufschauen, befiehlt Margarete, aber Arnold und Rudolf sehen doch, wie ihre Mutter dem Wehrmachtsfahrer Zigaretten zusteckt und ein Paket, dessen Inhalt sie nicht erraten.

Die beiden Erwachsenen reden kaum miteinander auf dem Weg nach Berlin. Dreimal müssen sie unterwegs anhalten, um den Holzgasgenerator zu befeuern. Die Jungen interessiert sehr, wie ein Auto ohne Benzin oder Diesel fahren kann, und Margarete läßt schon beim zweiten Mal zu, daß sie aus ihrem Versteck auftauchen und heimlich den Mann beobachten, der die Maschine mit Holzstücken füllt, die kaum größer als Zigarettenschachteln sind. Als sie das dritte Mal halten, um zu »tanken«, steigt auch Margarete aus. Die Jungen sehen, wie sie mit dem Fahrer redet und in den Wald zeigt. Er schüttet das restliche Holz aus einem Sack in den Generator, dann tippt er sich an die Stirn. Margarete zieht ein kleines Paket aus ihrer Jacke, sie hält es ihm hin. Der Fahrer flucht. Er blickt sich um und holt schließlich aus dem am Wagen befestigten Werkzeugkasten eine Säge. Nun geht er einige Meter in den verschneiten Wald und greift nach einer kleinen Tanne. Keine fünf Minuten später steckt sie hinter den Sitzen im Fahrerhaus.

– Stille Nacht, Heilige Nacht, singt sie mit hoher Stimme. Die Jungen bewegen ihre Lippen, kein Ton kommt heraus.

Weil auch Karl schweigt, singt Margarete allein, doch es fällt ihr nicht auf, sie denkt an das Gespräch, das sie vor einer knappen Stunde mit ihm hatte.

Karl war wenig erfreut gewesen, als die drei plötzlich vor dem Haus standen, erleichtert, es geschafft zu haben, und mit einem Weihnachtsbaum.

Margarete hatte ihm versprechen müssen, morgen, spätestens übermorgen wieder nach Lützen zurückzukehren. Er war unerbittlich geblieben, trotz ihrer Tränen, die ihr vor allem deshalb gekommen waren, weil sie auch hier keine Nachricht von Hilding vorgefunden hatte.

Karl hatte sie dann stolz durch ihr eigenes Haus geführt und gezeigt, was er in der Zwischenzeit alles repariert hat. Sie dankte es ihm mit gemischten Gefühlen, die sie sich selber dadurch erklärt, daß sie alles mit Hildings Augen zu betrachten versuchte. Uneingeschränkt gutheißen würde er sicher nur die Schließvorrichtung, die Karl an der Waschküchentür, dem jetzigen Luftschutzkeller, angebracht hat. Ihre verbliebenen Wertsachen, die sich darin befinden, sind nun durch eine komplizierte, doch augenscheinlich äußerst stabile Konstruktion gesichert. Auf ihre Frage, ob ein solches Schloß denn wirklich notwendig sei, hatte Karl seltsam gelacht. Dieses Lachen, das ihr nicht mehr aus dem Kopf gehen will, wiederholte sich, als er ihr Holz zum Heizen brachte und darum bat, nicht nachzuforschen, woher er es habe. Margarete forschte nicht nach, aber sie schärfte den Kindern ein, Karl weder zu verraten, auf welchem Wege sie von Lützen nach Berlin gelangt, noch wie sie zu dem Weihnachtsbaum gekommen seien, der nun, notdürftig geschmückt, vor ihnen im Zimmer steht.

– Stille Nacht, Heilige Nacht.

Margarete summt die letzte Strophe, sie überreicht Arnold und Rudolf je ein Geschenk, in zerknittertes Papier geschlagen, das an einigen Stellen eingerissen ist.

Mit geröteten Wangen lösen sie die Schnüre und rollen sie erst sorgfältig zusammen, bevor sie ihre Stabilbaukästen auswickeln. Ein Blick bestätigt, daß sich in jeder der beiden Zigarrenschachteln die gleichen fünf Teile befinden: drei Metallochstreifen unterschiedlicher Länge und eine Schraube mit passender Mutter.

– Ihr könnt sie euch ja auch untereinander ausborgen, schlägt Margarete vor.

❖

Wenige Minuten, nachdem er aufgelegt hatte, versuchte ich, die Verbindung erneut herzustellen. Vater war bei Hilding, die Nummer kannte ich auswendig, samt Vorwahl, die ich ständig wiederholte, meist ertönte bereits nach diesen Ziffern das Besetztzeichen, kam ich tatsächlich einmal durch, blieb das Klingeln aus, im Telephon herrschte Schweigen, es war, als hörte ich in eine riesige Halle hinein, in der jemand hin und wieder die Saiten einer blechern klingenden Gitarre zupfte.

Dann fiel mir ein, daß Vater zur selben Zeit probieren könnte, mich anzurufen, genauso verzweifelt, weil meine Leitung seit einer halben Stunde blockiert war.

Die nächste halbe Stunde wartete ich. Auf dem Boden, vor dem Telephon saß ich und prüfte ab und zu, ob das Freizeichen noch zu hören war.

Nichts geschah. Ein trügerischer Eindruck, das wußte ich, denn die Maschinerie funktionierte sicher reibungslos, sie hatte sich längst in Gang gesetzt: Irgendwer entwarf den Plan, und andere führten ihn sobald wie möglich aus. Wenn sie das letzte Telephonat zwischen Vater und mir mitgehört hatten, dann würden sie kommen.

Keine Zeit war zu verlieren. Ich mußte seine Sachen retten, verstecken, irgendwie in Sicherheit bringen. Vaters persönliche Dinge, von denen ich im Augenblick kaum hätte sagen können, was alles dazu gehörte, noch weniger, wo es zu finden war.

Die ganze Nacht lang sammelte ich Briefe und Photos zusammen. Nur einige ließ ich übrig, denn ich rechnete damit, daß zunächst eine Durchsuchung stattfinden würde, wollte jedoch auf keinen Fall den Verdacht erregen, darauf vorbereitet gewesen zu sein. Alles, was mir an Dokumenten wichtig erschien, trug ich hoch, in die Geheimkammer in meinem Zimmer. Schließlich verstaute ich auch Gegenstände darin, die Vater einmal etwas bedeutet hatten. Im

Dunkeln lief ich durch das Haus, treppauf, treppab, ich schaltete kein Licht ein, damit mich von außen niemand beobachten konnte. Sogar unseren Farbfernseher schleppte ich hoch und wuchtete ihn in die Kammer. Dann erst wurde mir bewußt, wie unglaubwürdig es erscheinen mußte, wenn im Wohnzimmer kein Apparat stand. Der Morgen dämmerte bereits, als mir einfiel, unseren alten Schrankfernseher, ein regelrechtes Möbelstück auf vier Holzbeinen, der seit Jahren nicht mehr funktionierte und als Lesepult in Ruths Zimmer stand, in die Wohnstube zu schaffen.

Das Gerät war schwerer als befürchtet. Stufe für Stufe schleppte ich es, am Rücken abgestützt, die Treppe hinunter. Einmal verlor ich das Gleichgewicht, kam ins Rutschen, der Fernseher glitt mir aus den Händen, gerade noch rechtzeitig konnte ich ihn vor dem Absturz retten.

Im Wohnzimmer sah ich sofort, daß ich den alten Apparat unmöglich auf den schmalen Eckschrank stellen konnte, wo vorher der Farbfernseher gestanden hatte. Der einzig mögliche Platz für das sperrige Gerät war neben dem Sofa. Aber auch diese Lösung würde Verdacht erregen, soviel war mir klar. Denn normalerweise standen Fernseher immer im günstigsten Sichtwinkel zur Polstergarnitur.

Also räumte ich unser Wohnzimmer um. Einige Nachbarn fuhren bereits zur Arbeit. Ich rechnete damit, daß die Durchsucher jeden Augenblick kommen könnten.

Schließlich saugte ich Staub und bürstete die eingedrückten Stellen im Teppich hoch.

Ich war völlig erschöpft, meine Fingernägel waren abgebrochen, und der Rücken tat mir weh.

Meine Hände zitterten, als ich nach dem Telephon griff, um in Vaters Betrieb anzurufen. Ich verlangte seinen Vorgesetzten und entschuldigte sein Fehlen. Für immer.

❖

In Lützen meinen die einen, die Russen würden alle über einen Haufen knallen, andere reden von Befreiung, allerdings sind sie in der Minderzahl, und dann gibt es noch welche, die behaupten, daß das eine das andere ja nicht ausschließen müsse.

Schüsse sind selten zu hören, und dann auch nur weit entfernt. Trotzdem bricht nicht nur unter den Evakuierten Panik aus, fast ausschließlich Frauen und Kinder, sondern auch unter den Einheimischen, noch einmal Frauen und Kinder und Alte und Kriegsversehrte, wie ihr herrischer Gastgeber. Nein, er könne Margarete auch nichts raten, sie wüßten ja selber nicht, was jetzt zu tun sei. Die Russen stünden vor Berlin, und hier näherten sich die Amis, da könne man nur abwarten und Tee trinken, Bangemachen gelte nicht, nichts werde so heiß gegessen, wie es gekocht werde, und die meisten Probleme erledigten sich schließlich immer von selbst. Margarete betet zu Hilding und gibt ihn, gleichzeitig, als Lebenden auf.

Nachts liegt sie wach und stellt sich selbst Orakel. Indem sie bis hundert zählt, und wenn in dieser Zeit ein Hund bellt, wird sie Lützen so schnell wie möglich mit den Kindern verlassen. Allerdings betreibt sie dieses Spiel nicht nur einmal, sondern oft, so daß die Zeichen zum Gehen schließlich genauso häufig wie die zum Bleiben sind. Wenn sie daran denkt, auf jeden Fall zu gehen, stellt sich die Frage, wohin, was sie tagsüber mit Hilfe von Vögeln zu beantworten sucht. Fliegen sie süd- oder westwärts, darf sie nicht nach Berlin zurückkehren. Ziehen sie dagegen gen Norden oder Osten, kann sie bedenkenlos den Heimweg antreten. Allerdings verliert sie auch hierbei durch ständiges Wiederholen den Überblick. Also muß sie sich doch selbst entscheiden. Und das, obwohl Karl auf ihren Brief vor einigen Wochen nicht geantwortet hat.

In ihrer Vorstellung ist das Haus völlig zerbombt.

Die einen meinen, Berlin sei schon russisch. Die anderen sagen, daß die Amerikaner die Stadt für sich erobern. Daraufhin behaupten die dritten, Berlin sei deutsch und werde immer deutsch bleiben, und der Krieg wäre noch lange nicht aus und erst recht nicht verloren.

❖

Am Telephon erzählte er mir, nachts einige Stunden auf dem Bahnhof Friedrichstraße zugebracht zu haben. Mit gepackten Koffern und Tüten voller Geschenke sei er gegen zweiundzwanzig Uhr mit der U-Bahn von Britz zum Grenzübergang gefahren. Er wollte nicht, daß ihn jemand begleitete, jemand, der ihn irgendwie hätte beeinflussen können. Denn diese Entscheidung mußte er alleine treffen.

Schlag Mitternacht war Vaters Visum für die sechstägige Besuchsreise nach Westberlin abgelaufen.

– In der Friedrichstraße sind die unterirdisch angelegten U- und S-Bahnhöfe westliche Territorien, sagte er, als redete er mit sich selbst. Aber oben ist Ostberlin! Wie oft bin ich früher durch dieses Viertel gelaufen, gefahren, ohne auch nur zu ahnen, daß einige Meter tiefer Westler auf den Bahnsteigen stehen und auf ihre Züge nach Wedding oder Tempelhof warten, von patrouillierenden DDR-Grenzsoldaten behütet, unerreichbar für uns unter der Erde! Unvorstellbar!, rief Vater immer wieder. Eine unvorstellbare Welt! Was hat man uns nicht alles vorenthalten!

– Ich hoffe, du lebst dich schnell ein, sagte ich, nur, um nicht schweigen zu müssen. Denn wenn Vater eine Pause machte, glaubte ich, den Atem der heimlichen Zuhörer vernehmen zu können.

– Noch fünf vor zwölf bin ich auf dem Bahnsteig auf und ab gegangen, berichtete er nun weiter. Mit dem Koffer und allen Taschen. Bis zur Treppe, einige Stufen hoch, einmal stand ich sogar schon kurz vor der Paßkontrolle, nur einige Schritte weiter, und es hätte kein Zurück mehr gegeben! Dann bin ich wieder umgekehrt, den langen unterirdischen Weg bis zur U-Bahn nach Westberlin. Als sie einfuhr, konnte ich aber nicht einsteigen. Ich war unsicher, ob ich wirklich zu Hilding zurückfahren sollte, und lief also wieder zur Übergangsstelle. Kaum war ich die Treppe hochgegangen, stand mir plötzlich unser Haus vor Augen, als wäre ich direkt am Gartenzaun. Ich wußte, ihr seid da drinnen. Ich spürte sehr deutlich, daß ihr nicht wolltet, daß ich hineinkäme. Also bin ich wieder umgekehrt, zur U-Bahn zurück, und dann trieb mich der Zweifel noch einige Male hin und her. Dabei habe ich bestimmt jede halbe Minute auf die Uhr geguckt, auch zehn nach zwölf ohne Erleichterung, denn es wäre noch nicht zu spät gewesen, sie hätten mich selbst um halb eins noch rübergelassen, mit einer Rüge vielleicht, aber …

– Es war richtig, beruhigte ich ihn. Du hast richtig entschieden.

Vater antwortete nicht, und ich hoffte, daß es sein Atem war, den ich nun in der Leitung hörte.

– Ich bin froh für dich, sagte ich, und stolz, daß du das geschafft hast.

– In diesen Stunden, redete er nun weiter, befand ich mich auch innerlich in einem Tunnel. Mir war klar, daß nur ein Ausgang ins Freie führt, aber ich wußte nicht, welcher es war. Am liebsten wäre ich dort stehengeblieben, nur, um keinen Fehler zu machen. Aber dann begriff ich, daß der Fehler allein darin bestehen würde, mich nicht zu entscheiden. Daß ich sonst nirgendwo frei sein könnte, mein Entschluß war der Ausweg, verstehst du das?

– Ja.

– Dann kam meine U-Bahn. Ich glaube, es war die letzte. Als ich einsteigen wollte, ließ sich die Tür nicht öffnen, ich riß an dem Griff, der Zugabfertiger schien mich nicht gesehen zu haben, er rief bereits »Zurückbleiben!« – da kam mir jemand zu Hilfe. Ein Mann auf dem Bahnsteig, ich könnte schwören, daß er eine Uniform trug, aber vielleicht habe ich mir das nur eingebildet. Stell dir vor, wenn es ein DDR-Grenzer gewesen wäre, der mir beim Einsteigen, bei der Republikflucht also, geholfen hätte!

In der Leitung Atmen.

– Ich war nicht sofort erleichtert, fuhr Vater fort. Erst nach einigen Stationen, als ich umsteigen mußte. Auf dem Bahnsteig nach Britz klebten zwei Männer Plakate mit Veranstaltungshinweisen an. Im Vorbeigehen las ich etwas von einem Konzert in der Gedächtniskirche. Erst da wurde mir klar, daß ich es geschafft hatte!

Der Atem an meinem Ohr wurde heftiger, so schien es mir.

– Ihr beide, sagte Vater, ihr beide, und auch unser Haus … Ich weiß nicht, ob ich das aushalte: Ruth dort und du …

Zum Glück sprach er nicht weiter, er durfte jetzt nicht weitersprechen, das Geheimnis preisgeben: daß ich denselben Ausweg suche wie er.

– Hilding und Gretel hatten auf mich gewartet, berichtete Vater nun. Dabei war es bereits halb drei. Aber sie hatten nicht schlafen können, sie hatten auf meine Rückkehr gehofft. Stell dir vor: deinem Großvater kamen vor Freude Tränen! Das erste Mal, daß ich ihn weinen sah.

Auch ich weinte, wollte aber auf keinen Fall, daß er es bemerkte, deshalb hielt ich die Sprechmuschel mit der Hand zu, Vater sollte mein Schluchzen nicht hören, und so antwortete ich auch nicht, als er fragte, ob ich noch da sei, ob ich ihn verstehen könne, je öfter er meinen Namen ins Telephon rief, desto stärker weinte ich und preßte meine Hand auf die Muschel. Ich wollte alles nicht noch schwerer machen für ihn, er sollte auf keinen Fall glauben, daß für mich hier eine Welt zusammenbrach, daß ich es ohne ihn nicht schaffen würde. Deshalb antwortete ich nicht auf seine enttäuschte Bemerkung, daß die Leitung vermutlich unterbrochen worden sei. Er sagte das mehr zu sich, nicht zu mir und auch nicht zu den vermeintlichen Mithörern, von denen er nun also annehmen mußte, daß sie das Gespräch beendet hatten, weil zwischen uns im Grunde alles gesagt war.

Als Vater auflegte, dachte ich, daß er nie wieder zurückkehren würde, ich hielt den Hörer noch eine Weile an mein Ohr.

❖

Deutschland hat kapituliert.

In Lützen bricht eine Gruppe von Evakuierten auf, vier Frauen und sieben Kinder. Sie wollen nach Hause zurück. Margarete und die Zwillinge sind dabei.

Mit einem der ersten wiedereingesetzten Züge, der bis zum Dach hin überfüllt ist, gelangen sie bis Dessau. Die Stadt müssen sie zu Fuß verlassen, dann die Elbe überqueren, und von Roßlau aus, so hoffen sie, fahren wieder Züge nach Berlin.

Natürlich ist ihnen bekannt, daß das Gebiet nördlich der Elbe von Russen besetzt ist. Wie sie ihnen begegnen werden, wagen sie sich nicht vorzustellen; die Gerüchte sind denkbar schlecht.

Bis zum Abend warten sie in Dessau, um in der hereinbrechenden Dämmerung weiterzuziehen. Die Nacht ist mild, der Himmel klar, und die Kinder verhalten sich auffällig still. Die Frauen haben entschieden, nicht den kürzesten Weg nach Roßlau zu wählen, weil sie dann, außer der Elbe, auch noch die Mulde überqueren müßten.

Sie kommen nicht weit.

An der nördlichen Stadtgrenze geraten sie an die Elbe. Und an Russen. Junge Soldaten, die ihnen den Weg mit schräg vor die Brust gesetzten Gewehren versperren.

Eine Frau kann einige Brocken Russisch, sie vermutet, daß es sich um Wegelagerer handelt, die »Zoll« für die Benutzung der Brücke verlangen.

Doch dann stellt sich heraus, daß die Brücke gesprengt ist.

– Morgen können wir mit einer Fähre rüber, übersetzt die Frau. Heute nicht.

Inzwischen ist es tiefe Nacht.

Das beleuchtete Haus in der Nähe ist vermutlich der Stützpunkt der Russen, früher mag es ein Landgut gewesen sein. Eine Scheune und Ställe schließen sich an.

Dort haben sich bereits andere Frauen und Kinder ein Nachtlager gesucht, sie kommen aus Thüringen und wollen ebenfalls nach Berlin. Vor einer knappen Stunde wurden sie hier aufgehalten. Morgen, bei Tageslicht, erfährt die Gruppe aus Lützen nun, könnten sie mit Ruderkähnen über die Elbe setzen. Zwei alte Fischer seien von den Soldaten als Fährleute angeheuert worden, wahrscheinlich müßten sie für die Überfahrt zahlen, aber ansonsten sei gegen die Russen nichts einzuwenden, bisher hätten sie sich recht menschlich benommen.

Das Licht funktioniert nicht. Nur durch Zurufe können sie sich verständigen: die vorderen Boxen sind alle belegt. Die Frauen aus Lützen müssen tiefer in den langen Stall hinein. Bald können sie die Hand vor Augen nicht mehr erkennen, vorsichtig tasten sie sich weiter, die Kinder lachen.

Margarete schiebt Arnold und Rudolf durch eine quietschende Tür, die sie hinter sich wieder zuzieht. Unter ihren Füßen spüren sie einige Strohhalme, und sie beschließen, noch einmal Glück gehabt zu haben. Denn hier hätten früher Pferde gestanden, keine Schweine wie in den vorderen Boxen, der Geruch sei unverkennbar.

Ein Schrei weckt sie. Hoch und lang anhaltend ist er und geht in Gurgeln über, als würde jemand ins Wasser gedrückt.

Jetzt vernehmen sie russische Stimmen, nur einzelne Worte sind es, die die Männer immer wieder ausstoßen, als feuerten sie sich gegenseitig an.

Margarete umklammert die Jungen.

Arnold und Rudolf rühren sich nicht, wagen kaum zu atmen. Sie hören ein klatschendes, dumpfes Geräusch, als stürzte jemand gegen eine Wand oder fiele zu Boden. Kurz darauf wieder ein Schrei, ein Ton, wie er von Menschen nicht sein kann, hallt durch den Stall.

Eine Frau beginnt zu rufen, sie tobt, hämmert offensichtlich mit Fäusten gegen Holz.

Dann fällt ein Schuß.

Stille.

Nun feuern sich die Männer wieder an, erst klingt es wütend, dann wie Siegesgeheul.

Immer näher heran kommen sie, das Weinen und die Schreie der Frauen und Kinder und das Lachen und die Rufe der Soldaten. Box für Box erobern sie den Stall.

– Rudolf?, flüstert Margarete.

Sie tastet nach seinem Körper, zerrt an seiner Kleidung, schiebt seinen Pullover hoch. Ihre kühlen, feuchten Finger auf seiner Haut. Dann etwas Warmes, ein langer Streifen, Leder oder Stoff.

– Bind das um!

– Was ist das?

– Ein Gürtel, erklärt sie leise. Da ist alles drin, was wir noch haben!

– Was soll ich damit?

Margarete zögert.

– Überleben.

Unversehrt.

Denn die Nacht ist kürzer als der Stall, durch die Fensterluken bricht erstes Sonnenlicht. Zwei oder drei Boxen vor Margarete kommen die Schreie zur Ruhe, ziehen sich die Russen zurück.

Dieselben, denen sie wenig später am Ufer der Elbe ihre Papiere zeigen muß, die durch mindestens zehn Handpaare gehen, ihre Nägel gerändert von getrocknetem Blut.

Einer reicht ihr die Dokumente zurück und reibt dann seinen Zeige- und Mittelfinger sehr schnell am Daumen, direkt vor ihrem Gesicht. Dann weist er auf die beiden Ruderkähne, die bereits überladen an einem kleinen Steg schwanken. Ein Stück weiter ragen Teile der zerstörten Brücke aus dem Fluß. Der Soldat reibt nochmals seine Finger, zeigt dann auf die Zwillinge und macht Schwimmbewegungen. Die Russen lachen.

Ohne Vorwarnung stößt einer Margarete in die Brust, sie krümmt sich und wird nun in Richtung Ufer geschoben. Aber nicht zu den Kähnen, sondern zu den Trümmern der

Brücke hin. Dort stehen bereits andere Frauen und Kinder, sie tragen nur noch Fetzen auf dem Leib.

Erneut macht ein Soldat Schwimmbewegungen, und wieder lachen sie.

Margarete hat längst verstanden. Die wenigsten Frauen können schwimmen, von den Kindern ganz zu schweigen, die würden das andere Ufer der Elbe nie erreichen, das wissen die Russen genau. Und sie wissen auch, daß die Frauen, die sie sich heute nacht nicht vornehmen konnten, noch Werte bei sich haben.

Den Gürtel hatte sie wieder umgebunden, bevor sie den Stall verließen. Margarete hadert mit sich, nicht vorausschauend genug gewesen zu sein, denn sie hätte daran denken müssen, etwas in ihrer Jackentasche bereitzuhalten.

Arnold und Rudolf werden von den Soldaten herangewinkt, um dann, wie ihre Mutter, zum Ufer gestoßen zu werden.

Margarete hebt ihren Pullover. Unter den Augen der erfreuten Soldaten drückt sie den Bund des Rockes herunter und öffnet die eingenähten Taschen des Gürtels, den sie auf der Haut trägt.

Die Russen lachen, der eine reibt sich die Hände und winkt, natürlich will er alles haben. Nun zögert sie, oder sie tut, als würde sie zögern, greift nach ihren Söhnen und zieht sie zu sich heran. Als der Soldat erneut fordert, hebt sie ihre Arme und legt sie betont langsam auf die Schultern der Kinder.

Der Russe wendet sich zu seinen Kameraden, sie wechseln einige Worte, bevor er nun nickt. Und seine Hand fordernd ausstreckt.

Margarete bindet den Gürtel ab und wirft ihn vor seine Füße. Rasch schiebt sie die Zwillinge an den Soldaten vorbei. Da greift einer nach ihrer Jacke und hält sie fest. Die anderen prüfen noch, ob die Bezahlung ausreicht. Sie lassen sich Zeit, sie diskutieren miteinander, sind sich offensichtlich uneinig. Endlich gibt einer ein Zeichen. Margarete erhält einen Tritt, sie fällt hin. Die Soldaten biegen sich vor Lachen, als Arnold und Rudolf der Mutter aufhelfen, einer stützt sie links, der andere rechts, bis zu den Kähnen am Ufer.

❖

Ich mußte ihn überreden. Vater konnte an einen Erfolg nicht glauben, er dachte an die Mühe, die es kosten würde, alle nötigen Formulare zusammenzutragen, an die Wege und die Warterei in den Behörden. Ob er in seinem Betrieb Probleme bekam, wenn er den Antrag stellte, fand er dagegen zweitrangig. Vater hoffte, daß die Zeiten ein für allemal vorbei seien, in denen jemand, nur weil er den Wunsch äußerte, seine Verwandten im Westen zu besuchen, als Klassenfeind gebrandmarkt wurde.

– Also gut, sagte er schließlich, versuchen wir es! Aber rechne dir nicht zuviel aus. Uns beide zusammen werden sie nie zu Hildings Achtzigstem rüberlassen. Mehrere Familienmitglieder erhalten selten gemeinsam eine Besuchsgenehmigung. Wenn, dann handelt es sich um unbequeme Leute, bei denen sie froh sind, wenn sie im Westen bleiben, aber sonst …

– Dann haben wir doch die besten Chancen, fand ich. Mit uns würde der Staat nur einen Schwerkranken und eine ungelernte Hilfskraft los.

Vater blickte mich entsetzt an.

– Und was, wenn sie uns tatsächlich rüberließen?

– Dann bleiben wir natürlich dort!

– Und Ruth?

– Die könnte auch einen Antrag stellen, sagte ich. Gemeinsam mit uns.

Er schüttelte den Kopf.

– Uns dreien werden sie die Reise nie genehmigen. Es müßte schon ein Wunder geschehen, wenn wir beide fahren dürften.

Das Wunder geschah nicht. Mein Antrag, Großvater zu seinem achtzigsten Geburtstag in Westberlin zu besuchen, wurde kommentarlos abgelehnt. Vater jedoch konnte seinen Reisepaß bei der Polizei abholen.

Ruth meldete sich bei ihrem Seminarleiter krank und kam sofort nach Berlin.

– Das ist großartig, fand sie. Du bleibst natürlich drüben!

– Ich bin fünfzig, entgegnete Vater, und ich bin krank. Mich stellt dort doch keiner mehr ein. Und ohne Arbeit, was soll ich da?

– Wahrscheinlich schicken sie dich in Rente, meinte Ruth. Wenn du hierbleibst, mußt du arbeiten, bis du umfällst. Außerdem können sie dir drüben sicher besser helfen, falls du doch einen Rückfall kriegen solltest.

– Aber ohne euch würde ich nicht …

– Ich will auf jeden Fall auch rüber, sagte ich.

Vater schaute Ruth an, sie stand auf und lehnte sich an den Heizkörper.

– Ihr kennt meine Meinung. Für euch fände ich es gut, völlig in Ordnung. Aber ich …

– Drüben könntest du bestimmt weiterstudieren, hakte ich nach. Und was, außer dem Studium, hält dich sonst hier? Etwa dein oberkluger Guido?

– Sie wird schon wissen, warum, lenkte Vater ein.

– Sicher, sagte Ruth leise, im Westen kann man reisen, wohin man will, und man kann sagen, was man denkt. Aber sind die Leute deshalb glücklicher? Kommt es nicht darauf an, aus den Umständen, in denen man lebt, das Beste zu machen? Soll man alles hinter sich lassen, die Freunde zumal, ist es das wert?

✣

Auf den Tag genau vor einem Jahr sah sie Hilding das letzte Mal. Hier, vor ihrem Gartentor. Daran muß Margarete denken, als die Jungen erleichtert feststellen, daß sich das Haus, zumindest von außen, seit Weihnachten nicht verändert hat. Drinnen aber sieht es schlimm aus, hier haben die Russen gehaust. Sie erfahren es von den wenigen Nachbarn, die die ganze Zeit über in ihren mehr oder weniger zerstörten Wohnungen geblieben waren. Bei der Eroberung hatten sie sich im Luftschutzkeller von Hildings Haus verschanzt, längst war bekannt, daß die Waschküche über ein besonders sicheres Schloß verfügt. Tatsächlich blieben die rabiaten Versuche der Soldaten vergeblich, die Tür aufzubrechen, nur an den Kanten zersplitterte das Holz. Daß sie die Eingeschlossenen nicht aushungerten, war letztlich Karl zu verdanken. Zwar sprach auch er kein Russisch, dennoch gelang es ihm, mit den Soldaten zu handeln. Sie waren, warum auch immer, vor allem an der unbezwingbaren Waschküche interessiert. Man einigte sich. Die Eingeschlossenen durften den selbstgewählten Kerker verlassen. Die Russen aber errichteten im Haus ihre Hauptkommandantur, allerdings nur für einige Wochen. Anscheinend hatten sie dann etwas Besseres gefunden.

Margarete kann die Geschichte kaum glauben. Und auch nicht, was ihr über Karl berichtet wird, der seitdem verschwunden ist. Er soll viele Menschen auf dem Gewissen haben.

Der Krieg ist aus.

Sie richtet sich provisorisch ein. Vom einstigen Hausstand ist kaum etwas übrig, mit den Söhnen gräbt sie in den Trümmern von Stadtvierteln, in denen sie niemand kennt, nach Geschirr, Möbeln und Wäsche.

Gegen den Hunger fällt ihr nicht viel ein, die Rationen sind knapp. Einmal ersteht sie irgendwo ein wenig Kaffee, es ist kein echter, trotzdem brüht sie ihn so oft auf, bis sich das Wasser kaum noch färbt. Dann trägt sie die Tasse zu der alten Nachbarin schräg gegenüber. Soll die aus dem Kaffeesatz lesen. Ob Hilding noch am Leben ist. Kehrt er zurück. Bleibt er für immer fort. Margarete hatte geglaubt, ihn innerlich schon vor Monaten aufgegeben zu haben, doch nun, wo alles einfach weiterläuft und die Kinder sie brauchen, quält sie die Ungewißheit stärker als zuvor.

Die Nachbarin schaut in die Tasse und wiegt den Kopf. Wahrscheinlich kehre Hilding zurück. Aber ganz sicher könne sie das nicht sagen. Um alle Zweifel auszuschließen, rät sie Margarete, zu einer bestimmten Stunde und gen Osten gewandt mit einem Hühnergott zu pendeln. Der Stein solle an einem Faden hängen, der aus Hildings Kleidung stammt.

Margarete findet zwischen Gerümpel sein langes Nachthemd. Aus dem Saum kann sie ein Stück Garn lösen.

Sie pendelt täglich. Schwingt der Stein vor und zurück, kehrt Hilding wieder, schwingt er zur Seite, bleibt Hilding fort. Meistens kreist das Pendel; vielleicht, denkt Margarete, ist es genauso unentschieden wie mein Gefühl.

Allmählich bevölkert sich die Nachbarschaft wieder, Frauen und Kinder, die evakuiert waren, und sogar einige Männer kehren heim. Suchanzeigen werden in Augenhöhe an den Oberleitungsmast an der Straßenecke gehängt. Dort überstehen sie einige Regenschauer und fallen dann ab.

Die Frauen, deren Männer zurückgekehrt sind, verwundet, verkrüppelt oder sogar unversehrt, grüßen Margarete mit erhobenen Köpfen, sie lächeln, als hätten sie gesiegt.

Bewegung auch auf dem Nebengrundstück, das früher Karl gehörte. Zwei Arbeiter zimmern aus der Ruine seines Hauses eine halbwegs bewohnbare Hütte, in die eine Frau und ein Junge einziehen, der kaum älter als die Zwillinge sein kann. Doch die beiden dürfen vorerst nicht mit ihm spielen. Margarete befremden die merkwürdigen Gebärden des Kindes.

Bis sie einmal mit der neuen Nachbarin ins Gespräch kommt. Sie sei die Tante des Jungen, sagt die Frau. Während eines Luftangriffs habe er seine Mutter und, gleichzeitig, sein Gehör verloren. Bruno sei völlig taub, er höre sich auch selber nicht sprechen, er benutze Gesten, um sich zu verständigen. Nein, Taubstummensprache sei das nicht, bedauert sie. Hoffentlich kämen bald bessere Zeiten, dann könne der Junge sie endlich lernen und werde es einfacher haben. Sie sei seine einzige noch lebende Verwandte. Brunos Vater ist vor Stalingrad gefallen.

Nun dürfen Arnold und Rudolf mit ihm spielen.

❖

Der Regen ließ allmählich nach.

Ich saß im Wohnzimmer auf dem Boden, vor der geöffneten Terrassentür, im kühlen Luftzug der Nacht. Im Haus brannte kein Licht, alles war dunkel und still. Ich genoß es, allein zu sein. Vater fuhr Ruth nach Thüringen zurück. Heute würde er nicht mehr heimkehren.

Ich konnte ungestört nachdenken. Über die Schulzeit, die ich vor einigen Wochen abgeschlossen hatte. Und was es bedeutete, daß ich nun volljährig war. Jetzt müßte etwas völlig Neues beginnen, hoffte ich.

Unter dem Dach der Terrasse hingen Kleider zum Trocknen, die ich am Nachmittag gewaschen hatte: ein Sommermantel, ein Rock, eine Bluse. Sie bewegten sich leicht im Wind, ich sah es in dem schwachen Licht, das vom Nachbarhaus herüberschien.

Es roch nach Herbst, nach vermoderndem Laub und Obst.

Heute morgen hatte ich Vater und Ruth beiläufig mitgeteilt, einen Arbeitsvertrag unterschrieben zu haben. Ich war jetzt Hilfskraft in einem Verlag, in der kommenden Woche fing ich dort im Büro an.

Vater schien erleichtert. Er hatte befürchtet, ich würde »mein Hobby«, wie er es nannte, zum Beruf machen. Daß ich zeichnete, hielt er für bloßen Zeitvertreib.

Immer, wenn wir über dieses leidige Thema sprachen, erklärte ich, daß er sich keine Sorgen zu machen brauche, denn ich würde ihm niemals auf der Tasche liegen.

– Darum geht es ja gar nicht, antwortete er dann. Aber du wirst von deiner Kunst nie leben können, das ist brotlos. Ich möchte ja nur, daß du was Vernünftiges lernst.

Die Kleider bewegten sich im Wind, mitunter knarrte ein Bügel. Noch immer klatschten vereinzelte Tropfen vom Dach. Etwas Vernünftiges lernen.

Vater war erleichtert, daß ich in einem Büro arbeiten würde. Aber sicher hatte er sich für mich etwas anderes vorgestellt.

Zeichnen würde ich auf jeden Fall. Und auf jeden Fall versuchen, in den Westen zu kommen.

Das hatte ich Ruth gesagt, als wir später allein in der Küche waren und abwuschen. Sie hatte nicht geantwortet, mir aber einen skeptischen Blick zugeworfen und das Geschirr viel zu heftig auf die Ablage gestellt.

Während ich einen Teller trockenrieb, erklärte ich ihr, daß ich es hier nicht mehr aushielte. Ich käme mir gelähmt vor, jede Bewegung koste unendlich viel Mühe.

– Das wäre drüben auch nicht anders, entgegnete Ruth. Frei kann man nur innerlich sein, das ist eine Einstellung. Entweder du hast sie, oder sie fehlt dir überall.

Ich griff nach dem gespülten Besteck.

– Damals, als du aus Ungarn wiederkamst, hattest du eine andere Meinung, erinnerte ich sie. Da wolltest du hier, in diesem Land, auf keinen Fall sterben müssen.

– Das ist lange her.

Ruth ließ das Wasser aus dem Becken.

– Möchtest du wegen Guido nicht mehr?

– Überleg dir genau, ob du Vater das antun kannst.

Ruth spülte den Lappen aus.

– Wenn du in den Westen gehst, auf welchem Wege auch immer, wird er Ärger bekommen, womöglich verliert er seine Arbeit.

Sie wischte das Becken trocken.

– Ich verstehe ja, daß du auch studieren willst, fügte sie hinzu. Aber wirst du damit leben können, daß du dir das auf Kosten derer verschaffst, die dir viel bedeuten?

– Du hast Angst, von der Uni zu fliegen, wenn ich in den Westen gehe, sagte ich leise.

Ruth schaute auf.

– Ich denke mehr an Vater als an mich.

– Vielleicht will der ja selber rüber.

– Was soll er da – in seinem Alter?

– Wir könnten es alle zusammen versuchen.

Sie schüttelte den Kopf.

Wir könnten es alle zusammen versuchen, dachte ich und betrachtete die Kleider. Die Bügel, am Dachträger, knarrten.

Wir würden es nicht zusammen versuchen, das war klar. Ruth machte nicht mit. Aber ich mußte von hier fortgehen, je eher, desto besser. Daß ich daran überhaupt nicht zweifelte, machte es einfacher für mich. Und dennoch schwierig wegen Vater und Ruth. Wenn ich woanders meine Zukunft finden wollte, zerstörte ich womöglich ihre hier.

Die Kleider bewegten sich auf den Bügeln.

Ich sah die Kleider und hörte die Bügel, ich weiß nicht, wie lange. Auf einmal vernahm ich Schritte auf der Treppe, vom Garten zur Terrasse hoch. Jede der sechs Stufen klang anders, die Tonfolge gab unverkennbar an, ob jemand hinunterging oder heraufkam. Wie jetzt.

Ich wußte, wer kam. Wer nun so nahe war, daß ich auf meinem Gesicht einen Hauch spürte, als die Gestalt an mir vorbeiging.

Sie ging an mir vorbei, dabei sehnte ich mich danach, daß sie mich berührte, umarmte, hielt. Sie ging über die Terrasse, zu den Kleidern, sie schlüpfte in sie hinein. Es waren ihre, sie hingen unter dem Dach, drehten sich sacht auf den Bügeln. Unter dem Saum des Mantels schauten Mutters Waden hervor, ein Ärmel hob sich, sie winkte mir.

Nimm mich mit!, bat ich.

Ein Windzug, und Mutter schwankte, sie schüttelte sich, die Bügel knarrten.

Kein einziger Tropfen fiel mehr vom Dach. Ich hörte

Wasser versickern. Der Flieder raschelte, als zöge ein Tier hindurch.

❖

Er steht vor der Tür. Eingefallen und grau. Lachend.

Sie haben ihn nicht erschossen. Wie die meisten anderen. Die Tätowierung, die die Polizisten bei ihrer Einberufung an die Front erhalten hatten, war bei Hilding verblaßt. Die Nadeln, mit denen man ihm die Nummer damals auf die Innenseite des Oberschenkels gestochen hatte, waren wahrscheinlich verstopft, oder sie enthielten nicht genug Tinte, müßig, darüber nachzudenken.

– Es war Zufall, sagt er. Einfach nur Glück.

Schon nach wenigen Tagen hagelt es wieder Kopfnüsse.

Hilding ist verbittert.

Sein Haus steht in der falschen Zone.

Er rauft sich die Haare, er schreit Margarete an und tritt seine Söhne, wenn sie ihm in die Quere kommen.

– Warum?, fragt er.

– Zufall, antwortet sie. Vielleicht Glück?

Er lacht wie ein Wahnsinniger.

– Zwei Grundstücke hatte ich 1935 zur Auswahl, beginnt er wieder und wieder. Ich wollte mir zuerst das in Britz anschauen, ich hätte schon damals lieber im Südwesten gebaut. Aber dann war die Straßenbahn gerade weg, ich hatte keine Zeit, auf die nächste zu warten, weil wir beide, du und ich, später verabredet waren, ich sah sie noch wegfahren, stell dir vor, wie nahe das war: Wir könnten jetzt in Westberlin leben, im amerikanischen Sektor!

– In Britz sind die Franzosen, widerspricht Margarete.

– Quatsch! Die Amis sind da! Wären wir nicht verabredet gewesen, hätte ich auf die nächste Bahn gewartet.

– Hier ist es doch auch schön. Du wirst sehen, die Russen bleiben nicht lange, die dürfen das gar nicht, die Amis sind an unserem Drei-Seen-Gebiet bestimmt mehr interessiert als an Britz, vielleicht tauschen sie, wenn der Iwan nicht sogar ganz raus muß aus Berlin.

Hildings Verbitterung wächst, als er erfährt, daß man ihn nicht einmal mehr als Verkehrspolizist einsetzen will. Er meldet sich für den Dienst an der Schule, Lehrer werden jetzt überall gebraucht, aber auch dies wird ihm, aus politischen Gründen, nicht gestattet. Er bekommt beim Ernährungsamt eine Stelle, die er nur annimmt, um Beamter bleiben zu können.

Er findet es unter seiner Würde, fremde Menschen unangemeldet zu besuchen und zu überprüfen, ob sie tatsächlich nur das Vieh halten, das sie angegeben haben.

Hin und wieder bringt er Küken und Kaninchen mit. Der Garten, in dem nichts wächst, weil es an Saatgut fehlt, wird zum Viehhof, Margarete zur Bäuerin. Kleider zu nähen, wäre ihr lieber. Aber sie hat weder Stoffe noch Abnehmer. Das Kaufhaus in der Leipziger Straße, das sie früher beliefert hat, ist ausgebombt, wie so viele andere Geschäfte auch. Über Wochen hinweg bemerkt sie in ihrer Umgebung nichts als Unzufriedenheit. Die abgemagerten Hühner sind unzufrieden, weil ihr Futter kläglich ist, sie legen kaum. Auch die Söhne sind unzufrieden, weil sie hungern und den ganzen Tag Kartoffelschalen erbetteln und für die Hühner Gras von den Gehwegkanten rupfen müssen. Hilding ist sowieso unzufrieden, und sie selber wird es zunehmend auch. Durch die Platten in den Fenstern dringt kaum Licht, was einem die letzte Lebensfreude raubt, außerdem sehen sie häßlich aus.

Hilding, der keine Lust mehr hat, irgend etwas im und am Haus zu tun, weil es auf der falschen Seite steht, gibt ihrem Drängen schließlich nach. Er studiert Anzeigen, borgt sich einen Leiterwagen und zieht mit Margarete los. Von dem Wenigen, was er von seinem Verdienst abzweigen kann, kaufen sie alte Spiegel, je größer, desto besser, am besten sind die von alten Damenkommoden. Wochenlang geht das so. Sie transportieren die schweren Scheiben nach Hause, wo die Jungen sehr vorsichtig mit einem Spachtel die Silberfolie ablösen müssen. Dann wird das Glas nach Charlottenburg zu einem Händler geschafft, der die hochwertigen, dicken Kristallscheiben als Ladentheken an Fleischer und Bäcker weiterverkauft. Margarete und

Hilding erhalten dafür, im Tausch, dünnes Fensterglas. Nach und nach bekommt das Haus seine Scheiben zurück, mitunter sind sie gestückelt, doch Margarete ist glücklich, endlich ist es auch drinnen wieder hell.

❖

Ich trug ein langes weißes Kleid, weiße Schuhe und im Haar einen Schleier. Er hatte einen schwarzen Anzug an, ein weißes Hemd und eine weiße Fliege. Untergehakt reihten wir uns hinter die zehn anderen Paare vor dem Standesamt.

Oben, auf der Treppe, erschien eine Frau. Sie schlug sich entsetzt die Hand vor den Mund, wies dann auf das Schild mit den Öffnungszeiten. Heute gäbe es nur Termine für Geburt und Tod.

Christian zog mich an sich. Er flüsterte mir ins Ohr, mich früher oder später doch zu bekommen.

Heiter und von den Passanten bestaunt, die uns Glück wünschten, ihren Segen gaben oder einfach nur mit dem Kopf schüttelten, zogen wir zur Schule zurück. Es war gerade Pause, und am Eingang bildeten die Kinder der anderen Klassen ein Spalier, durch das wir, elf Hochzeitspaare, in das Gebäude einzogen. Es war unser letzter Schultag, und wir folgten dem Brauch, heute den Unterricht in den übrigen Klassen zu stören.

Von uns zweiundzwanzig Schülern, die wir gerade das

Abitur bestanden hatten, war ich die einzige, die nicht wußte, was sie nun tun sollte. Alle anderen konnten studieren. Die Jungen mußten vorher in der Armee dienen, mindestens anderthalb Jahre lang. Um den gewünschten Studienplatz zu erhalten, erklärten sich viele bereit, noch zusätzlich anderthalb Jahre abzuleisten. Auch Christian hatte sich dafür entschieden, er wollte Jura studieren.

– Wartest du auf mich?, fragte er leise und nahm mich, ohne die Antwort abzuwarten, in den Arm. Ich ließ es geschehen, erleichtert, ihn dabei nicht anschauen zu müssen.

– Ich werde in jedem Fall auf dich warten, versprach er, bis du bereit bist für ein Leben mit mir.

Vater und ich kamen miteinander ins Geschäft. Wenn Christian am Wochenende anrief, behauptete er, daß ich nicht zu Hause sei. Und wenn seine Kollegin Heidrun abends am Apparat war, verleugnete ich ihn, ich sagte, daß Arnold gerade eben das Haus verlassen habe, es tue mir leid, aber ich hätte keine Ahnung, wohin er gegangen sei. Ich schwindelte gern, denn die Stimme der Frau war mir unangenehm. Vater zu fragen, wie lange sie schon verliebt in ihn war, traute ich mich nicht. Es zählte zu den unausgesprochenen Gesetzen zwischen ihm, Ruth und mir, daß wir uns gegenseitig unsere Geheimnisse ließen. Ich hielt das für eine Art Respekt. Trotzdem wünschte ich mitunter, Vater hätte ein wenig mehr nachgeforscht, was mich bewegte, was ich dachte und tat. In vielen Dingen hätte ich seinen Rat gebraucht, verzichtete aber darauf, weil ich mich ihm, mit meinen Problemen, nicht aufdrängen wollte.

Vater fand Christian nicht verkehrt.

Der Junge tue ihm leid, sagte er einmal, als Christian mit Blumen vor unserem Gartenzaun auf mich wartete. Ich war aber gar nicht fort, wie er glauben mußte. Falls er käme, solle er ihm die Tür nicht öffnen, hatte ich Vater vorher gebeten. Er wollte eigentlich wegfahren. Und mußte nun warten. Bis Christian nach zwei Stunden den Strauß vor das Gartentor legte und abzog. Vom Fenster meines Zimmers aus sah ich ihm nach.

❖

Immer häufiger müssen sie stehlen, die Kohlen sind restlos aufgebraucht. Vor allem Margarete leidet unter der Kälte, sie hat Fieber. Ihre Blase hat sich wieder entzündet, die Schmerzen wollen einfach nicht abklingen.

Sehr früh am Morgen, noch lange vor der Schule, werden die Jungen zum nahen Güterbahnhof geschickt, der von Russen bewacht wird. Sie sollen auskundschaften, was dort verladen wird, denn Hilding findet die nächtlichen Rangiergeräusche verdächtig. Das Klirren der Waggons und das Hämmern der Schwellen, wenn Räder über sie hinwegrollen, stören seinen Schlaf. Er schläft schlecht, weil er nicht satt ist. Brennmaterial, das sie für den Winter brauchten, könnten die Jungen ohnehin nicht anschleppen, es müßten schon mehrere Schubkarren sein. Aber einige Kohlen würden jetzt bereits helfen, sollten sie Kartoffeln auftreiben, wäre es auch gut, die wärmen von innen.

Natürlich fürchten sie sich. Die Straße ist stockfinster, nirgendwo ein Licht, kein Windzug regt sich, die Luft riecht nach Frost. Ihre Schritte hallen, ansonsten kaum ein Geräusch, auch nicht vom Güterbahnhof, der lediglich eine Verladestation ist, eine abgesperrte Straße ohne Bahnsteig. Normalerweise meiden die Kinder dieses Areal, hinter dem Stacheldraht wachen Soldaten, sie sollen Hunde haben, ein Regentropfen, vielleicht schon gefroren, klatscht von einem Dach oder Baum, sie sprechen kein Wort. Manchmal geraten ihre Schultern im Gehen aneinander, eine Berührung, die sie insgeheim suchen, indem sie ihre Arme allmählich vom Körper wegstrecken, zum Bruder hin, bis sie sich heftig berühren. Dann fahren sie sofort auseinander, lassen Raum zwischen sich und lösen ihn nach wenigen Schritten erneut auf.

Das Tor aus Maschendraht, über einen diagonal gekreuzten Rahmen gespannt, steht offen, die Schienen führen geradewegs in das Gelände, das von einer halbfertigen Mauer und einem Zaun begrenzt wird. Die Gleise glitzern, als würden sie schwitzen, Laternen stehen dicht an der Mauer. Ohne sich anzusehen, fassen sich die Jungen an den Händen. Sie treten ein.

Zwei Züge dort, nebeneinander, und über den Waggons bricht jetzt der Himmel auf, ein helles Band, das zusehends breiter wird. Arnold und Rudolf schleichen innen an der Mauer entlang, sie lassen den Blick nicht von den Waggons, ihre Schritte werden immer langsamer, schließlich halten sie an. Ungefähr zwanzig Meter trennen sie vom Zug, zwanzig Meter, die sie ohne Deckung überwinden müssen, sie dürfen nicht lange zögern, denn bald verrät sie das Morgengrau.

Sie drücken sich noch einmal fest die Hände, rennen dann zu den Schienen, werfen sich unter den nächsten Waggon und kriechen zwischen die Räder.

Nichts passiert. Sie müssen lachen. Sie verabreden flüsternd, auf der anderen Seite, die durch den danebenstehenden Zug geschützt ist, die Waggons abzulaufen und dabei zu prüfen, ob sich der eine oder andere öffnen läßt.

Ein dumpfer, metallischer Schlag hallt über das Gelände, die Jungen blicken sich erschrocken an. Vermutlich wurde eine Waggontür zugeschlagen, jetzt hören sie Schritte, ganz nah. Sie rühren sich nicht, wagen kaum zu atmen.

Lange liegen sie reglos, lauschen. Vom Boden steigt feuchte Kälte auf. Sie tasten nach ihren Händen, mit einem Druck verständigen sie sich, vorsichtig unter dem Zug hervorzukriechen. Arnold will zum Tor zurück, doch Rudolf zieht ihn an der Jacke, es ist hell genug, um zu erkennen, wie er mit zwei Fingern winkt, er steht auf und preßt seinen Rücken an die Waggonwand, den Kopf weit nach vorn gestreckt, er winkt noch einmal, ohne sich umzusehen, Arnold folgt.

Sie haben Glück: die Schiebetür des nächsten Waggons steht einen Spaltbreit offen. Aber es ist schwierig, geräuschlos hineinzukommen, die Ladefläche ist hoch, sie müssen sich gegenseitig helfen und liegen schließlich bäuchlings im Waggon. Er ist leer. Sie hören es am Schall, den sie mit der kleinsten Bewegung auf dem sandigen Metallboden verursachen, daß es hier nichts, aber auch gar nichts zu holen gibt.

– Scheiße, sagt Rudolf und zieht einen Finger durch den Schmutz.

Arnold legt seine Stirn auf die verschränkten Unterarme.

– Schlaf nicht ein, rät sein Bruder leise. Wir gucken in den nächsten.

– Laß uns lieber abhauen!

– Wir können doch nicht ohne was nach Hause kommen! Im nächsten Wagen liegen bestimmt Kartoffeln; ich fühle das!

Arnold schüttelt den Kopf. Doch Rudolf hat sich bereits an die Tür gehockt. Der Nachthimmel ist nun vollständig aufgerissen, immer heller wird das Licht.

– Was ist das?, flüstert Rudolf erstaunt.

– Was denn?

Arnold steht auf und lehnt sich über die Schulter des Bruders, der ein Stück nach hinten rückt, um ihn hinausschauen zu lassen, scharf nach links, am Zug entlang.

– Was denn?, wiederholt Arnold. Ich sehe gar nichts.

Ein Pfeifen, rasend schnell schwillt es an, durchschlägt die Luft, streift seine Wange, kracht in die Metallwand.

Stille.

Die Kugel steckt in der Tür, wenige Zentimeter neben Arnolds Kopf. Sekundenlang kann er nichts hören, er starrt auf das Loch, wird nun zurückgerissen, sein Hals von hinten umschlungen, fast kippt er um, tiefer in den Waggon hinein. Draußen nähern sich Schritte. Rudolf läßt Arnold los und beginnt, an der Schiebetür auf der anderen Waggonseite zu rütteln, sie scheppert, aber bewegt sich nicht. Aufgeregte Rufe draußen, die Jungen treten gegen die Metallwand, bis im Dunkeln ein Spalt leuchtet, sie klemmen ihre Finger hinein und zerren die Tür ruckweise auf, sie springen auf das feuchte Pflaster, zum Ausgang hin.

❖

Nur der Schornsteinfeger stieg regelmäßig durch die Luke auf den Dachboden. Mit weißer Kreide zeichnete er, ungefähr eine Woche, bevor er kam, eine kleine Leiter und einen Besen an das dunkle Holz unserer Haustür, das Datum daneben, Monat und Tag, an dem wir nicht abschließen durften. Wenn wir nachmittags nach Hause kamen, sahen wir schwarze Fingerabdrücke auf der Klinke und dem Treppengeländer.

Mir war der Boden unheimlich. Dennoch begleitete ich Vater hinauf, er wollte das Dach vermessen, um es zu isolieren. Es schluckte zuviel Wärme und trieb die Heizkosten in die Höhe. Im letzten Winter war der Okspreis gestiegen und die Liefermenge pro Haushalt gekürzt worden. Steinkohle konnten wir gar nicht mehr bestellen, Eierkohlen hatte Vater, wegen der schlechten Qualität, noch nie genommen. Briketts, die zum Schüren unerläßlich sind, wurden das letzte Mal völlig zerbröselt angeliefert. Im vergangenen Jahr wurde nur Rohbraunkohle unbegrenzt angeboten. Aber was dann auf den Bürgersteig vor dem Haus geschüttet worden war, noch dazu in strömendem Regen, sah aus wie verwesendes Holz: dunkelbraune Stücke, teilweise erkannte man noch Jahresringe und Astansätze. Natürlich hatte der Zunder überhaupt keinen Heizwert, wir mußten das Dreifache der gewöhnlichen Menge verfeuern, um wenigstens tagsüber siebzehn Grad im Haus zu halten. Dabei stank es nach faulen Eiern, wir wurden den Geruch den ganzen Winter nicht los, aus dem Schornstein quoll gelber Rauch. Sicher würden wir in diesem Jahr keinen besseren Brennstoff erhalten.

Im Halbdunkel betrachtete Vater die Leisten, auf denen die Ziegel lagen. An dem Holz könnte er die Dämmplatten befestigen, die ihm ein Kollege günstig angeboten hatte. Er mußte nur noch ausrechnen, wie viele er brauchte. Ich stand unter einem waagerecht verlaufenden Dachbalken, in den ein Kreuz eingeritzt war.

– Kannst du dich an deine Tante noch erinnern?, wollte ich wissen.

Er schüttelte den Kopf.

– Weißt du, warum sie sich umgebracht hat?

– Nein. Hilding hat immer behauptet, Ida sei meschugge gewesen.

– Glaubst du das?

Vater klappte den Zollstock nachdenklich zusammen.

– Eher nicht. Auf den wenigen Photos, die ich von ihr kenne, sieht sie völlig normal aus, bildschön sogar. Sie hatte langes Haar, es muß pechschwarz gewesen sein. Ihre Nase war leicht gebogen, so ungefähr wie die von Rudolf.

– Vielleicht hat sie sich ja gar nicht selber umgebracht, überlegte ich.

Vater legte den Zollstock auf den eingestaubten Küchenschrank, der hier irgendwann abgestellt worden war, kniete sich hin und zog eine Schublade auf.

– Hier irgendwo müßten die Photos ja sein, sagte er.

Brüchige Pappschachteln, randvoll mit Nägeln, Nieten und Schrauben, Klemmen und Bleistifthaltern. In dem zweiten Schub Metalldosen mit Gummiringen, sie waren rostrot wie die Ziegel.

Vater schaute kurz hoch, zum Dach, es schien, als sei ihm etwas eingefallen, dann öffnete er die unteren Türen.

Eine halb verfallene Goethe-Ausgabe, zehn Bände, Ende der zwanziger Jahre gedruckt. Sie könne nicht viel wert sein, meinte Vater, Hilding habe sie als Treueprämie von einer Zigarettenfirma bekommen.

Daneben eine Tüte voller Photos, Briefe, Postkarten. Obenauf ein kleinformatiges Heft, mit roten und gelben Rosen bedruckt. Vor langer Zeit hatte ich es in der Hand gehabt. Mutters Poesiealbum.

Vater schlug es auf, ich schaute ihm über die Schulter.

Auf der ersten Seite ihr Mädchenname, fein säuberlich mit der Feder geschrieben. Das nächste Blatt war leer, bis auf den kleinen Vermerk oben links: »Papa«. Er war nicht mehr dazu gekommen, seiner Tochter etwas einzutragen, er fiel im Krieg.

Friedas Sütterlinschrift auf der folgenden Seite kann auch Vater nur mit Mühe entziffern.

– Vor allem eins, mein Kind, las er stockend, sei treu und wahr, laß nie die Lügen deinen Mund entweihen. Von alters her im deutschen Volk war der höchste Ruhm, getreu und wahr zu sein. Dies schrieb dir deine Mutter, Frankfurt an der Oder, 17. April '44.

– Hat Großmutter damals noch an Hitler geglaubt?, fragte ich.

Vater zuckte mit den Schultern, blätterte weiter. Er schien nur auf die Unterschriften und die Daten zu achten, die Eintragungen, zumeist von Schulkameradinnen, stammten ausnahmslos aus der Zeit zwischen '44 und '47.

Einmal blieb sein Blick an den sorgsam geschriebenen Worten irgendeiner Freundin hängen, ich las, über seine

Schulter hinweg: »Lerne zu leiden, ohne zu klagen, bis der Herr wird nach dir fragen: Annelie, wo bist du. Dann steh auf und sprich: Liebster Jesu, hier bin ich!«

Vater klappte das Heft zu, legte es wieder auf die Tüte, schloß den Schrank und stand auf. Er griff nach dem Zollstock, für einen Moment mußte er sich am Schrank abstützen. Offensichtlich hatte er Schmerzen, ich sah es an seinem Gesicht, verstohlen rieb er sich die Knie.

Er klappte den Zollstock wieder aus und hielt ihn an die Dachschräge.

– Vielleicht wäre Mutter nicht so früh gestorben, wenn sie geklagt hätte, überlegte ich.

Vater blickte mich an.

❖

Wenn Margarete ihm bestätigte, daß er Ida und sie vor dem KZ-Tod bewahrt hatte, bekäme er wieder eine vernünftige Arbeit.

– Aber du hast deinen Kollegen doch nur bestochen, damit wir heiraten durften, wendet sie ein.

– Hat dich das etwa nicht gerettet?

– Und Ida?

– Daran bin ich doch nicht schuld!

– Du hast ihr ständig Vorhaltungen wegen der goldenen Uhr gemacht.

– Die könnten wir jetzt gut gebrauchen.

– Ich meine Schwester auch.

– Margarete, wenn du jetzt für mich aussagst, hilft das doch uns allen!

Sie nickt, schüttelt dann den Kopf.

– Wie könnte ich dich entlasten? Ich habe ja nichts mehr in Händen, um meine Herkunft zu beweisen, du hast doch sämtliche Urkunden verschwinden lassen.

❖

Im Wohnzimmer war mir etwas heruntergefallen. Als ich es aufheben wollte, entdeckte ich leere Flaschen unter dem Sofa. Hochprozentiger Schnaps.

Oben, in meinem Zimmer, biß ich mir in die Hand. Mutter hatte immer behauptet, daß man einen Schmerz durch einen anderen auslöschen konnte.

Vater kam von der Arbeit nach Hause, ich hörte ihn in der Küche, der Kühlschrank klappte, die elektrische Brotmaschine kreischte zweimal auf.

Ich stellte mir vor, wie er jetzt die Flasche an seinen Mund setzte. Ob er das Gesicht verzog, wenn es ihm im Hals brannte?

Ich betrachtete meine Hand. Die Zähne hatten ein ovales Muster hinterlassen: dunkelrote Kerben in der Haut.

Mir war, als hätte die Zeit angehalten, als müßte ich für immer hier sitzen. Und ich konnte nichts tun?

Ich nahm allen Mut zusammen und ging hinunter. Vater hatte sich mit einer Flasche Bier vor den Fernseher gesetzt. Erst die Tagesschau, dann ein Krimi, jetzt wollte er ungestört sein, »Derrick« oder »Der Alte«, ich stand gegen den Sessel gelehnt und betrachtete die Bilder, aber die Sendung verfolgte ich nicht.

– Setz dich richtig, verlangte er gereizt, oder geh!

Ich beugte mich langsam vor, so tief, bis ich fast unter das Sofa sehen konnte. Bis er verstanden haben mußte, daß ich sein Geheimnis entdeckt hatte. Ich richtete mich wieder auf.

– Bitte, sagte ich, hör damit auf.

Vater schaltete den Fernsehapparat mit der Fernbedienung lauter.

Ich rutschte auf die Knie und drückte meine Stirn gegen den Sessel.

– Ist dir schlecht?, fragte er, ohne mich anzusehen.

– Ja. Weil du trinkst. Du hast keinen Magen mehr und solltest froh sein, daß du überhaupt …

Jetzt blickte er mich an. Seine schwarzen Augen sprühten furchterregend.

Ich erhob mich sofort. Wünschte gute Nacht.

Die ganze Nacht saß ich regungslos am Zeichenbrett in meinem Zimmer.

Reden mußten wir darüber. Reden half. Meine Wahrnehmungen waren vermutlich nur eingebildet. Wieder hatte ich abends, in der Dunkelheit, glimmende Zigaretten vor unserem Haus gesehen. Ich fühlte mich beunruhigt, aber mehr noch bestätigt. Denn auch unsere Telephongespräche wurden in letzter Zeit immer häufiger unterbrochen. Daß jemand mithörte, damit rechneten wir ständig, wir hatten uns daran gewöhnt, jedes Wort abzuwägen, bevor wir es aussprachen, das war für uns selbstverständlich. Aber diese wispernden Stimmen in der Leitung hatte ich früher nie bemerkt, neuerdings blieb das Freizeichen mitunter tagelang aus, wir sagten dann: Das Telephon ist tot. Vater meinte, daß es wahrscheinlich an dem maroden Netz liege, die Verteilerstellen seien nach dem Krieg nicht erneuert worden.

– Mal den Teufel nicht an die Wand, sagte er, nachdem ich ihm erzählt hatte, wieder glimmende Zigaretten vor unserem Haus gesehen zu haben.

– Aber es ist genauso wie damals!

– Wenn du diese Erinnerung ständig beschwörst, wirst du sie nie wieder los, dann bedrückt sie dich ständig.

Die Zigarettenglut könnte von rauchenden Nachbarn stammen, die ihre Hunde ausführen.

– Laß dich bloß nicht verrückt machen!

Reden half. Wir saßen zu dritt im Wohnzimmer. Ruth kam nur noch alle zwei Monate für ein Wochenende, auch in den Semesterferien nicht öfter. Ihr Freund Guido hatte eine Stelle an der Klinik der Universität erhalten, an der sie studierte. Er wohnte in derselben Straße wie sie. Aber offen könne sie mit ihm nicht über alles reden, gab Ruth zu. Nicht, daß er linientreu wäre. Aber.

Vor wenigen Tagen sei eine ihrer Kommilitoninnen verhaftet worden. Angeblich hatte sie, gemeinsam mit Freunden, nachts Vergißmeinnicht in Schlaglöcher gepflanzt. Die Schlaglöcher in der Straße vor der Kaserne am Rande der Stadt stammten von russischen Panzern.

– In letzter Zeit, sagte Ruth, höre ich immer öfter, daß Leute verhaftet werden. Es soll schon gefährlich sein, abends brennende Kerzen ins Fenster zu stellen.

❖

Hilding wird nach Steglitz versetzt, in den Westsektor. Das hänge mit der Spaltung des Magistrats zusammen, erklärt er Margarete. Sie vermag seine Freude nicht recht zu teilen, daß er nun wieder als Beamter tätig sein kann.

– Es ist zwar nur die Kartenstelle, meint er. Aber im Osten hätte ich das nie gedurft.

– Aber jetzt mußt du jeden Tag so weit fahren.

– Stell dir mal vor, was hier nach den nächsten Wahlen passiert, sagt Hilding. Ich will mich doch nicht von einer Russen-Partei regieren lassen!

Meistens kommt er spät nach Hause, um eins oder zwei, wenn die Kinder längst schlafen und Margarete sich bereits stundenlang im Bett gewälzt hat.

Hilding behauptet, Spätschicht gehabt zu haben, und sie fragt nicht nach, ob in Steglitz tatsächlich so lange gearbeitet wird. Die Kartenstelle in ihrem Stadtbezirk schließt täglich um achtzehn Uhr.

Sobald sie ihn an der Haustür hört, steht Margarete auf. Sie brät ihm Kartoffeln, mit Zwiebeln und Eiern, wenn er das wünscht. Es ist immer der Geruch, manchmal auch ihr Streit, der die hungrigen Zwillinge in der angrenzenden Schlafkammer weckt.

Die Währungsreform ist eine einzige Rechenaufgabe. Obgleich es nicht viel zu rechnen gibt, denn über Rücklagen verfügen sie nicht, und die Formel ist denkbar einfach: vier zu eins wird das Ostgeld abgewertet.

Hilding verrechnet sich trotzdem. Obwohl er nun in Westberlin arbeitet, wird ihm sein Gehalt in der wertlosen Währung ausgezahlt. Er beschwert sich. Alles habe seine Richtigkeit, wird ihm daraufhin erklärt. Denn sein Wohnsitz befinde sich nach wie vor im Ostsektor.

Er mietet eine Wohnung in Westberlin und meldet sich um. Margarete ist schockiert. Es tröstet sie auch nicht, daß Hilding das Kostgeld erhöht und verspricht, es ihr von nun an wöchentlich auf den Küchentisch zu legen: in der hier verbotenen Westwährung.

Hildings Freude darüber, sein Gehalt vollständig in Westgeld ausgezahlt zu bekommen, dauert nicht lange. Wenige Wochen, nachdem er sich in seiner Westberliner Wohnung angemeldet hat, erhält er die Hälfte seines Verdienstes wieder in der Ostwährung. Er glaubt an ein Versehen und beschwert sich erneut. Alles habe seine Richtigkeit, wird ihm auch diesmal erklärt. Denn seine Familie lebe ja im Ostsektor.

Hilding will sich trennen.

– Scheiden lassen, fragt Margarete fassungslos.

– Es ist ja zum Vorteil für uns alle, sagt er.

– Nur über meine Leiche.

❖

– »Ewald« klingt nicht besonders verheißungsvoll.

– Hauptsache, er sieht gut aus, erwiderte ich.

Ruth paßte mir das Kleid an, das sie mir zum achtzehnten Geburtstag genäht hatte. Obwohl es schon so lange her war, hatte ich es noch kein einziges Mal angehabt.

– Am Körper zu nähen soll Unglück bringen, sagte ich, während Ruth den Saum hochsteckte. Zwischen ihren Lippen steckten Nadeln, sie zischte abfällig.

– Zum Glück ist Ewald nicht so alt.

Ruth kniete neben mir. Im Spiegel beobachtete ich, wie sie das Garn nach jedem Stich festzog.

– Womöglich ist er reich.

Sie nahm die Nadeln aus dem Mund.

– Wenn er jung ist, reich und frei, sagte sie, dann kann mit dem irgendwas nicht stimmen.

– Aber wer eine Scheinheirat ohne Gegenleistung eingeht, aus Idealismus, wie Onkel Rudolf sagt, der muß Geld genug haben.

– Vielleicht hat er ihn bezahlt.

Ruth riß das überschüssige Garn mit einem Ruck ab.

– Meinst du, Onkel Rudolf würde das für mich tun?

Ihr Finger zeichnete einen Kringel in die Luft, ich begann mich daraufhin langsam zu drehen. Ruth prüfte, mit schmalen Augen, ob der Saum gerade war.

– Jung ist er jedenfalls, begann ich noch einmal. Und wenn er gut aussieht, braucht er, meinetwegen, auch nicht reich zu sein.

Sie warf die Stecknadeln in die Schachtel zurück.

– Du tust so, als wolltest du auf Dauer mit ihm verheiratet bleiben.

– Wenn er nett ist. Und intelligent.

– Mit den Ansprüchen kriegst du wahrscheinlich nie einen!

– Dann eben nicht. Auf jeden Fall werde ich nicht so viele Kompromisse eingehen wie du!

Ruth sammelte die herabgefallenen Fäden vom Teppich.

– Ich weiß, daß du Guido nicht magst, sagte sie. In einigen Jahren wirst du anders darüber denken.

– Meinst du, er ist dir gegenüber dann nicht mehr so überheblich?

Sie stand auf.

– Guido ist der einzige, der in mir nicht das Wunderkind sieht, für das ihr mich alle haltet. Endlich einer, der mich will, wie ich bin – als Frau.

Ruth hatte bei den Vorlesungen in der Universität nicht unerlaubt fehlen wollen und sich deshalb krankschreiben lassen. So konnte sie an diesem Tag, mitten in der Woche, nach Hause kommen. Sie habe es mir zuliebe getan, sagte sie und verlangte als Gegenleistung, daß ich mich von ihr schminken ließ. Ich willigte ein, bereute es aber, sobald sie die angeblich überzähligen Haare meiner Augenbrauen einzeln mit einer Pinzette auszureißen begann. Mir kamen auch dann noch Tränen, als sie die Wimpern tuschte. Die Farbe verlief und brannte entsetzlich. Ich wischte sie wieder ab, genauso wie den Lidschatten und den Lippenstift. Ruth wurde ärgerlich, nun wollte sie mir meine Fingernägel lackieren. Ich schüttelte den Kopf. Wenn es stimmte, daß Ewald Idealist war, nahm er mich auch so.

Schon Stunden, bevor sie kommen wollten, lauschten wir auf jedes Auto, das in unsere Straße einbog. Aber Rudolfs silbergrauer Chrysler war so leise, daß wir ihn beinahe überhört hätten, als er endlich vor unserem Haus hielt. Ruth und ich rannten hoch in mein Zimmer. Halb hinter dem Fenster verborgen, beobachteten wir gespannt, wie sich die Beifahrertür öffnete. Ewald schob seinen breiten Hintern heraus. Sein Cowboyhut rutschte ihm vom Kopf, er hielt ihn mit beiden Händen fest, bis er sicher auf dem Bürgersteig stand. Nun ging er ein wenig in die Knie, schien seine Hose zu schließen, dann knöpfte er die Lederjacke mit den langen Fransen über seinem fülligen Bauch zu.

Er nahm den Hut kein einziges Mal ab, auch nicht beim Essen. Auch beim Essen streichelte er hin und wieder seinen Bauch, um den sich ein Gürtel mit eingearbeiteten Patronenetuis spannte. Rudolf berichtete, daß die DDR-Grenzer in Panik geraten waren, sie hatten geglaubt, daß die Hülsen echt seien. Für eine halbe Stunde wären sie mit dem Gürtel im Kontrollhaus verschwunden, wahrscheinlich hätten sie ihn durchleuchtet. Dann durften sie die Grenze passieren.

Für Ewald muß diese Auseinandersetzung mit der ostdeutschen Staatsgewalt ein Schock gewesen sein. Er sagte nicht viel während des Besuchs, die Gespräche zwischen Vater, Rudolf, Ruth und mir schienen ihn nicht zu interessieren. Nur als Vater einmal beiläufig von Heirat sprach, nickte Ewald mir zu und behauptete, daß ihm daran sehr gelegen sei.

Ich war nicht lange enttäuscht über diesen Hilfssheriff, den ich um keinen Preis geheiratet hätte. Enttäuscht blieb ich aber über Rudolf, der meine Bitte, die ich einmal an ihn gerichtet hatte, nicht besonders ernst genommen haben konnte.

Wenn ich wirklich in den Westen wolle, hätte mir der Mann egal sein müssen, meinte Vater. Dennoch schien er erleichtert zu sein, daß ich nicht den Erstbesten genommen hatte. Nur, weil der einen Westpaß besaß.

❖

Hilding kommt nur noch an den Wochenenden. Im Schuppen, wo früher die Hühner waren, die jetzt zum Überleben nicht mehr nötig sind, richtet er sich eine Werkstatt ein. Doch es scheint, als würde er die notwendigen Arbeiten am Haus nur erledigen, um die Zeit zwischen den Mahlzeiten zu überbrücken. Margarete gibt sich beim Kochen größte Mühe. Wenn Hilding da ist, tischt sie alles auf, was sie die Woche über aufsparen konnte. Schon allein deshalb ist sie enttäuscht, wenn das gemeinsame Essen mit einem Streit endet. Hilding muß aber auch immer wieder davon anfangen! Die Zwillinge wollen nun mal nicht Schneider werden.

– Wenigstens einer von euch, sagt er.

Arnold blickt zu seinem Bruder, der ruhig weiterkaut. Rudolf ist nicht nur kräftiger, sondern nach wie vor einen halben Kopf größer, fast so groß wie sein Vater.

– Der Arnold wird Schneider!, bekräftigt Hilding mit einem Schlag auf den Tisch. Der muß Schneider werden!

Arnold schiebt seinen Teller von sich.

– Du ißt auf, was deine Mutter gekocht hat!

Die väterliche Faust schnellt hervor, doch der gewohnte Katzenkopf bleibt aus.

– Das ist ein wunderbarer Beruf, erklärt er, wieder über sein Essen gebeugt.

– Der Arnold kann das selber bestimmen, sagt Rudolf, auch er schaut dabei nicht auf.

Hilding wirft die Gabel aus der Hand, seine Lippen zittern. Margaretes Stuhl schurrt auf dem Boden, sie sammelt das Geschirr ein.

– Es ist ja noch Zeit, meint sie. Die beiden sind ja noch nicht mal mit der Schule fertig.

❖

– Du kannst, meinetwegen, alles werden, sagte Vater. Nur, bitte, nicht Krankenschwester oder …

– Künstlerin, ergänzte ich.

– Genau! Das mit deinen Bildern, das führt doch zu nichts, das ist …

– Brotlos.

Vater nickte nicht einmal. Wir hatten schon oft darüber geredet, aber noch nie zuvor war es mir so sinnlos vorgekommen.

Draußen regnete es in Strömen, ich lief in den Garten. Die Tür zum Schuppen, hinter dem Haus, stand offen, der Boden war naß. Ich hockte mich auf den Rasenmäher. Und betrachtete den Schleier aus Tropfen, der sich auf die Bäume und das Gras senkte, wenn Wind aufkam, berührte er mich leicht. An den feinen Haaren auf meinen Armen blieben winzige Perlen hängen. Ich wünschte mir, daß sie mich auskühlten, damit ich krank wurde und starb. Aus Rache, weil Vater nicht verstand, daß ich zeichnen mußte.

Der Schuldirektor persönlich erklärte mir, warum alle meine Klassenkameraden nach dem Abitur einen Studienplatz erhalten würden, nur nicht ich. Ich durfte nicht studieren. Aufgrund meiner Disziplinlosigkeit, die sich in der letzten Zeit zwar deutlich gebessert habe, habe die Schulleitung einstimmig entschieden, mich für ein Studium nicht zu empfehlen. Die Erfüllung dieses sozialistischen Auftrags setze in hohem Maße gesellschaftliche Verantwortung und Zuverlässigkeit voraus. Man habe jedoch den Eindruck gewinnen müssen, daß meine politische Haltung nicht stabil sei. Und welcher Staat wolle schon Kader für den Klassenfeind ausbilden? Ich solle das, um Gottes willen, nicht falsch verstehen, betonte der Direktor, wobei er vermied, mir in die Augen zu sehen. Aber der Beirat, samt Schülervertretung, sei darin übereingekommen, daß es mir an persönlicher Reife noch fehle, im Gegensatz zu meinen Mitschülern scheine ich in der Frage der Weltanschauung keine eindeutige Position bezogen zu haben. Das könne in der Folge zu gravierenden Persönlichkeitsstörungen führen, darüber müsse ich mir im klaren sein, und nicht zuletzt solle mich dieser Beschluß davor bewahren. Denn an einer Hochschule würde sich das Defizit meines Charakters verschlimmern, weil dort von jedem eine konsequente und widerspruchsfreie Parteinahme verlangt werde. Und schließlich zeige ich auch leistungsmäßig erhebliche Schwächen, so daß ich in der Beurteilung meines Abschlußzeugnisses mit der gutgemeinten Empfehlung rechnen müsse, eine einfache Lehre zu absolvieren.

Zur Berufsberatung wurde ich eingeladen, zu einem festgesetzten Termin. Eine Dame hatte die für mich in Frage kommenden Angebote bereits herausgesucht. Viel könne sie mir leider nicht anbieten, erklärte sie, kaum daß ich Platz genommen hatte, für Jungen sähe es besser aus.

– Wenn Sie ein Junge wären, sagte sie, könnten Sie Elektroinstallateur oder KFZ-Schlosser werden. Da hätten wir gleich mehrere Lehrstellen frei.

Sie blätterte in den Unterlagen.

– Auch Schreiner wäre möglich …

– Das mache ich!

Die Dame schüttelte den Kopf.

– Ich sagte doch: nur für Jungen. Ihnen könnten wir eine Lehre bei der Reichsbahn anbieten, die ist ausdrücklich für Mädchen geeignet. Nach zwei Jahren wären Sie dann Facharbeiter für Rangierbewegung. Oder Sie gehen zum Obst- und Gemüsehandel, da ist zum Herbst noch eine Lehrstelle frei. Da können Sie Fachverkäufer werden, dauert auch zwei Jahre. Ist das was für Sie?

Nichts für mich. Sagte ich Vater nicht. Ich erzählte ihm nicht einmal, bei der Berufsberatung gewesen zu sein.

– Du kannst, meinetwegen, alles werden, ahmte ich ihn, innerlich, nach.

❖

Morgens um fünf klopft es.

Hilding, im Nachthemd, öffnet.

Vor der Tür stehen drei Polizisten.

Sie verlangen seine Papiere, kontrollieren sie. Und fordern ihn dann auf, das Haus auf schnellstem Wege zu verlassen. Er versucht es erst auf die spaßige, dann auf die kameradschaftliche Tour, immerhin wären sie ja Kollegen, schließlich wird er ärgerlich.

– Diese kleinen Möchtegerne aus dem Osten, schimpft er im Schlafzimmer, wo er sich anzieht. Die führen sich auf wie Stalin persönlich!

Hilding gibt klein bei. Er weiß, daß es gesetzeswidrig ist, dort zu übernachten, wo man polizeilich nicht gemeldet ist. Verheiratet zu sein spielt dabei keine Rolle. Sich im eigenen Haus zu befinden auch nicht.

– Und das 1950!

Ungehalten knöpft sich Hilding seine Dienstjacke zu.

– Schlimmer als im Mittelalter!

Jemand muß ihn angezeigt haben. Jemand aus der Nachbarschaft. Dort gibt es einige, die Margarete das Haushaltsgeld in Westwährung neiden.

Von nun an dürfen die Zwillinge im Ehebett schlafen. Hilding soll es allerdings nicht erfahren. Was kein Problem ist, denn künftig kommt er nur noch sonntags, er übernachtet in seinem Haus nicht mehr. Margarete zieht in die winzige Kammer mit dem von Hilding gebauten Doppelstockbett. Für die Jungen ist es schon seit langem zu kurz.

❖

Es wurde kein Fest veranstaltet. Wie für Ruth. Vater schien nicht einmal in Erwägung zu ziehen, meinen achtzehnten Geburtstag zu feiern. Er schenkte mir auch kein Geld für einen Führerschein. Auf einen Platz in der Fahrschule hatte ich ohnedies jahrelang warten müssen. Denn Vaters Bekannter, bei dem Ruth noch vor drei Jahren Autofahren gelernt hatte, war inzwischen gestorben.

Ich bat nicht darum, meinen Geburtstag zu feiern. Ich wollte Vater nicht in Verlegenheit bringen. Über ein Jahr lang hatte er nur Krankengeld erhalten, viel zuwenig, um die laufenden Rechnungen bezahlen zu können.

Ich gab den Traum auf. Mich von Gästen umringt zu sehen, wie damals Ruth, ich hatte mir alles schon genau vorgestellt: Auch diesmal wären unsere Westverwandten gekommen. Um mir zu gratulieren. Sie hätten Geschenke mitgebracht und mich in dem neuen Kleid bewundert, das Ruth mir zum Geburtstag genäht hat.

Ruth hat mir zum Geburtstag auch eine Schokoladentorte gebacken, wie jedes Jahr, wie früher Mutter. Es war eine »18« aus Sahne darauf. Zum Kaffee aßen wir jeder davon ein Stück. Großmutter, Vater und Ruth waren die einzigen Gäste. Meine Freunde hatte ich ausgeladen.

Wenige Wochen später begann Vater wieder zu arbeiten. Mißtrauischer als früher, das gab er Ruth und mir gegenüber zu. Er hatte das Gefühl, daß seine Kollegen etwas vor ihm verheimlichten. Sie begegneten ihm mit Mitleid, das konnte er nicht ausstehen. Sie taten so, als wäre er nur zurückgekehrt, um sich zu verabschieden. Keiner schien daran zu glauben, daß er den Krebs in seinem Körper besiegt hatte. Aber er werde es ihnen beweisen, sagte Vater, er werde beweisen, daß er noch genauso fähig und zuverlässig sei wie vor der Operation. Niemand brauche darauf zu warten, daß sich daran etwas ändere. Auch sein jüngerer Kollege nicht, der ihn während seiner langen Krankheitszeit vertreten habe. Bevor er, Arnold, abdanke, werde noch viel Zeit vergehen.

Vaters Lebensmut sank schlagartig, als Ruth eines Tages wortlos den Brief auf den Tisch legte. Zwei Jahre lang hatte sie im Krankenhaus arbeiten und auf ihren Studienplatz warten müssen. Nun war sie zugelassen worden für das Fach »Medizin« an einer Universität in Thüringen.

– Ich gehe doch nicht nach Sibirien, erklärte sie schroff, als mir die Tränen kamen.

– Außerdem komme ich an den Wochenenden nach Hause. Schon wegen Guido.

Ich weinte laut auf.

– Ich kann doch meine Zukunft nicht für Vater aufgeben! Außerdem tue ich es ja auch für ihn.

– Aber was, flüsterte ich, wenn ich auch bald weggehe?

Ich vergrub mich in meinem Zimmer. Tagelang. Dabei tat ich nichts. Als vor dem Papier zu sitzen, zu zeichnen. Alle Linien wuchsen immer mehr in die Breite, wurden schwarze Balken, füllten schließlich das gesamte Blatt aus. Ich zeichnete darauf weiter, bis der Stift brach oder das Papier riß. Dann stellte ich mich ans Fenster und blickte auf die Straße hinab. Wenn unten jemand vorbeiging, bildete ich mir ein, unser Haus von außen, mit fremden Augen, zu sehen – wie zerfallen es wirkte mit der kaputten Fassade.

❖

Bei ihren Vorstellungsgesprächen begleiten sich Arnold und Rudolf gegenseitig. Auf die Frage, ob sie keinen gesetzlichen Vormund hätten, antworten sie, ihre Mutter sei berufstätig und habe deshalb, aus Zeitgründen, nicht mitkommen können, der Vater sei leider im Krieg …

Ihr Traum geht in Erfüllung. Rudolf erhält in einer Westberliner Firma eine Lehrstelle als Mechaniker. Arnold wird Maschinenschlosser. Sein Ausbildungsbetrieb befindet sich in Ostberlin, aber der kürzeste Weg dorthin führt durch Westgebiet.

Margarete findet es nützlich, daß beide Söhne nun täglich, auf ihrem Arbeitsweg, Besorgungen für sie erledigen können. In Westberlin gibt es vieles, was im Osten nicht oder nur in schlechter Qualität zu haben ist. Vor allem Lebensmittel, die sie zum Kochen und Backen benötigt, manchmal ein Stück Seife und natürlich Kaffee. Hilding zahlt ihr großzügig Haushaltsgeld. Leider ist es im Osten nach wie vor verboten, Westmark zu besitzen, die Einfuhr von Waren wird streng kontrolliert; anfangs von Russen, später von der hiesigen Volkspolizei. Wenn die Zwillinge morgens, auf dem Weg zu ihren Betrieben, die Grenze passieren, müssen sie das Westgeld schmuggeln. Auf dem Rückweg vermeiden sie verdächtige Kartons oder auffällige Taschen, dennoch werden sie hin und wieder durchsucht. Dabei wird ihnen, im Laufe der Zeit, vieles weggenommen, was für Margarete bestimmt war.

❖

Rudolf meldete seinen Besuch kurzfristig an. Er sei zu einer Tagung in Westberlin eingeladen worden, im Anschluß daran habe er einen halben Tag Zeit, erklärte er am Telephon. Ob Vater ihn von der Friedrichstraße abholen könne, denn diesmal komme er ohne Auto, seine Firma in Bayern habe den Hin- und Rückflug Erster Klasse bezahlt.

Er kam direkt von der Geschäftsbesprechung. Geschäftlich blieb auch sein Ton während des Abends, obwohl er seine Krawatte bald abgelegt hatte und die mitgebrachte Flasche Cognac größtenteils allein leerte. Vater trank davon nur wenig.

Es schien, als hätten sich die beiden nicht viel zu sagen. Dabei hatte sich Vater so sehr über das Wiedersehen mit seinem Bruder gefreut; es ergab sich kein rechtes Gespräch. Rudolf begann einige Male, von seiner Firma zu berichten, aber er brach immer wieder mit der Bemerkung ab, über seine Arbeit im Grunde gar nicht reden zu dürfen, er sei Geheimnisträger und daher zum Stillschweigen verpflichtet. Vater fragte, wie es Elvira gehe. Rudolf antwortete, daß seine Ehe im wahrsten Sinne des Wortes ereignislos sei.

Es war Vater anzusehen, daß es ihn kränkte: sein Bruder schien sich für sein Leben nicht zu interessieren. Rudolf stellte kaum eine Frage, vor allem aber mied er das Thema

Krankheit und wirkte geradezu erleichtert, als Vater erwähnte, demnächst wieder arbeiten zu gehen. Man habe ihm eine Schonstelle angeboten, doch er rechne damit, bald auf seinen früheren Posten zurückkehren zu können. Daß er darauf schon allein des Geldes wegen angewiesen sei, diese Bemerkung brachte Rudolf wiederum zum Schweigen.

Er brach an diesem Abend früher auf, als nötig gewesen wäre, um den Grenzübergang vor vierundzwanzig Uhr zu passieren. Trotz des Schnapses drückte er sich noch erstaunlich klar aus, nur gerade stehen konnte er nicht mehr. Vater wollte ihn selbstverständlich zur Friedrichstraße fahren. Er ging hinaus, um das Auto aus der Garage zu holen, ich paßte die Gelegenheit ab.

– Ich will rüber, sagte ich zu Rudolf.

Er hielt sich am Türrahmen fest. Ein Arm steckte bereits in seiner Jacke, der andere suchte hinter dem Rücken das Ärmelloch.

– Ich will rüber!

– Ich habe gehört.

– So bald wie möglich.

– Glaubst du, daß es da besser ist?

Ich nickte.

– Und dein Vater?

Er bohrte seinen Arm nach hinten, die Nähte knackten verdächtig.

– Weiß ich nicht, sagte ich.

– Willst du ihn allein lassen?

– Ruth ist doch da.

Rudolf drehte sich nach seiner Jacke um, jetzt gelang es ihm mühelos, den Arm hineinzustecken. Er schlug den Kragen hoch.

– Weiß Arnold davon?

– Ich wollte immer schon rüber.

– Wie denn?

Ich zuckte mit den Schultern.

– Darum wollte ich dich ja bitten.

Er rieb sich das Kinn.

– Wie soll ich das machen?

Wieder hob ich die Schultern.

– Hast du dir das wirklich gut überlegt? Ich meine, würdest du auch …

– Mir ist jeder Weg recht.

– Ich muß los, sagte er, Arnold wartet draußen auf mich.

Rudolf nahm mich kurz in den Arm.

❖

Arnold feilt an seinem Gesellenstück. Er ist so konzentriert, daß er den Lärm draußen, vor der Werkshalle, überhaupt nicht wahrnimmt. Sein Finger gleitet immer wieder über die glänzende Kante des ansonsten stumpfen Metalls. Der Meister wird später mit einem Haarlineal darüberfahren und jeden verborgenen Grat entdecken. Entschuldigungen läßt er nie gelten, Ausreden erst recht nicht. Neulich hat er zwei Lehrlingen die Hände im Schraubstock festgespannt, weil sie ihm gegenüber vorlaut waren. Arnold glaubt, keinen schlechten Stand beim Meister zu haben, zumindest ist er ihm noch nie zu nahe getreten, und für das Gesellenstück erhält er bestimmt ein Lob.

– Schluß! Schluß für heute!

Der Meister durchquert eilig die Halle. Er dreht den Lehrlingen, die sich stumm über ihre Arbeiten beugen, den Strom ab.

– Schluß für heute, ihr geht jetzt nach Hause!

Arnold hält Hildings alte Armbanduhr in den Lichtschein, der durch die hohen Fabrikfenster dringt. Er hat sich nicht getäuscht: regulärer Arbeitsschluß wäre erst in dreieinhalb Stunden. Nun wird ihm der Lärm draußen bewußt, aber was die Menschen dort rufen, versteht er nicht.

Der Pförtner beschimpft die Lehrlinge und weigert sich, sie aus dem verriegelten Tor zu lassen. Davor drängen sich Demonstranten, sie rütteln am Metallgitter, hämmern mit Holzstücken und Fäusten dagegen und brüllen: »Streikbrecher! Streikbrecher!«

Die Jungen müssen sich durch einen Nebenausgang vom Gelände schleichen, draußen laufen sie sofort zu der aufgebrachten Menge vor dem Haupttor zurück. Wie alle anderen erheben auch sie die Fäuste gegen das rote Backsteingebäude, in dem sie eben noch gearbeitet haben. Was das Ganze soll, wissen sie nicht.

Wieder Krieg, befürchten einige Jungen, sie wollen nachts rollende Panzer gehört haben.

Der Tumult reißt sie mit sich, die Gruppe der Lehrlinge zerfällt. Nur Arnold und zwei andere bleiben beisammen, sie wohnen in derselben Gegend und wollen so schnell wie möglich nach Hause. Zur Abkürzung durchqueren sie Westberlin, wie gewöhnlich, es sind nur wenige hundert Meter, bis sie erneut den von Sowjets besetzten »demokratischen Sektor« betreten. Hatte sich zuvor niemand um die Jungen gekümmert, scheint sich an der Grenze plötzlich die ganze Welt für sie zu interessieren. Photoapparate blitzen, Mikros werden ihnen vors Gesicht gehalten, die Menge brüllt.

Am nächsten Tag findet Arnold ein Photo von sich auf der Titelseite der ostdeutschen Tageszeitung, direkt unter der Überschrift: »Die Streikenden kamen vom Westen! Konterrevolution!«

Zunächst aber kämpft er sich durch die Menge und läuft mit den beiden anderen zum Alexanderplatz, wo Großkundgebungen normalerweise beginnen. Doch sie erfahren auch hier nicht, in welche Veranstaltung sie geraten sind. Die wenigen Arbeiter, die sich in kleinen Gruppen auf dem Platz zusammendrängen, verhalten sich merkwürdig still. Keine einzige rote Fahne ist zu sehen, das wundert die Jungen am meisten, denn überall stehen sowjetische

Militärfahrzeuge. Ostdeutsche Volkspolizisten bilden undurchdringliche Ketten. Betont gelangweilt schlendern sie an ihnen vorbei.

Arnold trägt heute zufällig seine besten Sachen, er hat sie gerade erst von Tante Minna, Hildings Schwester, aus den USA geschickt bekommen: hellbraune Manchesterhosen, ein kariertes Hemd aus Tweed und eine dunkelblaue Texasjacke. Er fühlt sich wie ein Tourist und ist für eine Weile so mit seiner eigenen Erscheinung beschäftigt, daß er weder den wachsenden Abstand zu den beiden anderen Jungen bemerkt noch die Uniformierten wahrnimmt, die hinter ihm herlaufen. Erst als er einen Schlag im Rücken verspürt, sieht er seine Freunde wegrennen. Vier Polizisten halten Arnold fest, er muß seine Hände auf dem Hinterkopf verschränken, sie klopfen seine Kleider ab und schieben ihn dann zu den Militärfahrzeugen.

Kurz bevor sie die Wagenkolonne erreichen, scheinen die Polizisten für einen Moment von ihm abgelenkt zu sein. Arnold nutzt die Gelegenheit und greift in seine Hosentasche. Er schleudert eine Westmark hinaus, die ihm Margarete heute früh mit der Bitte zusteckte, ihr auf dem Nachhauseweg ein Pfund Margarine zu kaufen.

Die Münze rollt über das Pflaster.

Ein Gewehrkolben kracht zwischen seine Schulterblätter.

– Den sollten wir uns mal genauer ansehen, ruft einer, der will was abwerfen!

Arnold kommt die Stimme bekannt vor, aber erst, als er in ein Polizeiauto gestoßen wird, gelingt ihm ein Blick nach hinten. Tatsächlich, der bewaffnete Mann in Zivil, der nun ebenfalls einsteigt, ist ein Nachbar, er wohnt nur wenige Grundstücke entfernt. Jeden Sonntag sieht man ihn in die Kirche gehen. Jetzt tut er so, als würden sie sich nicht kennen. Während der Autofahrt stößt er sein russisches Gewehr noch einige Male in Arnolds Schulter.

Im Polizeipräsidium kümmern sich andere um ihn. Doch ihre Aufmerksamkeit ist nicht mehr ungeteilt auf Arnold gerichtet, hier ist er einer von vielen. In einer Reihe müssen sie zwölf Stunden lang mit dem Gesicht zur Wand stehen, breitbeinig und mit hochgestreckten Armen, die bald zu kribbeln anfangen und schließlich schmerzen. Auch auf die Toilette dürfen sie nicht gehen; Arnold tut es um die neuen Manchesterhosen leid. Die Wut über den Nachbarn beißt er sich in die Lippen.

❖

Er wird es nicht schaffen. Das sagte ich mir immer wieder. Um vorbereitet zu sein. Der Krebs würde in seinem Körper erneut zu wuchern beginnen und ihn auslöschen.

Aber das Haus mußte mir um jeden Preis erhalten bleiben! Es war mein einziger Schutz. Von Tag zu Tag fiel es mir schwerer, hinauszugehen. Denn ich fühlte mich nur hier sicher, besonders im Keller, am Ofen. Er war das Herz, und die Heizung der Blutkreislauf des Hauses. Auch im Sommer hockte ich mich an die Feuerungsstelle. In Gedanken schnitt ich den Rasen, bezahlte die mehrfach angemahnten Rechnungen und kochte nach ärztlicher Anweisung leichtverdauliche Speisen für Vater. Sie schmeckten ungenießbar, er mußte den Ekel überwinden und sie hinunterzwingen. Deshalb dachte ich mir andere Gerichte aus, von denen er schnell wieder zunahm. Das war meine Lieblingsbeschäftigung: mir Rezepte auszudenken, die den Krebs in seinem Körper für immer besiegten.

Vom Keller aus ging ich in den Garten und erntete Obst, ich sprach mit den Kräutern, bevor ich sie pflückte, und bereitete einen Salat aus frischen Tomaten, weil Vater darauf Appetit hatte. Doch dann bekam er Bauchkrämpfe, kurz darauf Durchfall, der sehr schmerzhaft zu sein schien, nur mit Mühe konnte er sich auf dem Toilettenrand halten. Trotzdem verbot er mir, den Notdienst zu holen. Nie wieder wolle er ins Krankenhaus, wimmerte Vater, lieber sterben. Oder vielleicht doch Ruth anrufen, sie hatte Dienst auf ihrer Station. Ich erklärte die Situation, selber verwundert über meinen sachlichen Ton, und daß ich imstande war, unter Ruths Anleitung am Telephon, Vater ein krampflösendes Mittel zu spritzen. Intramuskulär. Die Unsicherheit mit einem alkoholgetränkten Stück Mull wegwischen, sich einzig daran erinnern, wie Ruth die Spritze hielt, wenn sie ihn, auf die gleiche Weise, regelmäßig mit lebenswichtigen Vitaminen versorgte. Ich hatte ihr bisher jedesmal dabei zugesehen, ich wußte genau, wie weit sie ausholte, um die Kanüle senkrecht, auf jeden Fall zwischen den Knochen in die Haut zu stechen. Einmal hatte mir Ruth anvertraut, wie gefährlich es sei, wenn dabei Bakterien in das Muskelgewebe gelangten. Sie könnten dort größeren Schaden anrichten, als wenn man sie direkt in die Blutbahn gespritzt hätte.

Vater schien davon nichts zu ahnen. Er hielt vertrauensvoll still, dankte schließlich, wie er sonst Ruth dankte. Er blieb im Bett liegen, seine Schmerzen ließen allmählich nach. Erst als er eingeschlafen war, fingen meine Hände zu zittern an. Ich lief hinaus in den Garten, verkroch mich im Schuppen. Ich stellte mir vor, unseren kaputten Gartenzaun zu reparieren, von den Nachbarn bewundert und von Vater gelobt, dann wusch ich und hängte die nasse Kleidung der Größe nach auf die Leine, vom Handtuch bis zum Strumpf alles im selben verfärbten Grauton, ich wischte auch den Küchenboden, der seit Tagen klebte, bei jedem Schritt ein Geräusch, als risse Papier, ich riß, schweren Herzens, das Unkraut aus den Erdbeerbeeten. Auch die Rosen, »Gloria Dei«, die Mutter so sehr gemocht hatte, Blüten wie Flammen, gelb und rot, befreite ich von Vogelmiere und Knöpfchenkraut. Und von Quecke, mit den langen Wurzeln, meterlange Adern, die wie Strippen aus dem schwarzen Boden sprangen, wenn man an ihnen zog. »Jäten« ist ein schönes Wort, fand ich, aber die Tat brutal, einen Magen aus dem Körper zu schneiden, die Speiseröhre an den Dünndarm zu nähen, darauf hoffend, daß die Wunden verheilen, daß sich die Natur selber hilft, daß die Töchter helfen, daß noch Geld für die Müllabfuhr bleibt, morgen früh würden sie kommen, ich mußte noch Markstücke auf die beiden Tonnen legen, sonst wurden sie nicht geleert, die Abfälle von zwei Wochen, meine Hoffnung, die ich für Selbstbetrug hielt, morgen früh würden sie kommen, mit dreckigen Gesichtern und lauten Stimmen, sie leerten zwei Wochen vergeblicher Mühe für zwei Mark pro Tonne, weil sich mehr Müll angesammelt hatte, als in der Jahresabrechnung vorgesehen. Ich stand auf und ging zu Vater, er schlief immer noch, sein eingefallenes Gesicht war schweißnaß. Ich schob ihm vorsichtig ein Thermometer unter den Arm, wartete genau acht Minuten. 37,4 – das konnte vieles oder gar nichts bedeuten, ich trat ans Küchenfenster. Erst nach einer Weile bemerkte ich die alte Frau, die immer kam, um die Kirchensteuer zu kassieren, sie stand vor unserem Gartentor. Ich öffnete das Fenster und rief, daß wir kein Geld hätten, nicht einen einzigen Groschen, den wir für das ewige Leben entbehren könnten, im nächsten Moment hörte ich Vater im Schlafzimmer stöhnen, und die Alte hatte sich in Luft aufgelöst.

Ich lag im Garten, im kühlen Gras. Hin und wieder krabbelte mir eine Ameise über den Arm oder Fuß. Im Apfelbaum zwitscherten Stare, eine Amsel sang etwas weiter entfernt. Ich schaute in den Himmel. Im Tod erwartet uns, was wir erwarten, fiel mir plötzlich ein. Ich war überzeugt, daß es stimmte. Mein Tod sollte auf jeden Fall ruhig sein, ich wollte Stille, vor allem keine Stimmen, keine Motoren, nichts Menschliches. Ab und zu dürfte höchstens ein Vogel zu hören sein, Möwe oder Dohle, auch Blätter könnten rauschen. Außerdem wollte ich auf keinen Fall frieren oder schwitzen, die Luft müßte genau so sein wie jetzt: lau. Zu sehen bräuchte ich nichts. Nichts Bestimmtes. Am liebsten das wolkenlose Blau des Himmels. Unergründliches Blau also und Ruhe. Ruhe.

In großer Höhe segelten Vögel über mich hinweg. Im Tod dürfte das natürlich nicht passieren, weil ich sonst gar nicht tot wäre. Wenn innerhalb der nächsten Minuten wieder ein Vogel über mich hinwegflog, überlegte ich, dann würde Vater seine Krankheit überleben. Blieb der Himmel leer, müßte er bald sterben. Ich lag auf dem Rücken im Gras. Ich schaute in den Himmel. Mir wurde klar, daß ich vergessen hatte, einen Zeitpunkt festzusetzen: Wie lange sollte ich warten. Meine Augen wurden immer unruhiger, längst hatten sie den unsichtbaren Punkt über mir verlassen, ich drehte den Kopf, bis ich überall Vögel sah.

✤

Wir waren sieben Brüder. Und jeder hatte eine Schwester, so beginnt Hilding gerne und oft von seinem Leben zu erzählen.

Diese eine Schwester heißt Minna. Sie ist zwei Jahre älter als er. In den zwanziger Jahren wanderte sie, gegen den Willen ihrer Familie in Seeburg, in die USA aus. Erst Jahre später, nach dem Tod der Eltern, schrieb Minna wieder einigen Brüdern, nach dem Krieg regelmäßig denen, die übriggeblieben waren. Drei von sieben. Hilding rückte an die Stelle ihres gefallenen Lieblingsbruders. Seine beiden Söhne hat sie nie gesehen. Trotzdem bedenkt sie, die selber kinderlos geblieben ist, ihre Neffen jedes Jahr zu Weihnachten und zum Geburtstag mit Geschenken. Minna schickt den Zwillingen vor allem Kleidung. Die beiden freuen sich über die Manchesterhosen und Tweedhemden, sie finden, daß ihre Tante Geschmack hat. Hilding ist immer wieder aufs neue entsetzt.

– Was schickt sie für Zeug!

Er saugt heftig an seiner Zigarette, die er wie immer an der Wurzel zwischen Mittel- und Ringfinger hält, weshalb seine Hand bei jedem Zug sein Gesicht halb verdeckt.

– Und so was in einer Schneiderfamilie! Unser Vater wird sich im Grab umdrehen. Aber Minna hatte für vernünftige Kleidung noch nie einen Sinn.

Dafür blickt sie in der Politik durch. Das muß Hilding anerkennen. Seine Schwester verfügt in dieser Beziehung über eine erstaunliche Weitsicht. Die hatte sie damals schon, sonst wäre sie wohl nicht so früh ausgewandert. Das sei Intuition, glaubt Hilding, die bekomme man in die Wiege gelegt. Oder eben nicht.

– Die Minna weiß, was sie sagt!

Er legt ihren letzten Brief aus der Hand, den er Margarete und den Söhnen nun zum dritten Mal vorgelesen hat. Dabei kommentiert er immer an denselben Stellen das fehlerhafte Deutsch oder die eingestreuten englischen Wörter.

– »Anyway«, »well«, »and so on«, das ist doch wirklich unverschämt, daß sie sich beim Schreiben so wenig Mühe gibt. Aber so ist Minna eben.

So ist es eben. Wenn Hilding zum sonntäglichen Besuch nach Hause kommt, nutzt er jede Gelegenheit, seine Familie über die politischen Verhältnisse im allgemeinen und in den beiden deutschen Ländern im besonderen aufzuklären. Minnas Briefe kommen ihm da gerade recht.

– Die weiß, was sie sagt. Überleg dir das also, wendet er sich an Arnold. Besser als dort wirst du es nirgendwo haben. Deine Tante kann dir in New Jersey eine Arbeit beschaffen, und ich finde, du solltest ihr Angebot nicht ausschlagen. Wenn ich jetzt so alt wäre wie du …

– Amerika!, sagt Margarete verächtlich. Der Junge findet auch hier was Ordentliches. Wozu ausreisen? Und dann noch so weit!

– Und was würdest du tun, fragt Arnold seinen Bruder später, als sie im Ehebett liegen. Was würdest du tun, wenn du jetzt nicht so eine gutbezahlte Stelle angeboten bekommen hättest, versetz dich doch mal in meine Lage.

– Ich würde nicht so lange überlegen.
– Und absagen?
– Fahren. Besser heute als morgen.
– Ohne mich?, sagt Arnold fassungslos.
– Wie lange willst du denn noch ein Bett mit mir teilen?
– Hast du dich verliebt?
Er antwortet nicht.
– An meiner Stelle würdest du fahren?
– Du bist frei, sagt Rudolf und dreht sich auf die Seite, von seinem Zwilling weg.

❖

Noch Wochen, nachdem Vater aus dem Krankenhaus entlassen worden war, schlief er ständig. Er stellte den Wecker nur, um zu essen. Alle zwei Stunden sollte er etwas zu sich nehmen, auch nachts. Die winzigen Portionen lagen griffbereit auf seinem Nachttisch, sogenannte Kosmonautennahrung, aromatisierter Brei mit hohem Nährwert in Tube, Tüte oder Glas, Vater probierte alles aus, er mußte sich dazu zwingen.

Manchmal stand ich an seinem Bett und beobachtete ihn. Ich wollte herausfinden, warum er mir so fremd geworden war. Vielleicht lag es an seinem Gesicht, das viel schmaler und faltiger aussah als früher. Vater war eingefallen. Es schien oft, als hätte er starke Schmerzen, ich wußte nicht, ob er gerade schlecht träumte oder ob ihm sein Bauch weh tat. Einmal bemerkte ich, wie er im Schlaf neben sich griff, in Mutters leeres Bett.

Die Zeiten, in denen er fest schlief, wurden allmählich kürzer. Vater lag immer häufiger wach, oder er glitt in eine Art Dämmerzustand, dann redete er wirr. Schließlich konnte er überhaupt nicht mehr schlafen, obwohl er sich danach sehnte, so behauptete er. Nicht nur wegen der Schmerzen, die er selbst bei der kleinsten Bewegung verspürte, und gegen die er, wegen des fehlenden Magens, keine Tabletten nehmen durfte. Nicht nur deshalb, sagte er.

Er wollte einen Ausflug unternehmen, den ersten, seit er wieder zu Hause war. Also nicht nur ins Badezimmer oder in die Küche. Sondern in den Keller.

Ich mußte ihn stützen, die Treppe hinunter, er preßte sich beide Hände auf den Bauch.

– Ob ich gewachsen bin?, scherzte er. Stroh hatte seinen Kopf gestreift. Vater betrachtete die Löcher im Putz über uns, als sähe er sie zum ersten Mal.

Er wollte nachschauen, ob wir noch genügend Kohlen hatten. Bald würde es wieder kalt werden, und wir mußten zu heizen anfangen.

Am Eingang der Waschküche wurde ihm schwindlig. Er griff nach der Tür, um sich festzuhalten, dabei schlug sie zu, ich konnte Vater gerade noch auffangen.

Er lehnte an der Wand. Er kam nur langsam wieder zu Atem in der feuchten, nach Schimmel riechenden Luft. Die fleckigen, dunkelgrauen Wände schien er zu betrachten, die Tür, die Narben im Holz.

– Das ist siebenunddreißig Jahre her, sagte Vater.

Als Soldaten der Roten Armee in die Waschküche einzudringen versuchten, war er nicht in Berlin gewesen. Er hatte von der Eroberung selber nur gehört und mir die Geschichte weitererzählt.

Er berührte ihr Haar, und sie lehnte ihren Kopf an seine Schulter.

– Du bist schön, sagte er. Ich begehre dich.

Seine Hände strichen über ihre Schultern, die Taille …

Ich schaltete den Fernseher aus. Ich wollte das nicht sehen. Den Kuß des verliebten Paares. Denn auch wenn dieser Film glücklich endete, die Wirklichkeit war anders. Früher oder später lief alles auf Trennung hinaus, Scheidung oder Tod. Deshalb wäre es wichtiger zu lernen, allein klarzukommen, erklärte ich Christian, nachdem er mir gestanden hatte, mit mir gehen zu wollen, weil wir, seiner Meinung nach, füreinander geschaffen seien. Schon zehn Jahre lang sahen wir uns fast täglich, wir gingen in dieselbe Klasse. Die Gewohnheit habe ihn erst über seine Gefühle getäuscht, sagte Christian. Denn früher sei ich ihm egal gewesen. Jetzt aber sei für ihn alles anders.

Vater riet, mir das Angebot zu überlegen.

– Jung gefreit, nie gereut!

– Aber ich empfinde für ihn nicht viel.

– So was entwickelt sich.

– Seine Eltern sind Funktionäre, sagte ich. Das kann doch nicht gutgehen: mit verschiedenen Weltanschauungen. Oder soll ich seinetwegen in die Partei eintreten?

Vater sagte dazu nichts. Als ich ihn am folgenden Tag bat, mich am Telephon zu verleugnen, falls Christian anrief, willigte er sofort ein.

❖

Margarete versucht sich damit abzufinden. Daß sie den Blasenkatarrh nie wieder los wird, mit den Schmerzen leben muß, die ihr den Rücken hochziehen, bis in den Hals. Sie bleibt nicht liegen. Sie geht nicht zum Arzt. Sie lächelt: Wärme tut gut. Auf dem Ofen sitzt sie. Krümmt sich, wenn es keiner bemerkt. Die alte Nachbarin, die aus dem Kaffeesatz lesen konnte, ist unlängst gestorben. Wer kann ihr nun die Zukunft deuten.

– Junge, laß mich nicht allein!

– Rudolf bleibt doch.

– Der hat anderes im Kopf.

– Aber ich habe Tante Minna versprochen, zu kommen.

– Sie wird es überleben.

Arnold möchte die wichtigsten Reparaturen im Haus noch erledigen. Bevor der Herbst kommt. Bevor er geht. Margarete wird sich in Zukunft auf Rudolf verlassen müssen. Aber bis der mal einen Nagel in die Wand schlägt, muß sie wochenlang darum bitten. Und das nicht erst, seit er in Elvira verliebt ist. Auch Hilding kümmert sich um das Haus nicht mehr. Seine Sonntagsbesuche werden immer kürzer, dabei wirkt er ungewohnt heiter, geradezu beschwingt. Arnold vermutet, daß Hilding eine Frau kennengelernt hat.

Drei Wochen nur noch bis zur Überfahrt, ein Schiffsplatz ist reserviert. Arnold lernt Englisch. Und er verabschiedet sich. Von allen Freunden, Bekannten, von der Gegend, dem Garten, jedem Winkel im Haus und natürlich von seinem Nachbarn. Bruno bewundert ihn für seinen Mut, in die Fremde zu gehen, über den Großen Teich. Aber mit wem spiele er jetzt jede Woche Skat, wenn nur noch Rudolf bliebe. Und Rudolf verstehe er auch bei weitem nicht so gut, weil dieser immer vergesse, langsam und deutlich mit ihm zu sprechen. Arnold sei einer der wenigen Menschen, dem er jedes Wort von den Lippen ablesen könne.

Margarete liegt im Krankenhaus, zum ersten Mal in ihrem Leben. Hilding findet das unnötig.

– Was von allein kommt, geht auch von allein wieder, meint er.

Aber die Schmerzen im Unterleib denken nicht daran, von allein wegzugehen, ohne Tabletten hält sie es gar nicht aus.

Sie wird operiert. Denn ihr vermeintlicher Blasenkatarrh ist eine Gebärmutterentzündung. Vermutlich über Jahre verschleppt, der Körper hat kaum noch Widerstandskraft.

Der Eingriff verläuft erfolgreich. Bereits am folgenden Tag lächelt Margarete matt, als Hilding und die Jungen an ihrem Bett stehen.

– Unkraut vergeht nicht …

Arnold überlegt, seine Abreise um ein, zwei Wochen aufzuschieben. Margarete hält das nicht für nötig.

Zwei Tage später hebt der Arzt die leeren Hände.

– Eine Embolie, sagt er.

Arnold steht minutenlang regungslos auf dem Stationsgang.

Dann legt er den Blumenstrauß vor ihre Tür.

Er schreibt Tante Minna. Daß er jetzt nicht kommen könne und nie kommen werde, der gebuchte Platz auf dem Schiff sei bereits zurückgegeben, sie brauche nicht mehr mit ihm zu rechnen. Dank für das Angebot und ihre Mühe.

❖

Es kam völlig unerwartet, am Schluß der Chemiestunde. Ich war sehr unkonzentriert gewesen. Doch es hatte nicht einmal eine Auseinandersetzung mit der Lehrerin gegeben, die gewöhnlich jede Gelegenheit nutzte, mich vor der Klasse bloßzustellen. Ich war erleichtert, als es zur Pause klingelte, griff nach meiner Tasche. Doch es wollte nicht aufhören zu klingeln, es klingelte immer lauter und schriller, ich sah mich nach den anderen um, sie lachten und redeten, als bemerkten sie nichts, sie verließen den Raum, in dem mich das Klingeln festhielt, es setzte sich in meinem Kopf fest, plötzlich sah ich mich von außen: Ich stand neben einigen verwunderten Klassenkameraden und blickte auf mich hinunter, ich war von der Bank gefallen und lag auf dem dunkelroten Steinboden, mein Pullover wurde schmutzig, als ich mich weinend hin und her warf – das sah ich und spürte den Boden zugleich.

Stunden in der Krankenkammer, auf einer Sanitätsliege. Noch immer in der Schule, der erste klare Gedanke: Daß sie, zum Glück, keinen Rettungswagen gerufen hatten.

Eine Klassenkameradin wich mir nicht von der Seite, sie streichelte mein Haar. Sie sei froh gewesen, sagte sie mir später, meinetwegen vom Unterricht freigestellt worden zu sein.

Endlich hatte ich einen Vorwand. Für das Nachlassen meiner Leistungen, für die nicht erledigten Schulaufgaben, um die ich mich auch früher selten gekümmert hatte. Nun konnte ich dafür eine Erklärung bieten, die alle Lehrer bereitwillig zu akzeptieren schienen. Meine Situation sei bemitleidenswert, das gaben mir alle irgendwie zu verstehen, nicht erst seit dem Zusammenbruch nach der Chemiestunde, die Mutter hätte ich so früh verloren, und nun sei Vater krank … Das Kollegium beriet in meiner Sache, schließlich wurde ich zum Abitur zugelassen. Mit der Auflage, nie wieder zu schwänzen.

Seit Ruth im Krankenhaus arbeitete, sah ich sie nur noch selten. Zwischen den Schichten kam sie nach Hause, füllte den Kühlschrank, spülte das Geschirr, hängte die Wäsche auf. Wenn ihr Dienstplan ungünstig war, schlief sie gleich auf der Station. Oder sie war bei Guido.

Ruth im weißen Kittel an Vaters Bett, sie hantierte mit der Infusionsflasche, schüttelte die Kissen auf, prüfte den Verband, befeuchtete mit einem Tuch seine trockenen Lippen.

Aus der Nase hing ein Schlauch, der mit Pflaster an seine Wange geklebt war, noch ein Schlauch am Arm, der zu der gleichmäßig tropfenden Infusionsflasche führte, mehrere Schläuche seitlich vom Körper weg, die Beutel hingen am Bettrand, das Blut darin war gelb, der Urin rot.

Ruth im weißen Kittel mit rotem Schwesternschild. Ihr Gesicht konzentriert, jede ihrer Bewegungen strahlte Überlegenheit aus.

Ich, auf einem Stuhl, knetete ein Taschentuch.

Dieser ausgemergelte Körper konnte Vater nicht sein, er sah völlig verändert aus. Nicht so wie vor drei Wochen, als ich an die Ostsee gefahren war. Er wirkte hilfloser als ein Kind, wie er so dalag, angewiesen auf andere. Es muß demütigend für ihn sein, dachte ich. Aber selbst wenn Ruth vorher nicht gemahnt hätte, an seinem Bett bloß nicht zu weinen, ich hätte es nicht gekonnt. Meine Empfindungen waren wie abgeschnitten von mir, sie lasteten auf meiner Brust, ich konnte kaum atmen. Von einem Tag auf den anderen schien Vater ein anderer geworden zu sein, seine Stärke war verschwunden, er konnte uns nicht mehr beschützen. Also beschützten wir ihn.

Ich wollte stark sein, wenn ich ihn im Krankenhaus besuchte und nach seiner Hand griff. Sie war bläulich und kühl, meine hingegen warm und sonnengebräunt. Immer wieder verglich ich unsere Hände. Vater zu streicheln kostete Überwindung, wir hatten einander nur selten berührt.

Seine Hand in meiner. Seine große, immer noch kräftige Hand in meiner schmalen.

Eine meiner frühesten Erinnerungen fiel mir ein: Ich war höchstens drei und saß auf seinem Schoß, Vater hatte seine Hände vor mein Gesicht gehoben, und ich glaubte, hinter ihnen vollkommen verborgen und wirklich unsichtbar zu sein. Manchmal erwiderte er den leichten Druck meiner Finger. Aber er sagte kein Wort. Auch ich sagte nichts. Wir sollten ihn in Ruhe schlafen lassen, meinte Ruth.

❖

Rudolf findet die Entscheidung falsch. Als sein Bruder eines Tages mit der Nachricht nach Hause kommt, einen Arbeitsvertrag in einem Ostbetrieb unterschrieben zu haben, lächelt er spöttisch.

Arnold hat ein schlechtes Gewissen. Schon vor Margaretes Tod hatte er gespürt, daß Rudolf mit seiner Freundin im Haus wohnen wollte, wenn er in die Staaten ausgewandert wäre. Nun müssen sie das Ehebett weiterhin miteinander teilen.

Er geht Arnold aus dem Weg. Sogar auf den wöchentlichen Skat mit Bruno verzichtet Rudolf, obwohl er dabei fast immer gewinnt. Zu einem Spiel mit seinem Bruder ist er nur noch sonntags bereit, wenn Hilding zu Besuch kommt. Seit Margaretes Beerdigung haben es sich die drei angewöhnt, direkt nach dem Mittagessen anzufangen, sie sitzen über den Karten, bis Hilding am Abend auf die Uhr tippt und erklärt, er müsse nach Hause, nach Westberlin. Er bricht jedoch nie auf, wenn er nicht aus dem Schneider ist.

Arnold und Rudolf benutzen die Ränder von Zeitungen, um sich gegenseitig zu erinnern, daß das Geschirr zu spülen und die Wäsche aufzuhängen ist, sie notieren darauf auch, was eingekauft werden muß, anfangs noch mit Bitte und Gruß, schließlich werden ihre Anweisungen immer knapper.

Rudolf kommt nur noch zum Schlafen, meist mitten in der Nacht, wie Hilding früher. Die Hausarbeit bleibt an Arnold hängen. Er kümmert sich um den Garten und die anfallenden Reparaturen. Das Geld für die Rechnungen teilt er sich mit Rudolf, aber den Kühlschrank füllt er allein. Am Wochenende, bevor Hilding zu Besuch kommt, spült Arnold das Geschirr der vergangenen Woche, er wäscht, fegt den Fußboden und putzt hin und wieder die Fenster. Er fühlt sich auch für das Sonntagsessen zuständig. Hilding bezahlt es, schon allein deshalb muß es etwas Aufwendiges sein, ein Braten oder wenigstens Schnitzel. Arnold läßt sich von einer Nachbarin zeigen, wie die rohen Scheiben mit einem Ei und selbstgeriebenem Semmelmehl paniert werden.

❖

Ich brauchte Geld für den Motorradführerschein und für eine gebrauchte Maschine, die mir ein Bekannter angeboten hatte. Ruth überredete mich, im Sommer in einem Kinderferienlager an der Ostsee als Putzfrau zu arbeiten. Lieber hätte ich eine der Gruppen betreut, wie Ruth im

Jahr zuvor. Aber ich durfte nicht, weil ich noch nicht achtzehn war.

Es regnete ständig. Die Kinder liefen mit ihren schmutzigen Schuhen immer genau dorthin, wo ich gerade gewischt hatte. Die Zimmer waren klein und muffig, jeweils zehn Kinder mußten darin drei Wochen lang miteinander auskommen. Viele wurden krank. Meistens bekamen sie Durchfall, oder sie mußten sich übergeben. Morgens und abends gab es Mehlsuppen in unbegrenzter Menge, mittags schleimigen Spinat mit grauen Kartoffeln, Kohl in allen Variationen, er war immer zerkocht, bis auf die Schnecken oder Würmer, die sich manchmal darin fanden. Oft wurde Blutwurst aufgetischt, die Kinder nannten das Gericht »Tote Oma« oder »Negerpeople«, allein der Geruch reizte zum Würgen. Pioniernachmittage, Politinformation und Fahnenappelle gehörten zum Lagerleben ebenso wie Bettnässerei, hohes Fieber, Weinkrämpfe und Tiefschlaf. Es gab Kinder, die durch nichts zu wecken waren. Einmal sah ich, wie ein Junge aus dem Bett gehoben und auf die Füße gestellt wurde, doch selbst die Trillerpfeife an seinem Ohr schien er nicht zu hören, er schlief im Stehen weiter. Die Sanitäterin hielt eine angebrochene Ampulle Ammoniak unter seine Nase, erst dann schlug er die Augen auf.

Abends um acht mußten die Kinder ins Bett. Die meisten Erzieherinnen hatten dann frei. Sie waren kaum älter als ich, schienen aber viel mehr Erfahrungen mit Jungen zu haben. Sie gingen jede Nacht auf den Zeltplatz, der sich in der Nähe unseres Lagers befand. Einmal schloß ich mich ihnen an.

Die Jungen erwarteten uns bereits. Sie hatten Bier gekauft und ein Lagerfeuer angezündet. Bald kreisten auch Schnapsflaschen, die Sprüche wurden protzig und laut. Und verstummten dann mit einem Mal, die Jungen rückten zu den Mädchen, strichen ihnen über die Taillen, Köpfe sanken zusammen, ein Paar nach dem anderen verschwand in der Dunkelheit.

Ich blieb am Feuer, ich betrachtete die Glut, das glimmende Holz wurde allmählich grau. Ich stellte mir vor, was in den Zelten geschah. Natürlich hätte ich mit keinem der Jungen schlafen wollen, redete ich mir ein.

Außer mir war noch einer übriggeblieben. Er saß nur wenige Meter entfernt, im Eingang seines kleinen Zeltes. Auch er hatte den Abend über geschwiegen, wie ich. Dabei aber sehr viel getrunken, die leeren Bierflaschen lagen neben ihm, und er rauchte ununterbrochen.

Ich stand auf, ich wollte zurück. Es war stockfinster, der Weg zum Ferienlager führte durch einen Wald.

Der Junge kam hinterher. Er lief ein Stück neben mir, legte dann eine Hand auf meine Schulter. Ich hielt an, überrascht von der Wärme, als seine Finger über meine Rippen glitten. Er nahm meinen Kopf in seine Hände, kein einziges Wort fiel, ich schloß meine Augen, ich wußte, daß ich jetzt erfahren würde, was ich mir so oft ausgemalt hatte, fremder Atem auf meiner Wange, Lippen auf meine gepreßt.

Schlafen konnte ich in dieser Nacht nicht. Nicht nur wegen der Küchenhilfe, mit der ich das Zimmer teilte; sie schnarchte. Ich mußte immer wieder daran denken, wie sich seine Zunge in meinen Mund geschoben hatte. So genau wie möglich versuchte ich mich an diese Berührung zu erinnern. Obwohl er nach schalem Bier und Rauch geschmeckt hatte, war meine Sehnsucht schon jetzt stärker als die Enttäuschung. Sie würde weiterwachsen, dachte ich, mit jedem weiteren Mal.

Ich hatte gehofft, zumindest Ruth würde mir meinen ersten Kuß anmerken. Aber als ich endlich wieder zu Hause war, zählte das alles nicht mehr.

– Wir müssen jetzt stark sein, sagte Ruth. Vater hat Krebs.

Nur wenige Tage zuvor war die Krankheit festgestellt worden. Sofort hatte man ihm den Magen und ein Stück der Bauchspeicheldrüse herausgenommen. Die Operation war gut verlaufen. Aber selbst wenn Vater die nächsten Tage überlebte, mußte man damit rechnen, daß der Krebs nicht restlos beseitigt war. Innnerhalb der nächsten fünf Jahre würden sich, aller Wahrscheinlichkeit nach, neue Tumoren bilden.

❖

Arnold möchte, wie Rudolf auch, Ingenieur werden. Um studieren zu können, muß er von seinem Betrieb an die Hochschule delegiert werden. Der Vorgesetzte ist einverstanden, er stellt nur eine Bedingung: Arnold soll sich von seinem im Westen lebenden Vater distanzieren. Arnold unterschreibt die Vereinbarung nicht.

Hilding lädt die Söhne nie in seine Westberliner Wohnung ein. Arnold besucht ihn einmal überraschend. Er hätte gerade in der Nähe zu tun gehabt. Ausgerechnet heute, erwidert Hilding, sei die Wohnung unaufgeräumt. Das findet Arnold maßlos untertrieben, als er die Küche betritt.

Nach einer halben Flasche Cognac, die sie gemeinsam trinken, erklärt Hilding, sich hier nur noch gelegentlich aufzuhalten. Die meiste Zeit verbringe er bei seiner Freundin. Die habe ein Haus in Britz.

Hildings Haus wird 1955, mit einer Rückwirkung von zwei Jahren, unter staatliche Verwaltung gestellt.

So lautet der Bescheid, den Arnold eines Tages im Briefkasten findet. Der im Grundbuch eingetragene Besitzer, heißt es zur Begründung, sei nicht unter dieser Adresse gemeldet, vor allem sei er kein Bürger der Deutschen Demokratischen Republik mehr.

Die halbe Nacht lang wartet Arnold am Küchenfenster.

Als Rudolf endlich nach Hause kommt, riecht er nach Zigaretten und Bier. Er überfliegt das Schreiben. Und lacht. Arnold kann gerade noch verhindern, daß er das Papier zerreißt.

Wahrscheinlich hat ein Nachbar Hilding angezeigt.

Von nun an müssen sie für Haus und Garten Miete zahlen. An den Staat.

❖

Bisher hatten Ruth und ich uns immer gegenseitig die Haare geschnitten. Jetzt hielt sie es zum ersten Mal für nötig, zum Friseur zu gehen. Sie wolle endlich einmal ordentlich aussehen, erklärte Ruth. Dauernd schaute sie in den Spiegel, probierte Kleider an, die sie nachts oder an ihren freien Tagen nähte, ich wußte nicht, wann sie eigentlich schlief. Ruth schien keinen Schlaf mehr zu brauchen. Trotzdem war sie gutgelaunt, summte oder pfiff ständig vor sich hin. Allerdings hörte sie auch nicht mehr richtig zu, wenn ich etwas erzählte. Sie war zerstreut. Auch die Patienten hätten darunter zu leiden, gab Ruth zu, zum Glück sei ihr noch kein schlimmer Fehler unterlaufen. Die Kollegen begegneten ihr mit Nachsicht, natürlich hätten sie gemerkt, daß ihr Guido, der neue Arzt, sehr gut gefiel.

Ich wußte sofort, daß ich ihn nie mögen würde. Er hatte sein Studium gerade erst abgeschlossen, tat jedoch so, als wäre er zumindest Oberarzt. Vor allem Ruth gegenüber blies er sich ungeheuer auf, er belehrte und korrigierte sie bei jeder Kleinigkeit. Ruth lächelte darüber, sie streichelte ihn liebevoll.

– Ich kann nur zwei Vorteile an ihm entdecken, sagte ich, als sie mich einmal nach meiner Meinung fragte. Er sieht gut aus. Und er hat einen italienischen Namen.

Ruth sagte, Guido habe Mutters Krankenakten aus dem Archiv beschafft. Nach dem Dienst hätten sie sich dann mit den Papieren in sein Arztzimmer zurückgezogen. Zuerst sei ihnen ein Vermerk auf dem Aktendeckel aufgefallen: Vor knapp einem Jahr war die Krankengeschichte zu Forschungszwecken ausgewertet worden.

Noch die kleinste Notiz, die während Mutters zahlreicher Krankenhausaufenthalte eingetragen worden war, hatten Ruth und Guido sorgfältig studiert. Laborergebnisse, Fieberkurven, Röntgenbilder, Gewichtsangaben. Und die Diagnosen natürlich. Guido sei der Ansicht, berichtete Ruth, daß sich die Ärzte Mutters Leiden lange nicht hatten erklären können. Erst in der Auswertung der nachträglichen Forschung, auf den letzten Seiten der Krankenakte, lasen sie, daß ihre Lungenfibrose zum einen durch die fälschlicherweise verabreichten Mittel gegen Nagelpilz begünstigt worden war. Zum anderen bestehe der Verdacht eines langjährigen Mißbrauchs von Appetitzüglern.

Vater hielt das für abwegig.

❖

Kaum hat Arnold den Führerschein in der Tasche, steht eine schwarze EMW im Garten. Natürlich ist Rudolf neidisch und lästert über diese »Möchte-gern-BMW«.

Arnold hat das Motorrad günstig erstanden, erst ein Jahr ist es alt und kaum gefahren; der frühere Besitzer litt an Rheuma und mußte es aufgeben. Äußerlich unterscheidet sich die in Eisenach hergestellte Maschine nur unwesentlich von denen aus Bayern. Im Grunde ist nur die Farbe des Firmenzeichens verschieden: statt blau-weiß ist das EMW-Symbol rot-weiß. Aber entscheidend, findet Arnold, sei schließlich die Leistung. Mit 350 Kubik könne er sich überall sehen lassen.

Als Hilding zum Sonntagsbesuch kommt, darf er eine Runde mit dem Motorrad drehen. Dafür überläßt er Arnold seinen nagelneuen Volkswagen.

Arnold fährt mit dem Auto in die Innenstadt. Er will zur Reinhardtstraße, zur Interzonentankstelle an der Sektorengrenze. Transitreisende bezahlen hier für einen Liter Benzin nur fünfzig Pfennig West, also viel weniger, als es in Westberlin kosten würde. In der DDR kostet der Liter drei Mark Ost. Da vier Mark Ost, vom Umtauschsatz her, einer Mark West entsprechen, lohnt sich das Geschäft an der Interzonentankstelle für alle, die Westgeld besitzen.

Eine Woche später berichtet Hilding, daß er bei der Rückfahrt am vergangenen Sonntagabend von westdeutschen Grenzbeamten gestoppt wurde. Sie zeigten ihm ein Photo, auf dem sein Auto zu sehen war: neben einer Zapfsäule an der Interzonentankstelle Reinhardtstraße. Er sollte Strafe bezahlen, denn er hätte wissen müssen, daß es für Westdeutsche verboten ist, im kleinen Grenzverkehr an Interzonentankstellen des Ostsektors Benzin zu kaufen. Hilding bestritt, dagegen verstoßen zu haben. Es kam zum Streit, schließlich wurde der Kraftstoff in seinem Tank überprüft. Am Oktangehalt ließ sich feststellen, daß das Gemisch von einer westlichen Tankstelle stammen mußte. Die Beamten entschuldigten sich, offensichtlich, sagten sie, liege eine Verwechslung vor.

– Also, fragt Hilding, was hast du an der Tankstelle getrieben?

– Ich habe einen Kanister gefüllt, gibt Arnold kleinlaut zu. Für mein Motorrad.

Hilding schlägt ihm anerkennend auf die Schulter.

– Das hast du gut gemacht. Dafür kriegst du mein Auto jetzt öfter.

❖

Ich stand am Küchenfenster und preßte mir die Hand auf den Mund. Das Auto, das langsam am Haus vorbeigefahren war, nun zurücksetzte und hielt, hatte ein »I« neben dem Kennzeichen. Zwei dunkelhaarige, braungebrannte Männer stiegen aus. Ein wenig ungläubig betrachteten sie die kaputte Fassade, blätterten dann in einem kleinen Buch. Wahrscheinlich verglichen sie die Hausnummer.

Das mußten die beiden Italiener sein, die Ruth während ihres Urlaubs in Ungarn vor einigen Wochen kennengelernt hatte.

Zwei Italiener im Wohnzimmer. Sie redeten aufgeregt miteinander, während ich alles auf den Tisch stellte, was ich finden konnte. Großmutters eingeweckte Blaubeeren aus dem Keller hatten leider Schimmel angesetzt, ich öffnete statt dessen eine von den geheiligten Ananas-Büchsen und eine Dose Schmalzfleisch, beides hatte uns Rudolf geschickt, den Kaffee brühte ich viel zu stark.

Schlimmer war, daß ich nicht wußte, wie wir uns verständigen sollten. Ich sprach kein Wort Italienisch, nicht einmal Französisch wie Ruth, und die beiden konnten kein Deutsch, bei Englisch winkten sie ab. Aber sie lachten ununterbrochen, während ich ihnen begreiflich zu machen versuchte, was Ruth mir eben am Telephon gesagt hatte. Sie arbeitete, wollte sich aber sofort um eine Vertretung für den Stationsdienst kümmern und so schnell wie möglich nach Hause kommen. Die Italiener wedelten beruhigend mit den Händen, sie schienen keine Eile zu haben.

Neugierig schauten sie sich um. Unser Haus kam mir plötzlich armselig vor.

Ruth hatte nicht damit gerechnet, daß die beiden tatsächlich kommen würden. Als sie sich vor einigen Wochen in Budapest von ihnen verabschiedete, hatte sie geglaubt, sie niemals wiederzusehen. Und nun saß sie in ihrem Auto, neben mir. In unseren besten Sachen ließen wir uns von den Italienern durch Ostberlin fahren. Unsere Stadt erschien uns nun noch trister, noch grauer als sonst.

Wenig später liefen wir zu viert über den Alexanderplatz, wir machten uns gegenseitig auf die Gebäude, den Brunnen, die Weltzeituhr aufmerksam, als wären wir alle zum ersten Mal hier. Als wären auch Ruth und ich Touristen aus dem Westen. Wie die Menschen uns ansahen, als wir selbstbewußt und gutgelaunt in ein Café traten. Ich fühlte einen Abstand zwischen ihnen und mir, ich kam mir selber fremd, aber auch freier vor.

Nie zuvor hatte ich Ruth so glücklich gesehen. Sie redete Französisch mit den beiden und übersetzte für mich. Manchmal war das gar nicht nötig, ich verstand auch so. Als die Italiener etwa zu lachen anfingen vor einem alten Auto am Straßenrand, einem »Wartburg de luxe«. Sooft hatte ich das kleine Schild auf der Karosserie schon gesehen, aber erst jetzt wurde mir die Übertreibung dieser Bezeichnung bewußt. Und wie wertlos unser Geld war. Beim Grenzübertritt hatten die Italiener fünfundzwanzig Mark pro Person eins zu eins gegen D-Mark tauschen müssen. »Un museo troppo caro«, lachten die beiden, und weil sie dabei Daumen und Zeigefinger aneinanderrieben, leuchtete mir sofort ein, in einem überteuerten Museum zu leben.

Die Italiener beglichen sämtliche Rechnungen an diesem Tag, dennoch brauchten sie das umgetauschte Geld nicht auf. Was übrig war, gaben sie Ruth und mir. Wir sollten uns für den Heimweg ein Taxi nehmen. Denn natürlich hatten wir die beiden bis zum Grenzübergang begleitet. Erst am Checkpoint Charlie stiegen wir aus dem italienischen Auto aus. Kurz vor Mitternacht schieden sich unsere Welten, wie im Märchen hörte Aschenputtels Zauber auf, der Glanz fiel ab, wir weinten alle vier.

❖

Auch in der Nachbarschaft gibt es einen Todesfall, noch eine Frau, die zu früh gehen mußte, sagen die Leute und schütteln Bruno die Hand. Sie wüßten gern, warum seine Tante so plötzlich gestorben ist. War es Krebs, oder hat sie sich etwa vergiftet, stimmte vielleicht sogar beides? Bruno, der ohnehin kaum redet, weil er sich selber nicht hören kann, schweigt beharrlich. Sooft ihm ein Stück Papier gereicht wird, damit er die Todesursache darauf notiere, gibt er es unbeschrieben zurück.

Arnold stellt keine Fragen. Er weiß schon lange, daß Brunos Ziehmutter unter Depressionen litt.

Einmal hatten die Jungen sie im Geräteschuppen gefunden; eine Wäscheleine, an der noch Klammern hingen, war eng um ihren Hals geschnürt, an das eine Ende hatte sie aus unerfindlichen Gründen eine Axt geknotet.

Bruno ist volljährig, deshalb darf er im Haus bleiben. Doch es wird nicht auf ihn übertragen. Die Behörden erkennen das Testament seiner Tante nicht an, aufgrund ihrer Krankheit sei es nicht rechtskräftig, lautet die offizielle Begründung, die Bruno vergeblich anzufechten versucht. Er muß nun, wie Rudolf und Arnold, Miete an den Staat zahlen.

❖

Ruth war anzusehen, daß ihr die Arbeit schwerfiel. Völlig erschöpft kam sie von ihren ersten Schichten nach Hause: Früh- und Spätdienst und Nachtwache, wie es der leitenden Schwester gerade in den Plan paßte. Ruth stand, seit sie im Krankenhaus arbeitete, unter ärztlicher Schweigepflicht. Trotzdem mußte sie loswerden, was sie den Tag über auf der Station erlebt hatte. Nachdem sie den ersten Toten gesehen hatte, kam sie mir ungewöhnlich still und in sich gekehrt vor.

Schon nach zwei Wochen konnte sich Ruth nicht mehr vorstellen, jemals etwas anderes zu tun. Die Arbeit fülle sie vollkommen aus, sagte sie und wollte sogar den Studienplatz für Medizin ablehnen, falls sie ihn irgendwann erhalten würde.

Ruth kannte bald die gängigen Medikamente, sie wußte,

wogegen sie wirkten, wie sie verabreicht werden mußten und welche Bestandteile sich nicht miteinander vertrugen. Auch die praktischen Tätigkeiten lernte sie rasch: Patientenakten führen, vorschriftsmäßig Bettenmachen, Blutabnehmen, Blasen-Katheter-Legen bei Frauen, Infusionen überwachen, verbinden, Spritzen aufziehen und vieles andere mehr. Was normalerweise in einem dreijährigen Fachhochschulstudium vermittelt wurde, eignete sich Ruth wie nebenbei an.

Einmal berichtete sie stolz, daß der diensthabende Arzt sie darum gebeten hatte, während ihrer Nachtwache die nötigen Spritzen zu verabreichen. Er meinte nicht einfach nur subcutane oder intramuskuläre Injektionen, sondern intravenöse, betonte Ruth. Die durfte eigentlich nur er geben, aber der Arzt sei müde gewesen und hätte einige Stunden ungestört schlafen wollen.

Ruth hielt es ebenfalls für einen Vertrauensbeweis, daß sie schon nach drei Monaten wie eine gelernte Krankenschwester eingesetzt wurde. Nachmittags, abends und in der Nacht arbeitete sie nun allein, war verantwortlich für rund sechsunddreißig Patienten. Auf derselben Station, auf der Mutter vor acht Jahren gestorben war.

Vater verlangte nicht, daß Ruth Geld abgab. Sie ging von ihrem Lohn einkaufen, obwohl sie selber nur noch selten zu Hause aß. Um den Haushalt konnte sie sich nicht mehr so wie früher kümmern, und da ich keine Lust hatte, ihre

Aufgaben zusätzlich zu übernehmen, verkam die Wohnung zusehends. Mich störte es nicht – im Gegensatz zu Vater. Ich erklärte ihm, überlastet zu sein. Meine Zeugnisse würden das leider beweisen; auf dem letzten standen mehrere Vieren. Wenn ich die zehnte Klasse mit denselben Zensuren abschloß, würde ich zum Abitur nicht zugelassen werden, das hatte man mir bereits angedroht. Und mich noch einmal ermahnt, nicht mehr zu schwänzen.

Ich genoß es, unter der warmen Decke zu liegen, wenn ich eigentlich hätte losgehen müssen. Daß ich noch lag, als meine Straßenbahn fahrplangemäß abfuhr, wahrscheinlich saßen einige meiner Klassenkameraden darin. Sie würden mich spätestens dann vermissen, wenn es zum Unterricht klingelte, in der ersten Stunde hatten wir Russisch, jetzt saßen sie still an ihren Tischen, und ich lag noch immer im Bett. Wenn ich an den Unterricht dachte, stieg Übelkeit in mir auf, das erzählte ich Vater später. Ich benötigte von ihm einen Entschuldigungszettel, da ich an diesem Tag überhaupt nicht mehr zur Schule gegangen war.

Weil ich Vater nicht so oft um Entschuldigungen bitten wollte, stand ich meistens so auf, daß ich zur zweiten oder dritten Stunde in der Schule ankam. Dann reichte es aus, den Lehrern zu sagen, daß ich leider wieder einmal verschlafen hätte.

Seit Ruth im Krankenhaus arbeitete, konnte ich nur noch schwänzen, wenn sie Frühschicht hatte. Kurz nach fünf verließ sie das Haus. Vater stand eine halbe Stunde später auf. Bevor er um Viertel sieben losfahren mußte, weckte er mich über unser Haustelephon. Er hatte es so installiert, daß ich aufstehen und einige Schritte gehen mußte, um ihm zu antworten. Gleich darauf legte ich mich wieder ins Bett. Ich hörte, daß Vater das Auto aus der Garage holte und wegfuhr.

Einschlafen konnte ich meistens nicht mehr. Aber ich konnte mir stundenlang vorstellen, wie der Unterricht ohne mich ablief.

Einmal kehrte Vater zeitig zurück. Ich hatte nicht daran gedacht, daß er bei starkem Frost die Mittagspause nutzte, um Kohlen nachzulegen, damit wir es am Abend warm hatten. Sein Auto hielt vor dem Haus. Kurz darauf war er im Treppenflur. Er muß geradewegs in den Keller gegangen sein, Kohlen fielen in den Ofen, dann klappte die Feuerungsluke zu, ich hörte es am Schall. Nun war Vater wieder im Treppenhaus, er stieg ins Erdgeschoß, wollte sicher ins Bad, um sich die Hände zu waschen. Mir fiel mein Schlüsselbund ein. Es hing unten am Brett. Wenn Vater es dort bemerkte? Ich lauschte. Die Stufen knarrten, er kam die Treppe hoch in den ersten Stock. Mein Herz begann zu rasen, ich sprang aus dem Bett, riß den Kleiderschrank auf und zwängte mich zwischen Blusen und Röcke. Ich konnte die Tür gerade noch zuziehen, da hörte ich an den Dielen, daß Vater mein Zimmer betrat und nun stehenblieb, kaum zwei Meter von mir entfernt. Ich hielt die Luft an.

Hoffentlich fiel jetzt kein Bügel herunter. Und hoffentlich kam Vater nicht auf die Idee, in mein Bett zu greifen, dann würde er feststellen, daß es noch warm war. Er sollte mich auf keinen Fall entdecken! Ich weiß nicht, warum. Ich bildete mir ein, mich vor Verfolgern zu verstecken. Als ginge es um Leben und Tod.

Er verließ mein Zimmer. Ich hörte, wie unten die Haustür klappte, sein Auto startete, er fuhr in seinen Betrieb zurück. Erst da kletterte ich aus dem Schrank.

Über das Schlüsselbund hat Vater nie ein Wort verloren. Daß ich so häufig schwänzte, schien ihn nicht zu kümmern. Nur ein einziges Mal sprachen wir über mein Verhältnis zur Schule. Nachdem ich zum Direktor zitiert worden war, weil ich im Geschichtsunterricht »Ostberlin« statt »Hauptstadt der DDR« gesagt hatte. Eine halbe Stunde lang wurde ich zurechtgewiesen: Die Bezeichnung »Ostberlin« sei westliche Hetzpropaganda und eine Verdrehung der wahren politischen Verhältnisse. Vater lachte darüber. Bis ich erzählte, in den Unterrichtspausen von der Aufsicht bewacht zu werden, fast ständig waren Lehrer in meiner Nähe, mir kam es so vor, als ob sie notierten, mit welchen Schülern ich sprach. Vater konnte das nicht glauben. Er meinte, daß ich eine blühende Phantasie hätte und mich da bloß nicht hineinsteigern solle.

Die Zweige des Kirschbaums vor unserem Haus reichten bis an mein Fenster. Im Sommer konnte ich die Früchte vom Zimmer aus pflücken. Sie gehörten keiner Sorte mehr an, schon vor Jahren war ein Wildtrieb aus dem Stamm geschossen und hatte die veredelten Äste verdrängt. Die Kirschen waren klein und hellrot, weder sauer noch süß, und außer mir und den Staren mochte sie niemand. Vater hätte den Baum am liebsten gefällt. Jedes Jahr verteidigte ich ihn aufs neue. Ich liebte das nächtliche Schattenspiel der von Laternen beleuchteten Zweige an meinen Zimmerwänden. Mir gefiel auch, daß ich durch die Krone hindurch die Straße, die Nachbarhäuser und sogar die Wachtürme der Untersuchungshaftanstalt sehen konnte. In mein Zimmer hineinzublicken war durch den Baum schwierig. Selbst dann, wenn Licht brannte, und obwohl ich keine Gardinen hatte.

Einmal kam Vater abends hoch. Ich zeichnete gerade. Er schob ein Bündel Wäsche vom Stuhl und setzte sich. Schweigend blickte er sich in meinem Zimmer um, sah dann lange zum Fenster, wendete sich schließlich zu mir. Seine Augen waren glasig.

– Daß du dich in dieser Unordnung wohlfühlst, sagte er.

Ich mußte lachen. Auf dem Boden lagen Bücher, Hefte, Wäsche, Steine, Stifte und Stoffetzen durcheinander, sogar ein Paket mit eingewickelten Broten entdeckte ich nun, ich hätte nicht sagen können, wie alt es war.

– Warum bist du nicht so ordentlich wie Ruth geworden,

überlegte Vater. Ich habe in eurer Erziehung doch keinen Unterschied gemacht.

Ich hörte an seiner Stimme, daß er getrunken hatte. Vater trank jeden Abend. Aber er betrank sich nie. Vielleicht zwei, höchstens drei Bier, nahm ich an.

– Du zeichnest, sagte er, Ruth liest. Wie kommt ihr dazu. Das hat es weder in meiner noch in Mutters Familie gegeben.

Vater drehte sich zum Fenster, als hätte er gerade bemerkt, daß ihn jemand von draußen beobachtete.

– Dein Zimmer bedrückt mich, erklärte er. Weil hier alles so provisorisch ist. Das ganze Haus ist provisorisch geblieben. Ich habe es immer noch nicht geschafft, die Fassade zu verputzen, mit eurem Bad bin ich auch nie fertig geworden, das kann nicht angenehm für euch sein, daß ihr immer herunterkommen müßt, wenn ihr euch waschen wollt.

Ich zuckte mit den Schultern.

– Wenn ihr mal auszieht, weiß ich auch nicht, was ich mit dem Haus mache. Dann sitze ich hier.

Es schien so, als störte ihn draußen etwas. Aber er sah nicht hinaus, sondern zum Fenster hin.

– Die wollte ich alle längst schon ausgewechselt haben. Neue würden besser isolieren. Aber ich kann sie nicht bezahlen. Bei den alten zieht es hindurch, außerdem ist das Glas ganz wellig, und die Scheiben sind gestückelt, das ist noch Kriegsware.

Vater betrachtete eine Weile das Fenster, seine Hände umklammerten die Armlehnen.

– Jetzt weiß ich, sagte er unvermittelt und sah mich an, warum ich Fenster ohne Gardinen nicht ausstehen kann. Mir ist gerade unser erster Schulausflug wieder eingefallen. Das muß '43 oder '44 gewesen sein. Wir fuhren in den Treptower Park. Auf einer Wiese standen Baracken, jeweils eine Seite war völlig verglast, damit man hineinschauen konnte. In den ärmlichen Wohnungen lebten Familien, für alle sichtbar. Wir haben gelacht und mit Fingern auf sie gezeigt. Weil es Liliputaner waren.

❖

Arnold gibt vor, die Eigentumsverhältnisse des Hauses regeln zu wollen, das ja, zumindest dem Grundbuch nach, Hilding gehört. Daraufhin wird ihm anstandslos ein Interzonenpaß ausgestellt. Nun darf er mit seinem Motorrad von Ostberlin nach Westdeutschland und zurück fahren. Die ostdeutsche Regierung verbietet es ihren Bürgern strengstens, ohne einen solchen Paß mit eigenen Fahrzeugen in den Westen einzureisen.

Arnold will nach Bayern. Hilding und Gretel wohnen dort für drei Wochen in einem Hotel. Er hatte seinem Sohn vorgeschlagen, sie für einige Tage besuchen zu kommen. Auch der Vorwand »Klärung von Erbschaftsfragen« war seine Idee, für den er etliche fingierte Schreiben aufsetzte.

Bei Sonnenaufgang fährt Arnold los. Sein graues Ölzeug hat er in der Tasche verstaut; dem Wetterbericht zufolge wird es heute sonnig und warm. Er trägt Lederhandschuhe und eine neue Sonnenbrille, seinen weißen Helm hat er mit schwarzen Streifen beklebt, um nicht für einen Polizisten gehalten zu werden.

Die Stadtgrenze liegt bereits hinter ihm, er fährt durch Brandenburg, weiter Richtung Süd-Südwest, der Mittagssonne entgegen. Seine Maschine surrt gleichmäßig, und bald kommt es Arnold so vor, als ginge die Zeit in die Landschaft über, die an ihm vorbeigleitet.

Hinter Leipzig verläßt er die vorgeschriebene Transitstrecke und biegt in eine Landstraße ein. Er hatte sich vorgenommen, in Lützen anzuhalten. Er wollte nach dem Haus sehen, in dem er, mit seiner Mutter und Rudolf, einige Monate des Krieges verbracht hat. Doch dann durchquert er den Ort, der ihm viel größer und dunkler in Erinnerung geblieben war, sehr schnell.

Wieder auf der Transitstrecke, wird Arnold bewußt, niemals zuvor südlicher gewesen zu sein. Wo immer es möglich ist, steigert er die Geschwindigkeit. Er ist glücklich über jeden Kilometer, der ihn weiter in die Fremde bringt. Die Fahrt unterbricht er nur, wenn es wirklich nötig ist. Dabei treibt ihn keine Eile, nur die Erwartung, hinter der nächsten Biegung ein schönes Tal oder einen fernen Berg zu entdecken, Dörfer oder einsame Gehöfte zwischen Feldern und Wiesen, mitunter blitzt ein See oder Fluß inmitten von Wäldern auf. Im gleißenden Sonnenlicht, unter diesem weiten, blauen Himmel erscheint ihm Berlin wie ein Gefängnis, das er zum ersten Mal freiwillig verläßt.

Am Nachmittag hat er die Grenze zu Bayern erreicht. Noch auf der Ostseite werden seine Papiere gründlich geprüft. Schließlich muß Arnold seine Maschine auf einen kleinen, von Mauern umschlossenen Parkplatz schieben, die Einfahrt wird von zwei Grenzsoldaten blockiert. Sie lassen die Blicke nicht von seinen Fingern. Während er sein Motorrad auseinandernimmt. Nach einer guten halben Stunde ist die Maschine vollkommen zerlegt. Arnold muß beiseite treten, und die Uniformierten stochern wie schlechtgelaunte Flohmarktkunden in den Auslagen herum. Die Rückverwandlung zum Motorrad interessiert die beiden nicht weiter, sie lassen Arnold mit dem Befehl allein, sich gefälligst zu beeilen.

Er atmet auf. Und drückt seine Handschuhe an sich. Zweihundert Mark West, seine lang ersparte Rücklage, knistern im Leder des linken Ringfingers.

Spät in der Nacht trifft er bei Hilding ein. Arnolds Gesicht ist angeschwollen und krebsrot; er leidet Tage unter diesem Sonnenbrand.

❖

Ruth hatte das Abitur »mit Prädikat« bestanden, sie wurde auf einer Festveranstaltung vor der gesamten Schule ausgezeichnet, alle Lehrer und viele Eltern gratulierten ihr. Vater war stolz. Bereits zum Geburtstag hatte er ihr versprochen, die Kosten für eine Fahrerlaubnis zu übernehmen. Nun besorgte er ihr auch noch, mit Hilfe von Rinderfilets, einen Platz in der Fahrschule, auf den sie normalerweise fünf bis acht Jahre hätte warten müssen.

Sie wußte nie ganz genau, was sie werden wollte. Ruth konnte sich vieles vorstellen. Deshalb fiel es ihr schwer, sich auf einen Beruf festzulegen. Wenn sie damit Geld verdienen könnte, sagte sie mir einmal, würde sie am liebsten nur lesen, hin und wieder ins Theater oder in ein Konzert gehen oder mit Freunden diskutieren.

Ihre innere Zerrissenheit lag daran, glaubte ich, daß sie von klein auf immer wieder zu hören bekommen hatte, was sie mit ihren ausgezeichneten Zensuren alles werden könnte, ja, unbedingt werden müßte. Zum ersten Mal war ich froh, eine mittelmäßige Schülerin zu sein.

Noch an dem Morgen, an dem in der Schule die Studienbewerbungen der Abiturklassen eingesammelt wurden, wußte Ruth nicht, was sie angeben sollte. Am Abend erklärte sie Vater und mir, Lehrerin für Deutsch und Kunsterziehung werden zu wollen.

Sie erhielt die Zusage. Aber je näher der Zeitpunkt rückte, an dem sie das Studium antreten sollte, desto unglücklicher wurde sie. Zwei Wochen vorher gab sie den Studienplatz auf.

– Ich möchte keine Lehrerin sein, erklärte sie unter Tränen. Ich kann Kindern keine Überzeugungen vermitteln, die ich selber nicht habe.

– Und nun, fragte Vater.

– Ich werde mich für Medizin bewerben. Ich werde Ärztin. Wie Mutter es sich gewünscht hat.

Ruth war damit einverstanden, daß sie auf einen Studienplatz für Medizin möglicherweise jahrelang warten mußte. Ihre letzte Ferienarbeit im Krankenhaus ließ sie in eine reguläre Anstellung umwandeln. Sie wollte erst einmal Geld verdienen. Und vorher mit ihrer Freundin Heike in Urlaub fahren. Geplant war eine Reise nach Ungarn. Dazu benötigten sie ein Visum. Nicht, um in das fremde Land hinein-, sondern um aus der DDR herauszukommen. Nach wochenlanger Bearbeitungszeit durften sie sich das entsprechende Formular von der Polizei abholen, außerdem die Berechtigung, eine begrenzte und äußerst knapp bemessene Summe Mark in Forint wechseln zu dürfen. Dennoch war bis zum letzten Augenblick nicht sicher, ob sie am Flughafen alle Kontrollen reibungslos passieren oder vielleicht doch zurückgeschickt werden würden.

Ruth durfte fahren. Vater und ich holten sie drei Wochen später vom Flughafen ab.

Im ersten Augenblick erkannten wir sie gar nicht. Braungebrannt stand sie vor uns, in ihrem scharlachroten Kleid, das sie sich vor der Reise aus selbstgefärbten Bettlaken genäht hatte. Ruth wirkte noch selbstbewußter, ich spürte es an der Art, wie sie ging, wie sie die Hände bewegte, wenn sie sprach, dabei lächelte sie und strich sich häufig das dunkle Haar zurück.

Dieses Lächeln war mir fremd. Ich vermutete ein Geheimnis dahinter, und noch am Tag ihrer Rückkehr vertraute sie es mir an. Nachdem sie Vater und mir von der Reise berichtet hatte, waren wir allein in der Küche.

Sie und Heike hätten unterwegs zwei Italiener kennengelernt. Auf deren Motorrädern seien sie dann, in der verbleibenden Zeit, durch Ungarn gefahren.

– Die beiden waren einfach toll, sagte Ruth. Ich habe das erste Mal in meinem Leben Haschisch geraucht.

Ich wußte sofort, daß das nicht alles war.

– Es ist völlig ungefährlich, versicherte sie. Heike hat sich in den einen der beiden verliebt.

– Und du?

– Ich habe bei Claudio, dem anderen, im Zelt übernachtet.

In mir überstürzten sich die Bilder: Ruth in dem roten Kleid, sie steht mit einem Rucksack am Straßenrand, irgendwo in der Pußta warten Heike und sie, daß jemand sie ein Stück mitnimmt. Dann halten zwei Motorräder, Ruths langes dunkles Haar flattert im Wind, am Abend sitzen sie am Lagerfeuer, später, in seinem Zelt … – Nein, sagte ich mir, das würde Ruth nie machen, sie würde nie mit einem schlafen, den sie nicht kennt.

– Es war ganz unproblematisch, sich mit den beiden auf französisch zu unterhalten. Leider mußte ich für Heike immer übersetzen.

Ruth lächelte in die Ferne der Tapete.

– So etwas Schönes habe ich noch nie erlebt! Um so schlimmer war der Abschied. Die beiden Italianos haben uns noch nach Budapest gebracht.

Mehrmals wiederholte ich das Wort »Italianos« für mich. Spöttisch. Und ein wenig sehnsüchtig auch.

Ruth lächelte nicht mehr, sie blickte mich an.

– Daß wir zum Abschied nicht einfach sagen konnten: Auf Wiedersehen in Mailand oder Turin! Sie haben natürlich versprochen, uns zu besuchen.

Ob sie miteinander geschlafen haben, überlegte ich. Würde Ruth das machen, mit einer Urlaubsbekanntschaft. Erst vor kurzem hatte Vater ihr geraten, sich für den Richtigen aufzusparen, weil jeder Mann gerne der erste sein möchte.

– Am schlimmsten, sagte sie, war der Gedanke, hierher zurückzukehren.

– Wolltest du dableiben, fragte ich entsetzt.

Sie lächelte wieder, nicht mehr glücklich.

– Ich weiß nur, daß ich hier nicht sterben will.

In Ungarn hatte Ruth Bücher gekauft und im Koffer zwischen der schmutzigen Wäsche versteckt, was sicherer sein soll, als sie ins Zelt oder in den Schlafsack zu rollen. Aber wenn sie kontrolliert worden wäre, hätten sie die Wäsche bestimmt auch durchgesehen. Und die fünf Lizenzausgaben westdeutscher Verlage gefunden. Taschenbücher nur, aber gutes Papier und solide gebunden, leider waren sie verhältnismäßig teuer. Deshalb mußte Ruth während der Reise am Essen sparen, was Heike wiederum gar nicht gefiel, einmal kam es zwischen den beiden zum Streit. Ruth fand jedoch, daß die Bücher es wert waren. Noch Monate später schwärmte sie von den Geschäften in Budapest, in denen jeder einkaufen könne, der wolle. Hermann Hesse, Stephan Zweig und Joseph Roth habe es dort gegeben. Kafka und die Bachmann, Celan. Sogar die Bücher von Christa Wolf standen da rum, sagte Ruth.

❖

Junge Leute mit solider Ausbildung werden jetzt überall gebraucht. Arnold erhält von seinem Betrieb die Zusage, zum Techniker ausgebildet zu werden. Auch Rudolfs Möglichkeiten, beruflich weiterzukommen, sind nicht schlecht. Er möchte aber zunächst eine Frau. Die Zahl der Infragekommenden schwankt zwischen einer und vieren. Seine Herzensdame heißt Elvira, eine ausgesprochene Schönheit, die nur einen entscheidenden Fehler hat: sie ist katholisch. Mit allen anderen Mädchen habe er es leichter, behauptet Rudolf, aber keine von ihnen interessiere ihn so wie sie.

Arnold ist froh, daß ihm sein Bruder wieder mehr über sich erzählt. Obwohl er ihm in bezug auf seine Freundinnen nichts raten kann. Rudolf scheint das auch gar nicht zu erwarten.

Sie schlafen nach wie vor im Ehebett. Nicht mehr lange, sagen sie sich. Bei der staatlichen Verwaltung haben sie beantragt, die obere Etage des Hauses, die wegen Baufälligkeit nicht vermietet werden kann, für sich auszubauen. Einer würde dann oben, der andere unten wohnen. Es war Arnolds Idee, und er ist es auch, der immer wieder neue Baupläne zeichnet, die Mengen der nötigen Materialien errechnet und die Zeit, die der Umbau dauern würde. Rudolf ist mit allem einverstanden. Begeistert ist er nicht. Sein Interesse für das Haus scheint zu schwinden. Durch eine beiläufige Bemerkung erfährt Arnold den Grund. Rudolf will sich demnächst eine besser bezahlte Stellung suchen, am liebsten in Westdeutschland.

Auch wenn bislang noch nichts entschieden ist, fühlt Arnold sich bereits verlassen. Sollte er der letzte sein, der im Osten bleibt, hätte er auch keine Lust mehr, am Haus zu bauen.

Die Mädchen stehen mehr auf Rudolf, glaubt Arnold. Ihm gegenüber sind sie befangen, er begreift nicht, warum. Es kann doch nicht daran liegen, daß ihn sein Bruder um einen halben Kopf überragt. Immerhin ist er selber groß und kräftig, wenn auch nicht ganz so muskulös wie Rudolf. Ansonsten sehen sie sich recht ähnlich, ihr Haar und ihre Augen sind dunkelbraun, fast schwarz.

Manchmal begleitet Arnold seinen Bruder abends nach Westberlin ins Kino oder zum Tanz. Wenn Rudolf ihn seinen neuen Freunden vorstellt, kann es passieren, daß er beiläufig seinen Arm um ihn legt. Dann fällt es Arnold leicht, mit den anderen zu reden, zu lachen, zu trinken. Schwieriger ist es, wenn Mädchen dabei sind. Er beginnt zu stammeln und wendet seinen Blick ab, falls ihn eine anschaut. Zum Tanzen muß Rudolf ihn drängen, Arnold glaubt, sich nach Musik nicht bewegen zu können. Zwar ist er noch keinem Mädchen auf den Fuß getreten. Aber er bildet sich ein, unter Mundgeruch zu leiden. Deshalb lutscht er Pfefferminzbonbons, doch die helfen nicht gegen feuchte Hände. Feuchte Hände bekommt er immer, wenn er aufgeregt ist, damit kann er keine verführen. Er wüßte auch gar nicht, wie, und erst recht nicht, welche. Die anderen Jungen scheinen das genau zu wissen, lautstark werten sie die Vorzüge und Nachteile der einen oder anderen aus. Arnold hört zu, aber redet nie mit. Er sagt auch nicht, daß es ihm egal ist, ob eine nun blondes oder braunes Haar hat, häßlich dürfte sie natürlich nicht sein, vor allem sollte sie nicht schielen wie seine Cousine Ilse aus Ostpreußen.

Wenn ihm ein Mädchen besonders gut gefällt, bleibt sie ihm tagelang im Gedächtnis, bei den unpassendsten Gelegenheiten muß er an sie denken, während der Arbeit oder beim Einkaufen, sobald er abends im Bett liegt und nicht einschlafen kann. Er nimmt sich vor, sie das nächste Mal anzusprechen, er stellt sich vor, sie zum Tanzen aufzufordern, und falls sie dazu keine Lust hätte, würde er sie zu einem Getränk ihrer Wahl einladen, es wäre überhaupt kein Problem, mit ihr zu reden und ein Treffen zu vereinbaren – ohne die anderen. Arnold zählt die Tage bis zum nächsten Wochenende. Er sieht sich lässig über die Tanzfläche gehen, mit einem Lächeln direkt auf sie zu, halblaut spricht er die entscheidenden ersten Worte vor sich hin, manchmal übt er vor dem Spiegel, um seinen Gesichtsausdruck zu überprüfen. Auf diese Weise versetzt er sich im Laufe der Woche in Hochstimmung. Freitagmorgen fangen seine Hände zu schwitzen an, nach Arbeitsschluß steigert sich das flaue Gefühl im Magen. Zu Hause kämmt er sich das Haar mit Zuckerwasser nach hinten, poliert seine Schuhe auf Hochglanz, bügelt oder näht Knöpfe an oder repariert eine aufgeplatzte Naht, wobei er die neuesten Schlager summt. Fertig angezogen, setzt er sich ans Küchenfenster. Er beobachtet, wer am Haus vorbeigeht, zumeist Nachbarn, die sich gegenseitig besuchen. Gegen zwanzig Uhr wächst seine Befürchtung, um einundzwanzig Uhr weiß er sicher: Rudolf wird heute nicht mehr nach Hause kommen. Er ist nach der Arbeit gleich in Westberlin geblieben. Wie so oft, wenn Arnold ihn dringend erwartet, Zufall oder nicht. Um allein in den Tanzschuppen zu fahren, fehlt ihm der Mut und plötzlich auch die Lust, denn im Grunde ist er sehr müde, und sie, an die er die ganze Woche über gedacht hat, sie wäre heute wahrscheinlich sowieso nicht da.

❖

Ruth wollte ihren achtzehnten Geburtstag im Garten feiern. Überraschend meldeten sich zu dem Fest Hilding und Gretel an. Vor sechseinhalb Jahren waren sie das letzte Mal hiergewesen, zu Mutters Beerdigung. Genau wie Rudolf, der ebenfalls kommen wollte, mit Elvira und ihrer gemeinsamen Tochter. Vater war darüber glücklicher als Ruth, denn sie mußte nun die meisten ihrer Freunde und ihre Klassenkameraden wieder ausladen. Was an diesem Tag vielleicht besprochen wurde, sollte besser kein Fremder hören. Auch Großmutter Frieda durfte bei dem Fest nicht erscheinen; sie und Hilding konnten einander nicht ausstehen. Obwohl sich Ruth alles anders vorgestellt hatte, war sie doch stolz. Zu ihrem Geburtstag würden die Verwandten kommen, die sich so lange nicht in den Osten gewagt hatten. Für unsere Cousine war es der erste Besuch überhaupt. Und für Großvater, der bald fünfundsiebzig wurde, vermutlich der letzte. Das hatte er am Telephon angedeutet, Hilding litt unter Herzbeschwerden und sollte Aufregung vermeiden. Den Tag, an dem seine älteste Enkeltochter volljährig wurde, wollte er jedoch unbedingt feiern. Vater sagte, daß er wahrscheinlich komme, um sich zu verabschieden.

Er hatte eine umfangreiche Liste erstellt. Darin war genau aufgeführt, wer von uns dreien in den vier Wochen bis zum Geburtstag was zu erledigen hatte. Vater wollte bis dahin den Schutthaufen im Garten beseitigen, der dort seit Jahren vor sich hin rottete, das obere Bad fliesen und die Fensterrahmen im gesamten Haus streichen, im Korridor einen neuen Teppich verlegen, eine Garderobe zimmern und den Keller aufräumen. Am liebsten wollte er auch die Fassade verputzen, allerdings hatte er diesen Punkt auf der Liste mit einem Fragezeichen versehen. Die inselartigen Putzschollen auf den Mauern wurden von Jahr zu Jahr kleiner, bei starkem Regen oder Sturm stürzten immer wieder Teile davon ab. Bis zum Geburtstag würde er es kaum schaffen, meinte Vater, außerdem sei das nötige Gerüst teuer, das Fest koste ohnedies eine Menge, für zusätzliche Ausgaben hätten wir kein Geld.

Die Arbeiten auf der Liste, die Ruth und ich erledigen sollten, verringerten unsere Vorfreude auf das Fest beträchtlich. Vater gegenüber ließen wir uns nichts anmerken, aber insgeheim stöhnten wir. Alle Räume im Haus waren zu putzen, samt der Fenster, wir mußten Gardinen waschen und für die Küche sogar neue nähen, den Garten von Unkraut befreien und das Terrassengeländer streichen, den Zaun um unser Grundstück eigentlich auch, Vater stellte dies jedoch aus eigener Einsicht zurück, verlangte dafür aber um so nachdrücklicher, daß wir unsere Zimmer aufräumten. Vor allem ich sollte gründlich sein, das machte er deutlich, indem er, ohne Vorwarnung, alles auf den Teppich kippte, was sich in den vollgestopften Fächern und Schubladen meiner Schränke befand. Natürlich brach ich in Tränen aus. Und Vater entschuldigte sich.

Aber er entschuldigte sich erst, als alles vorüber war. Bis dahin redeten wir kaum ein Wort miteinander. Drei Tage nach dem Fest erklärte er, einfach erschöpft gewesen zu sein, obwohl oder vielleicht weil wir nur einen Teil dessen geschafft hatten, was auf der Liste gewesen war.

Die Erschöpfung hielt an. Wir fühlten uns alle drei mutlos. Daran änderte sich auch nichts, wenn wir etwa über den neuen amerikanischen Schlitten herzogen, mit dem Rudolf vorgefahren war: ein silbergrauer Chevrolet, mindestens fünf Meter lang. Die Nachbarn klebten regelrecht an ihren Fenstern, natürlich traute sich keiner, das Auto aus der Nähe zu bestaunen. Rudolf hatte einen dunkelblauen Anzug mit knallroter Lederkrawatte getragen, seine Tochter ein rosa Minikleid, trotz ihres Körperbaus, der dem ihres Vaters auf fatale Weise glich. Ruth und ich wirkten neben ihr bestimmt schmächtig, zumal wir in den vergangenen Monaten beide abgenommen hatten. Vater gefiel das gar nicht. Ob wir so mager werden wollten wie Mutter, hatte er drohend gefragt, als er beim Aufräumen in der

Vorratskammer die Packungen »Redukal« entdeckte. Ruth aß wochenlang nur dieses Pulver, zu Brei verrührt. Ich dagegen nahm täglich drei Scheiben Knäckebrot zu mir. Die Süßigkeiten, die uns zum Geburtstag mitgebracht worden waren, lagen unberührt auf dem Schlafzimmerschrank. Vielleicht mochten Ruth und ich sie auch deshalb nicht, weil wir sie nicht ganz umsonst bekommen hatten. Als wir uns bei Hilding für die Geschenke mit einem Kuß bedanken wollten, faßte er uns kräftig an den Busen. Dasselbe wiederholte sich beim Abschied, an der Tür.

Außer den Süßigkeiten waren uns auch die Zeitschriften geblieben. Hilding und Gretel hatten die sogenannte Regenbogenpresse zwischen doppelten Plastiktüten über die Grenze geschmuggelt. Sogar eine »Bravo« war dabei, Ruth und ich lasen sie abwechselnd noch am selben Tag.

Das Fest endete, als unsere Westverwandten aufbrechen mußten, um rechtzeitig, vor Mitternacht, jenseits der Grenze zu sein. Schon Stunden vorher waren die Männer angetrunken und die Frauen müde gewesen, wir hatten uns aus dem Garten zurückgezogen, aus Sorge, daß uns Nachbarn belauschten. Im Wohnzimmer blätterten Ruth und ich gemeinsam mit unserer bayerisch und daher unverständlich sprechenden Cousine in Familienalben. Dabei hörten wir jedoch genau zu, worüber sich die Erwachsenen unterhielten. Hilding und Rudolf spotteten über die langen Wartezeiten im Osten. Fünfzehn Jahre müßte man auf einen »Trabant« warten, und auf einen Wohnwagen achtzig Jahre, den könnte man also nur für seine Urenkel anmelden. Vater hatte entgegnet, daß die DDR neunzig Prozent der deutschen Wiedergutmachung, als Kriegsentschädigung, an die Russen zahle.

– Da bleibt von zehn produzierten Sack Zement gerade noch einer für uns!

– Muß man bei euch deshalb zwanzig Jahre auf einen Telephonanschluß warten?, fragte Rudolf. Er riet Vater, sich rechtzeitig um seine Grabstelle zu kümmern.

❖

Mitten in der Nacht klingelt das Telephon. Arnold hat es, genau wie das Auto vor der Tür, aufgrund seiner neuen Tätigkeit erhalten. Als zuständiger Monteur wird er zu einem Tanklager gerufen. Es ist die erste Havarie, bei der er eigenständig den Schaden bestimmen und, wenn möglich, beheben soll. Die Frau am anderen Ende der Leitung erklärt, daß der Geruch an einem Flüssiggasrohr stark zugenommen habe, eine Ursache könne sie nicht entdecken. Arnold kleidet sich sofort an, stolz über seine verantwortungsvolle Aufgabe, aber auch neidisch auf Rudolf, der sich im Bett umdreht.

Das Tanklager liegt am Rande der Stadt, die er zügig durchquert. Zu dieser Stunde sind auch die Hauptstraßen leer, selten begegnet ihm ein Fahrzeug.

Der Personaleingang ist geschlossen, aber nicht abgesperrt. Im Pförtnerhaus brennt Licht, auf dem Tisch liegt ein aufgeschlagenes Buch. Arnold betritt das stockfinstere Gelände. Er war noch nie hier, kennt sich nicht aus, muß rufen. Niemand antwortet, er kramt die Taschenlampe aus seinem Werkzeugkoffer. Ihr Schein versickert in der Dunkelheit.

Jetzt hört er eine Stimme, dumpf und seltsam fern, dann ein dröhnender Schlag gegen Metall. Kurz darauf strahlt ein bewegter Lichtkegel auf, eine Frau wünscht ihm guten Morgen.

Sie beleuchten sich gegenseitig.

Annelie hockt im blauen Tankanzug auf einem Flüssiggasbehälter. Obwohl sie geblendet den Arm über ihre Augen legt, richtet er seine Taschenlampe direkt auf ihr Gesicht. Helle Locken umrahmen es wie ein Leuchtkranz.

Vor wenigen Minuten sei auch noch der Strom ausgefallen, erklärt sie. Zuerst habe sie nur Gas gerochen und dann bemerkt, daß der Innendruck desselben Behälters rapide abgefallen war. Viel verstehe sie davon nicht, sie mache das hier noch nicht lange und sei eigentlich Buchhalterin.

Arnold kann kaum glauben, daß die junge Frau das Tanklager nachts allein bewacht. Am liebsten würde er sie fragen, ob sie denn keine Angst habe, er läßt es jedoch bleiben, weil er sie nicht verunsichern will.

Der Schaden ist längst behoben. Arnold findet es angemessen, zu überprüfen, ob der von ihm ausgewechselte Druckmesser ordnungsgemäß funktioniert.

Er muß tagelang probieren, bis er endlich ihre Stimme hört. Dann legt er auf, ohne ein Wort. Nach Arbeitsschluß fährt er, direkt von seiner Dienststelle aus, zu ihr.

Annelie wurde in einer kleinen Stadt nahe der polnischen Grenze geboren. Dort lebt sie noch immer – bei ihrer Mutter. Das macht die Sache schwieriger.

Bereits bei ihrem dritten Treffen gesteht Annelie Arnold, einen großen Fehler begangen zu haben: Ihr Vater war früh gestorben, ihre Mutter wollte sich Jahre später neu binden. Sie habe diesen Mann nicht gemocht, sagte Annelie, obwohl sie damals noch ein Kind gewesen sei, habe sie ihrer Mutter ausreden können, wieder zu heiraten. Deshalb mache sie sich noch heute Vorwürfe. Nachdem eine Liebe für sie unglücklich geendet hatte, versprach sie ihrer Mutter, für immer bei ihr zu bleiben.

Frieda nimmt es mit dem Versprechen ihrer Tochter sehr genau. Nachdem Annelie das erste Mal bei Arnold übernachtet hat, spricht sie mit ihr tagelang kein Wort. Auch Rudolf ist nicht begeistert. Obwohl er nichts sagt und bereitwillig im Wohnzimmer auf dem kleinen Sofa schläft. Es ärgert ihn, daß Arnold die erstbeste zu sich nimmt, wo er, Rudolf, doch schon etliche hätte anschleppen können.

Aber Annelie ist nicht die erstbeste, das muß Rudolf bald einsehen, und etliche andere hätte er hier auch gar nicht haben wollen. Nur seine Elvira, mit der lebte er gern zusammen. Egal, wo.

❖

Hilding schenkte Vater Geld. Er sagte nicht, warum, und auch nicht, woher er es hatte. Nur, daß sich Arnold davon einen Wunsch erfüllen solle.

Vater hatte noch nie zuvor so viel Westgeld auf einmal besessen. Er kaufte davon im Intershop einen Farbfernseher. Die restliche Summe drittelte er, behielt einen Teil für sich, die beiden anderen bekamen Ruth und ich. Wir kauften uns, ebenfalls im Intershop, einen tragbaren Kassettenrekorder und einen Schallplattenspieler.

Im Kreis aller Bekannten und Freunde waren wir die ersten, die Farbe sehen konnten. Ruth und ich schauten nun sogar Fußball, allein wegen der grünen Spielfläche. Wir hörten jetzt auch öfter Musik, Beethoven oder Abba, Bach oder Boney M, mit oder ohne Kopfhörer, auf jeden Fall sehr laut, und auf jeden Fall Stereo.

Einige Wochen später wippte Ruth wieder am liebsten im Schaukelstuhl und las. Oft las sie laut, besonders gern las sie die Franzosen laut, im Original. Flaubert, Hugo, Stendhal. Ich lauschte und zeichnete dabei an Vaters altem Reißbrett, er hatte es mir geschenkt. In Linien übertrug ich die Worte, deren Sinn ich gar nicht verstand. Ruths Stimme war entscheidend, der Rhythmus, der Klang. Ich drückte den Bleistift hart auf, führte die Kohle weich über das Papier, zeichnete manchmal mit Tusche.

Vater behauptete einmal, ich sei eine Eigenbrötlerin.

Ruth hatte viel mehr Freunde als ich. Kaum ein Abend, an dem nicht einer von ihnen zu Besuch kam. In ihrem Zimmer tranken sie Tee, aßen selbstgebackenen Kuchen und redeten über Politik und Kunst.

Meine einzige Freundin ging in dieselbe Klasse wie ich. Nach der Schule aßen wir manchmal Eis. Und fuhren dann nach Hause, sie zu sich und ich zu mir.

Wie wichtig sie für mich gewesen war, merkte ich erst, als sie fortzog. Ihre Mutter hatte einen Türken geheiratet, er war Gastarbeiter in Westberlin. Meine Freundin siedelte dorthin über. Bald trafen die ersten Briefe ein. Aus Kreuzberg, wo sie nun wohnte. Dann Grüße aus Istanbul. Postkarten aus London, Rom und Amsterdam. In Köln war sie für eine Woche mit ihrer neuen Klasse. Ich heftete die Karte über mein Bett an die Wand. Jeden Abend, bevor ich einschlief, betrachtete ich den Dom. Ich nahm mir vor, erst zu sterben, wenn ich ihn einmal leibhaftig gesehen hatte.

Einmal zeigte ich Vater einen ihrer Briefe. Er gab ihn mir mit den Worten zurück, daß meine Freundin einfühlsam sei, sie halte sich mit ihren Berichten sehr zurück, um es mir nicht noch schwerer zu machen. Mit der Zeit würden wir uns fremder werden, meinte er, das wäre unausweichlich. Wieder in meinem Zimmer, zerriß ich den Brief.

Die Laubenkolonie, ganz in der Nähe, war abgerissen worden. Das Gelände verwandelte sich in eine Baustelle, Wohnblöcke schossen darauf hoch.

Vater, Ruth und ich stiegen in dieser Zeit häufig auf den Dachboden. Wir schauten immer kurz zu dem Balken, an dem Ida sich erhängt hatte. Dann gingen wir zu dem kleinen Fenster und betrachteten mit Hildings altem Fernglas die Bauarbeiter. Sie hatten graue Anzüge an, mit gelben Streifen auf Ärmeln und Beinen. Morgens wurden sie in vergitterten Bussen hergefahren, vermutlich aus der Untersuchungshaftanstalt. Nachmittags war Schichtwechsel, abends um acht wurden die letzten wieder abgeholt. Hunde wachten zwischen dem doppelten Bauzaun, sie bellten selten, aber ich hörte oft ihr Schnuppern, wenn ich, auf dem Weg zur Schule, nahe daran vorbeiging.

Ruth kamen die Häftlinge wie Schauspieler auf einer Bühne vor. Wir betrachteten sie vom Dachfenster aus. Uns interessierte, ob wir ihren Gesichtern etwas ablesen konnten. Aber Hildings altes Fernglas war schwach und der Abstand viel zu weit.

Früher hatte ich mir manchmal vorgestellt, wie es wäre, im Gefängnis zu sitzen. In der Untersuchungshaftanstalt, wenige hundert Meter von unserem Haus entfernt. Als Kinder hatten Ruth und ich an der Mauer gespielt. Vor dem Krieg befand sich auf dem Gelände ein Güterbahnhof. Noch immer führten Gleise hinein. Nachts hörten wir die rangierenden Züge. Ich habe nie erfahren, was sich in ihnen befand.

❖

Endlich wieder eine Frau im Haus. Und alle Oberhemden sind gebügelt, die Fenster geputzt, die Gardinen gewaschen. Das Essen schmeckt besser, die Unterschiede sind spürbar. Dabei hatten früher frische Blumen in den Vasen nicht einmal gefehlt, auch die Unordnung störte nie wirklich. Aber nun ist Annelies sorgfältige Hand in der Wohnung nicht mehr wegzudenken. Zudem kann sie sehr gut nähen und bessert auch Rudolfs Kleidung aus. Bei jeder Gelegenheit gibt sie ihm zu verstehen, daß sie ihn keineswegs aus dem Haus drängen will.

Wäre da nicht auch noch ihre Mutter. Seit sich Arnold mit einem Blumenstrauß bei ihr vorgestellt hat, redet sie immerhin wieder mit Annelie. Jedoch fehlt die alte Vertrautheit, ihre Bemerkungen sind bissig. Mit Arnold und Rudolf wechselt sie kaum ein Wort. Dennoch schlägt Frieda vor, Annelie beim Reinemachen im Haus zu helfen. Und da eine gute Ausrede im entscheidenden Moment fehlt, rückt sie nun jede Woche, von Freitag auf Sonnabend, mit Staubtuch und Kuchen an.

Einmal bleibt sie bis Sonntag. Aber die Begegnung zwischen ihr und Hilding, der wie gewohnt zum Mittagessen kommt und danach mit seinen Söhnen Skat spielen will, verläuft schwierig. Woran beide nicht unschuldig sind. Hilding muß Friedas Schamgefühl unbedingt mit ein paar Zoten testen, und sie stichelt, daß das Haus, ihrer Meinung nach, völlig verbaut sei. Dann ergibt ein Wort das andere. Nach einer halben Stunde stellt Hilding Arnold lautstark vor die Wahl: »Sie oder ich!« Frieda entscheidet es von sich aus, indem sie das Haus mit knallenden Türen verläßt. Annelie bricht in Tränen aus. Hilding nimmt Arnold beiseite und redet ihm ins Gewissen: Sich nur nicht zu schnell zu binden, denn er finde bestimmt noch ein Mädchen mit erträglicherem Anhang.

Die Schwierigkeiten mit Frieda sind ein Preis, den Arnold für Annelie zu zahlen bereit ist. Er ist sich sicher, in ihr seine große Liebe gefunden zu haben. Ihn bedrückt nur, daß sein Verhältnis zu Rudolf leidet. Jetzt ist er derjenige, der sich einsam fühlt und reden will. Arnold bemüht sich, ihn nie vor den Kopf zu stoßen; es gelingt ihm nicht immer.

Sie überlegen, die obere Etage für sich auszubauen. Rudolf zuckt mit den Schultern. Als Arnold und Annelie ankündigen, daß sie heiraten werden, scheint er gar nicht zu-

zuhören. Wenige Tage später aber bittet er seinen Bruder um ein Gespräch. In die Planungen, die er und Annelie für das Haus anstellen, wolle er, Rudolf, vorläufig nicht miteinbezogen werden. Überhaupt wäre es ihm am liebsten, mit baulichen Veränderungen noch eine Weile zu warten, er könne nicht sagen, ob er hier wohnen bleibe. Er habe eine schwierige Entscheidung zu fällen. Denn jetzt stehe endgültig fest, daß Elvira aus Berlin wegziehen werde. Sie folgt ihren Eltern nach Westdeutschland.

❖

Vater wollte die beiden Räume im Obergeschoß, die frühere Stube und die ehemalige Küche, für Ruth und mich ausbauen. Unser Kinderzimmer unten war längst zu eng für uns zwei.

Sosehr uns Vaters Vorhaben freute, sosehr bedrückte uns, daß er sich in jeder freien Minute auf die Baustelle zurückzog. Abends, wenn er vom Dienst kam, und an den Wochenenden, sogar während seines Urlaubs hörten wir ihn dort oben hämmern und sägen.

Wenn Vater Hilfe brauchte, rief er uns hoch. Wir sollten Bretter halten, damit er Löcher hineinbohren und sie anschrauben konnte. Oder ihm Werkzeuge und Schrauben reichen, wenn er auf der Leiter stand.

Einmal fragte er, ob uns nichts auffalle. Ruth und ich blickten in alle Winkel und Nischen, wir konnten nichts

Neues entdecken. Bis auf die holzgetäfelte Wand in meinem Zimmer, aber die hatten wir schon vor einigen Tagen bewundert.

Vater lachte über unsere ratlosen Gesichter. Er nahm einen Schraubenzieher und steckte ihn in ein winziges Astloch in der neuen Holzwand. Es knackte, und eine vorher unsichtbare Tür sprang auf. Sie öffnete den schmalen Raum unterhalb der nun verkleideten Dachschräge.

Ich pfiff anerkennend. Ruth wollte natürlich sofort den Zweck der Geheimkammer wissen.

– Wer keinen Grund hat, sagte Vater, der sucht sich einen.

In der Kammer verschwand unsere Aussteuer, woanders störte sie nur. Tischdecken, Bettücher, Gläser, Geschirr und Bestecke, die wir von unserer Tante, Mutters Schwester, und von Frieda zu allen Anlässen geschenkt bekamen. Wir bedankten uns immer dafür, hätten jedoch lieber andere Dinge gehabt. Unsere Wünsche waren keineswegs außergewöhnlich und blieben dennoch zugunsten der sicher schwer erhältlichen Kristallschalen und Suppenschüsseln unerfüllt. Weder Ruth noch mir wollte einleuchten, warum wir schon an Später denken und wissen sollten, in welchem Bettzeug wir einmal mit unseren Ehemännern liegen, von welchen Tortenplatten wir unseren künftigen Besuchern die Ergebnisse der Backrezepte anbieten würden, die wir gleich dazubekamen. Die umfangreichen Bücher hießen »Praktische Ratschläge für die Küche«, »Kulinarische Backideen« oder »Die schnelle Einmachhilfe«. Ich warf sie so unachtsam in die Geheimkammer, daß Ruth protestierte. Dabei waren wir uns im Grunde einig über diese Ungerechtigkeit: Jungen bekamen zum Geburtstag und zu Weihnachten keine Haushaltsware. Die wir erst später verwenden sollten, und die nicht einmal für uns allein bestimmt war, sondern für unsere künftigen Partner gleich mit. Jungen, fanden wir, wurden demnach in ihrem Leben doppelt beschenkt.

Vater schenkte uns keine Aussteuer. Aber er zeigte uns, was wir ihm insgeheim übelnahmen, wie Herrenoberhemden gebügelt werden. Er sagte, das müsse jede Frau können. Er habe keine andere Wahl gehabt, als die verschiedenen Kniffe, die er nun an uns weitergeben wolle, selber auszuprobieren. Dabei hätte er so manches Hemd verdorben, nach den anfänglichen Schwierigkeiten sei er aber immer geschickter und schneller geworden, woran weder Ruth noch ich zweifelten. Das heiße Bügeleisen flitzte in jeden Winkel und hinterließ makellos glatten Stoff, den Vater geschickt über das schmale, gepolsterte Brett zog. Ruth sollte das nächste Hemd plätten. Sie ließ mir den Vortritt, weil ich mit solchen Dingen viel besser umgehen könne. So gelobt, griff ich nach dem Eisen. Eine halbe Stunde später hatten wir alle drei glänzende Stirnen. Aber das Hemd hing faltenfrei am Küchenschrank. Ich schwor

Vater und Ruth, niemals zu heiraten. Es sei denn, ich fände einen Mann, der meine Blusen bügelte.

Ich war gar nicht auf die Idee gekommen, daß Vater eine neue Frau suchen könnte. Seit Mutters Tod lebte er allein mit uns. Eine Zeitlang befürchteten Ruth und ich, daß Marion, unsere Nachbarin, sich für ihn interessierte. Vielleicht hatten die beiden sogar etwas miteinander gehabt. Heimlich, keinesfalls lange. Dann war auch Marion fort, für immer, im Westen.

Wir mußten auch Krawatten knoten. Auch das sei selbstverständlich für jede Frau, fand Vater, daß sie ihrem Mann den Schlips binden könne.

Ruth und ich standen neben ihm im Schlafzimmer. Über das Ehebett hatte er eine Reihe von Übungsschlipsen gebreitet. Er legte sich einen davon um den Hals und forderte uns auf, ihm einfach alles nachzumachen. Wir sollten jeden seiner Handgriffe genau verfolgen und an uns selber nachvollziehen. Also starrten wir erst auf seine Finger, dann auf unsere eigenen, was naturgemäß äußerst unbequem war. Die ersten Knoten gerieten sehr grob und schief. Am schwierigsten aber war der letzte Übungsschritt. Vater verlangte, daß wir die Krawatte aus dem Gedächtnis, also ohne Anleitung, vor dem Spiegel binden sollten, wobei jeder mühsam einstudierte Handgriff seitenverkehrt ausgeführt werden mußte. Dies sei der vollkommene Beweis unseres Könnens, meinte er. Zum Schluß drängten wir uns alle drei mit perfekt gebundenen Knoten vor dem Schlafzimmerspiegel. Vater war zufrieden mit uns. Bis Ruth feststellte, daß sie sich nun zwar selber einen Schlips binden könne, aber wie sie das am Hals eines anderen tun solle, wisse sie immer noch nicht.

Noch eine Lektion: Skatspielen. Ich war begeistert, Ruth hielt es für Zeitverschwendung. Sie wollte lieber lesen, sie konnte überhaupt keinen Nutzen in dieser Beschäftigung sehen. Doch selbst wenn Vater diesmal eine Ausnahme hätte machen wollen: der dritte Teilnehmer war für uns unverzichtbar. Er versuchte, Ruth zu überzeugen. Später sei es ein Vorteil für uns, meinte er, wenn wir Skat spielen könnten. Denn im Berufsleben würden die wichtigsten Dinge sozusagen am Kneipentisch ausgehandelt. Frauen sollten sich davor nicht verschließen, es könne ihnen vieles ersparen, was weitaus unangenehmer sei. Hier wurde Vater undeutlich, nur einige Worte, dann sprach er wieder verständlich: Frauen hätten das gar nicht nötig. Wenn sie sich unter Männern etwa durch eine glänzend gespielte Partie Skat behaupteten, erhielten sie sicher auch mehr Chancen im Beruf, mehr Anerkennung in jedem Fall.

– Ihr müßt ja nicht jedes Spiel gewinnen, lenkte Vater ein, als er die Karten verteilte. Aber ihr solltet immer aus dem Schneider sein.

Vater fand es erstaunlich, daß wir so gut nähen konnten. Frieda hatte uns die Grundlagen gezeigt, der Rest war vermutlich vererbt. Hilding hätte es sicher gefreut, Ruth und mich an Mutters alter »Singer« zu sehen. Wir hatten sie vom Dachboden geholt. Vater zeigte uns, wie sich die Nadel durch gleichmäßiges Treten mit den Füßen in Bewegung halten ließ. Von da an reparierten wir jeden zerrissenen Topflappen und Einkaufsbeutel, Teppichkanten und Ledertaschen, sogar Handschuhe und Socken, die danach allerdings nicht mehr tragbar waren. Ruth und ich handelten untereinander um Vaters alte Oberhemden. Anfangs hatte er sie uns gar nicht geben wollen. Dann sah er, daß wir sie zu Blusen für uns abänderten, mit aufgesetzten Paspeln und kunstvollen Stickereien, dagegen hatte er nichts einzuwenden. Ihm gefiel sogar der lange Rock, den sich Ruth aus seinen abgelegten Schlipsen genäht hatte, eine ungewöhnliche und doch sehr einfache Idee, fand Vater, die Krawatten einfach der Breite nach aneinanderzufügen.

Nähen zu können, war für Ruth und mich wichtig. Weil uns die Sachen, die es zu kaufen gab, überhaupt nicht gefielen. In einem Geschäft Hosen, Kleider, Blusen zu finden, die gut aussahen, aber nicht von vielen anderen auch getragen wurden, war fast unmöglich. Unsere selbstgenähte Kleidung trugen wenigstens nur wir.

Nähen zu können, half uns auch, wenn wir Pakete aus Bayern bekamen. Unsere gleichaltrige Cousine, Rudolfs

Tochter, schickte uns regelmäßig ihre abgelegten Sachen. Alle halbe Jahre schien sie den Inhalt ihres Kleiderschrankes vollständig zu erneuern. Leider trug sie viel Rosa, was weder Ruth noch ich mochten und aufwendige Färbeaktionen erforderte. Ansonsten waren wir für jedes Stück dankbar. Obwohl uns die Sachen im Schnitt drei oder vier Nummern zu groß waren. Wir lernten, perfekt abzunähen und zu kürzen, wenn doch einmal etwas mißglückte, sprang zumindest noch eine Weste oder ein Minirock heraus.

Jedes Paket, das nicht, wie so häufig, unterwegs verlorengegangen war, sondern uns tatsächlich erreichte, packten Ruth und ich gemeinsam aus. Wir atmeten tief den Westgeruch der Kleidungsstücke ein, eine Mischung aus Schokolade und Waschmittel.

Vater kam es sehr gelegen, daß wir uns unsere Kleidung selber nähten. Er hätte kaum Zeit gehabt, sich darum zu kümmern. Und noch weniger Geld. Das brauchten Ruth und ich nur für Schuhe. Auch unsere Schulmaterialien besorgten wir uns selbst, die Bücher bekamen wir gestellt, Papier und Stifte kauften wir vom Taschengeld. Ruth besserte es sich auf, indem sie in den Ferien arbeiten ging. Seit sie vierzehn war, half sie in der Kaufhalle aus, manchmal saß sie auch sonnabends an der Kasse. Vater meinte, daß sie dort ausgebeutet werde, für diese anstrengende Arbeit sei ihr Lohn viel zu gering. Ruth schien es egal zu sein, und Vater konnte weiter nichts sagen, denn ihre Zensuren verschlechterten sich nicht. Sie erhielt regelmäßig Auszeichnungen. Auch unseren Haushalt hatte Ruth im Griff. Ich nahm mir vor, sobald ich vierzehn war, auf den Mohrrübenfeldern einer LPG gegen Entgelt Unkraut zu jäten.

Obwohl wir darüber nie sprachen, wußten Ruth und ich, daß Vater die vielen Rechnungen oft nicht bezahlen konnte. Strom und Gas, Wasser, Telephon und Kirchensteuer, Versicherungen, Essenmarken und Fahrgeld. Und unser Taschengeld: Ruth erhielt fünfundzwanzig Mark im Monat, ich fünfzehn. Vater mußte auch die Hypothek für das Haus abzahlen, regelmäßig eine stattliche Summe. Dann noch die Rechnungen, wenn etwas kaputtging. Ersatzteile zu kaufen war gerade zum Monatsende ein Problem. Vater versuchte es vor Ruth und mir geheimzuhalten. Wir sagten nicht, daß wir es dennoch merkten, wenn er kein Geld mehr hatte. Wir wollten ihn nicht in Verlegenheit bringen.

❖

Annelie und Arnold heiraten im Mai '61. Es wird ein großes Fest, mit Polterabend und kirchlicher Trauung, überschattet nur von Friedas verweintem Gesicht. Sie lächelt kein einziges Mal, selbst dann nicht, als Hilding sich mit seinem neuen Anzug auf den Stuhl setzt, auf dem sie gerade die selbstgebackene dreistöckige Hochzeitstorte abgestellt hat, die nun Nährboden für ihre weitere Feindschaft ist. Schlag Mitternacht, als alle noch tanzen, schaltet Frieda ohne Vorwarnung die Deckenbeleuchtung ein und beginnt aufzuräumen. Arnold kann sich nur mühsam beherrschen. Unter dem Beifall aller Gäste weist er sie zurecht. Annelie stellt sich auf seine Seite, wofür Frieda sich am nächsten Morgen rächt: Mit Schrubber und Eimer betritt sie um sieben Uhr dreißig, ohne anzuklopfen, das Schlafzimmer der Frischvermählten. Die folgende Auseinandersetzung endet damit, daß Arnold seiner Schwiegermutter das Wischwasser über den Kopf kippt.

Für die Hochzeitsreise haben sie lange gespart, den Termin mit Bedacht gewählt: Mitte August wollen Arnold und Annelie nach Italien fahren. Mit Bruno und Marion ist verabredet, daß sie ihre Nachbarn in die Flitterwochen begleiten. Obwohl sie selber nicht heiraten wollen. Und obwohl Marion schwanger ist.

In Westberlin, auf dem U-Bahnhof Hermannplatz, lassen sich die vier in einem Photoautomaten ablichten. Keinesfalls darf sie dabei ein ostdeutscher Spitzel bemerken, auch dann nicht, wenn sie mit den Bildern an der Paßstelle am Columbiadamm, im amerikanischen Sektor, Westberliner Personalausweise beantragen. Sie werden ihnen ausgestellt, weil die Bundesrepublik ihren sozialistischen

Nachbarn völkerrechtlich nicht anerkennt, für sie existiert nach wie vor ein einziges deutsches Land, darin haben alle, egal auf welcher Seite sie leben, Anspruch auf einen westdeutschen Paß.

Einen westdeutschen Paß brauchen Marion, Bruno, Annelie und Arnold, um nach Italien einreisen zu können. Sie wollen sich die Papiere morgens vom Columbiadamm abholen, dann direkt zum Westberliner Flughafen Tempelhof fahren, und von dort: in die Freiheit.

Es wird auch höchste Zeit, die Lage spitzt sich zu. Seit die Sowjetunion ein Ultimatum zum politischen Status Westberlins gestellt hat, wandern immer mehr Ostdeutsche in den Westen ab. Die Regierung wird spürbar nervöser, die Unruhe wächst. DDR-Bürger dürfen, im Unterschied zu Ostberlinern, seit einigen Wochen nicht mehr in den Westen einreisen. Die Kontrollen an allen Übergängen werden verschärft, in den S-Bahnen, die die Sektorengrenzen passieren, beschlagnahmen Volkspolizisten sogar Eier oder Äpfel unter Androhung von Waffengewalt. Taschen und Jacken durchsuchen sie schon seit längerem.

Eine Woche, bevor Arnold und Annelie nach Italien fliegen wollen, bittet Rudolf seinen Bruder um einen Gefallen. Er hat seine Sachen gepackt. Die wichtigsten nur, so viel, wie in einen Koffer paßt. Den möchte er, für den Fall der Fälle, nach Westberlin schaffen. Die Grenze mit Gepäck zu überqueren ist mittlerweile jedoch unmöglich.

Rudolf wirft den Koffer nachts aus dem Fenster in den Garten. Arnold trägt ihn in den Schuppen. Dort hat er vorher, gemeinsam mit Rudolf, die Wand zur Garage durchbrochen. Das Loch ist gerade groß genug für den Koffer. Sonnabendvormittag liegt er in Arnolds Dienstwagen, die Nachbarn werden keinen Verdacht schöpfen, wenn die Brüder zusammen losfahren. Sie wollen zum Schlesischen Bahnhof. Von hier aus fahren Interzonenzüge über die Grenze nach Westberlin, zum Bahnhof Zoo, von dort weiter nach Westdeutschland. Innerhalb der Stadt werden die Züge nicht kontrolliert, Rudolf benötigt bis zum Zoo also nicht einmal eine Fahrkarte. Den Koffer will er, bis auf weiteres, bei Hilding unterstellen.

Marion und Annelie sind sich einig, daß man jetzt nicht leichtsinnig alles aufs Spiel setzen sollte. Wenige Tage, bevor sie nach Italien aufbrechen wollen, bitten sie Arnold und Bruno um Aufschub der Reise.

Marion fühlt sich schwach. Sie kann nichts essen, ohne sich danach zu übergeben. Sie glaubt, daß es weniger an der Schwangerschaft als an ihrer Angst liegt. Im Radio verfolgt sie ständig die neuesten Meldungen, auch nachts. Annelie fühlt sich nicht besser. Sie hofft, ebenfalls schwanger zu sein. Bislang kam ihr die geplante Reise unwirklich vor, wie ein Traum. Obwohl sie schon oft mit Arnold und auch mit Bruno und Marion darüber gesprochen hat, schreckt sie jetzt, so kurz vorher, daß es eine Fahrt ohne Rückkehr wird. Diese Endgültigkeit ist schlimmer als die Unsicherheit, denn selbst wenn sie nicht auf Dauer in Italien blieben, wüßten sie nicht, wo sie wohnen und wovon sie leben sollen.

– Vielleicht bereuen wir einmal, hier alles aufgegeben zu haben, sagt Annelie.

– Oder wir bereuen, es nicht getan zu haben, meint Arnold.

– Tut es dir nicht leid um alle, die wir hier zurücklassen – und wahrscheinlich nie wiedersehen?

– Wenn die nun aber auch abhauen, und wir blieben hier, würde es dasselbe sein.

– Mutter bricht es sicher das Herz.

– Du kannst doch nicht ein Leben lang Rücksicht auf sie nehmen!

– Wenn sie daran zugrunde ginge, würde ich mir immer Vorwürfe machen.

– Und wenn wir hier für immer eingesperrt bleiben?

– Wir können doch das Haus nicht einfach so verlassen. Dein Vater hat es gebaut. Du bist hier geboren, aufgewachsen …

– Aber sterben will ich hier nicht!

– Ich kann jetzt nicht fahren, sagt sie. Laß uns ein wenig warten. Sicher finden wir später noch eine Gelegenheit.

❖

Marion wollte ihn unbedingt sprechen, es sei wirklich wichtig, sagte sie, als ich an der Tür zögerte. Vater war erst vor einer halben Stunde müde von der Arbeit nach Hause gekommen, jetzt saß er vor dem Fernseher.

– Hat Torsten wieder was angestellt, fragte ich.

Vater schaute aus der Wohnzimmertür.

– Ich muß dringend mit dir reden. Allein, sagte Marion.

Er bat sie herein und wünschte mir gute Nacht.

– Ich wollte sowieso ins Bett, erklärte ich gekränkt.

Vater zog die Tür hinter ihnen ins Schloß. Normalerweise ließen wir das Wohnzimmer immer offen.

Natürlich ging ich nicht ins Bett. Auch nicht ins Bad, um mich zu waschen. Ich schlich an die Wohnzimmertür.

– Und ich liebe Bruno auch, hörte ich Marion sagen. Ich hatte daran gezweifelt, aber jetzt weiß ich es sicher. Wir wollen beide wieder miteinander leben. Und mit Torsten.

– Will Bruno etwa zurückkommen, fragte Vater.

– Nein. Er hat uns eine Fluchtmöglichkeit beschafft.

Ich hörte einen Sessel schurren, Schritte, die quietschende Schranktür, dann klirrte Glas, sehr fein. Durch das Schlüsselloch sah ich nur Tapete, aber Vater mußte den Schnaps geholt haben. Sie stellten ihre Gläser auf dem Tisch ab, dann ritschte ein Streichholz, wahrscheinlich rauchten sie jetzt.

– Er hat an alles gedacht, sagte Marion. Alles ist organisiert und sicher. Nur eines konnte er von Westberlin aus nicht tun. Ich brauche jemanden, der Torsten und mich nachts zur Autobahn fährt. Bitte, sag nicht nein! Ich wüßte nicht, wen ich sonst fragen sollte.

– Und wer kümmert sich um meine Töchter, wenn die mich kriegen?

– Die kriegen dich nie! Du würdest Torsten und mich doch nur aus Berlin rausbringen, du setzt uns einfach auf einem Parkplatz ab.

Ich hörte das Gluckern der Flasche, wie sie auf dem Tisch abgesetzt wurde, dann die Gläser.

– Du bist der einzige, dem ich vertraue, sagte sie. Auch Bruno wäre es am liebsten, wenn du …

– Habt ihr über mich gesprochen, fragte Vater aufgeregt. Habt ihr etwa in diesem Zusammenhang irgendwann meinen Namen erwähnt, in Briefen oder so, bitte, Marion, du mußt genau überlegen!

– Natürlich nicht! Wir waren äußerst vorsichtig, wir …

– Weiß Torsten davon?

– Bis jetzt scheint er es noch nicht mal zu ahnen. Aber ich muß es ihm bald sagen, damit er nicht ausgerechnet dann wieder tagelang verschwindet, wie neulich …

– Wann, fragte Vater.

– Von Sonntag abend bis Dienstag früh war er …

– Nein, ich meine, wann ihr …

– Heute in einer Woche.

– Du darfst Torsten nichts sagen. Warte damit. Ich muß mir das in Ruhe überlegen.

Mit Vater darüber zu reden traute ich mich nicht, auch Ruth erzählte ich von dem Gespräch nichts. Ich hatte es fast schon vergessen, als das Telephon klingelte. Marion war dran. Sie klang regelrecht übergeschnappt, sie wollte Vater sprechen, im Hintergrund Straßenlärm.

– Der ist noch nicht da, der kommt heute später.

– Sag ihm, daß wir angekommen sind, machst du das? Sag ihm, daß wir es geschafft haben, Judith! Es ist einfach unbeschreiblich, wir haben es geschafft, wir sind frei!

Ich hörte das Glück in ihrer Stimme.

– Ich soll dich von Torsten grüßen, sagte Marion. Und von Bruno auch. Kannst du dich noch an ihn erinnern?

– Ja.

– Sag Arnold unseren Herzensdank!

❖

Am 13. August, einem Sonntag, werden die Grenzen geschlossen. Stacheldrahtrollen und erste Betonklötze teilen die Stadt.

Westberliner und Westdeutsche dürfen zunächst noch in den Osten einreisen, umgekehrt gibt es kein Herauskommen mehr.

In der Nacht zuvor waren Annelie und Arnold noch im Kino in Westberlin gewesen. Als sie am frühen Morgen heimkehren, wecken sie Rudolf, der im Wohnzimmer schläft.

Er zieht sich sofort an. So schnell wie möglich will er zum Invalidenfriedhof in der Scharnhorststraße, hinter dem Walter-Ulbricht-Stadion. Die Sektorengrenze verläuft direkt an der Friedhofsmauer. Wenn er hinüberklettern könnte …

Für den Abschied nimmt sich Rudolf keine Zeit.

Hilding kommt zum Mittag. Trotz der Ereignisse will er sich auch heute das Sonntagsessen nicht entgehen lassen, Annelies Kochkünste schätzt er sehr. Diesmal will es aber nicht so recht schmecken, sie kauen langsam, schlucken schwer; das Radio läuft, sie verfolgen die aufgeregten Berichte. Die Mauer durch Berlin wächst. Und damit Hildings Sorge, ob sie ihn nachher wieder rüberlassen.

Sie sind bereits beim Nachtisch, als Rudolf zurückkehrt.

Er hatte Blumen gekauft, bevor er den Friedhof betrat, um unverdächtig zu wirken. Er mußte den Strauß jedoch an einem fremden Grab ablegen und umkehren. Das Gelände war stark bewacht. Er versuchte es noch an einigen anderen Stellen, vergeblich.

Die Freiheit, sagt Rudolf, wäre ihm im Moment egal. Er wolle bloß zu Elvira.

Sie überlegen gemeinsam. Die Zeit drängt. Sie beschließen, daß Hilding sofort nach Westberlin fährt. In Spandau wohnt einer von Rudolfs Arbeitskollegen, er sieht ihm ähnlich. Hilding soll ihn um seinen Personalausweis bitten und so schnell wie möglich zurückkommen. Rudolf will damit durch die Grenzkontrolle, heute noch.

Hilding rechnet sich wenig Erfolg aus, macht sich aber sofort auf den Weg. Noch vor dem Kaffee, den er jetzt eigentlich dringend brauchte. Nach Spandau ist es weit. Innerhalb der nächsten vier Stunden wird er kaum zurück sein.

Hilding benötigt die doppelte Zeit. Kurz vor zehn kehrt er wieder, als Rudolf sich bereits mit der Vorstellung quält, für immer im Osten bleiben zu müssen.

Der Arbeitskollege war erst gegen zwanzig Uhr nach Hause gekommen, Hilding hatte so lange vor seiner Tür gewartet. Dann ging alles ganz schnell. Der Freund gab seinen Ausweis bedenkenlos her. Er wünschte Rudolf viel Glück.

– Viel Glück!, sagt Hilding und verabschiedet sich. Ihn rege die ganze Sache zu sehr auf.

Arnold, Annelie und Rudolf blättern in dem Ausweis. Ihnen ist bekannt, daß Westberliner am Grenzübergang ihre Identität mit ihrem selbstgeschriebenen Namenszug nachweisen müssen. Die Handschrift des Freundes einzuüben, dazu bleibt jedoch keine Zeit.

Annelie schlägt vor, Rudolfs Arm zu verbinden. Am Grenzübergang solle er vorgeben, im Osten gestolpert und gefallen zu sein, dann würde man ihm die Unterschrift vermutlich ersparen.

Sie nehmen Arnolds EMW. Rudolf auf dem Sozius, sein rechter Arm ist in weiße Mullbinden verpackt und wird am Hals von einem schwarzen Gürtel gehalten, den Annelie aus ihrem neuen Rock gezogen hat.

Kurz vor zwölf erreichen sie den Grenzübergang Checkpoint Charlie. Der Andrang vor dem Kontrollhaus ist groß, zu beiden Seiten wachen Soldaten.

– Ich warte hier, sagt Arnold. Für den Fall, daß ich dich wieder mitnehmen muß.

Er reicht seinem Bruder die Hand. Rudolf will einschlagen, dann fällt ihm sein Verband ein, er reicht Arnold stattdessen die linke, sie müssen lachen, umarmen sich schließlich, nur kurz.

Rudolf reiht sich in die Warteschlange. Er blickt sich nicht um. Nicht ein einziges Mal.

Es dauert mehrere Minuten, bis er zur Kontrolle vorgerückt ist. Arnold sieht, daß ihn die Volkspolizisten etwas fragen, sie wechseln einige Worte, Rudolf schüttelt den Kopf. Dann passiert er die Sperre.

Längst ist er auf der anderen Seite verschwunden. Arnold steht immer noch da. Rudolf hat sich nicht umgedreht, denkt er, man darf sich nicht umdrehen, wenn man geht.

Die Mauer um Westberlin wächst, die Übergänge sind abgeriegelt, alles wird streng bewacht.

Einen Tag, bevor auch Westberliner die Grenze nicht

mehr passieren dürfen, kommt Hilding. Mit vielen Zigaretten und einer Flasche Schnaps. Er wolle mit Annelie und Arnold darauf anstoßen, daß Rudolf es geschafft habe.

Seine Flucht mit dem falschen Ausweis ist sechs Tage her.

– Und jetzt holen wir dich noch schnell rüber, sagt Hilding zu Arnold.

Daneben steht Annelie.

❖

Hilding schien seinen Ohren nicht trauen zu wollen. Vater benötigte eine notariell beglaubigte Schenkungsurkunde von ihm, damit er unser Haus und Grundstück vom Staat zurückkaufen konnte.

Ruth und ich standen neben Vater, als er mit Hilding telephonierte.

– Nach deinem Rechtsgefühl würde ich es erben, wenn du stirbst, sagte er in den Hörer. Aber hier sind die Dinge anders. Ich habe ein Schreiben gekriegt, da wird mir mitgeteilt, daß oben Mieter reinsollen. Jemand hat in den alten Akten geblättert und herausbekommen, daß du das mal als Zweifamilienhaus gebaut hast.

– Genau, bestätigte Vater kurz darauf. Ich kann nur verhindern, daß mir hier Mieter reingesetzt werden, indem ich das Haus zurückkaufe.

– Die Schenkungsurkunde reicht dazu eben nicht, war

seine nächste Antwort. Ich muß dem Staat die alten Schulden abkaufen.

– Weiß ich noch nicht.

– Reg dich nicht auf!, sagte Vater nach einer kurzen Pause. Natürlich stehst du noch im Grundbuch, natürlich hast du das Haus nie an die DDR verkauft. Aber ich zahle nun schon seit fast fünfundzwanzig Jahren Miete an den Staat, das hat dich bisher nie interessiert.

Er bekam die Schenkungsurkunde von Hilding, auch Rudolf hatte nichts dagegen, daß Vater in absehbarer Zeit alleiniger Besitzer sein würde, denn auf ein Haus im Osten, so erklärte er, verzichte er gern.

Von einem Amt zum anderen wurde Vater geschickt. Ihm käme es so vor, sagte er, als sei er ein kostenloser Bote, er trage Akten von einer Stelle zur nächsten, ohne erkennbaren Sinn. Manchmal mußte er stundenlang auf eine Unterschrift warten, die dann niemand sehen wollte. Oder es wurden Urkunden von ihm verlangt, bei denen sich schließlich herausstellte, daß es sie überhaupt nicht gab.

Vater brauchte für die Ämtergänge nach und nach seinen gesamten Urlaub auf. Er kam immer spät und erschöpft nach Hause. Als Ruth und ich ihm sagten, er solle sich ein wenig erholen, wurde er wütend. Für wen er das alles hier denn mache. Doch nicht für sich. An uns denke er, wir sollten das Haus schließlich erben, es wäre unser Eigentum, unser Großvater hätte es gebaut, niemals würde er zulassen, daß der Staat es sich unter den Nagel reiße.

Grund und Boden zu besitzen, sagte Vater wenige Tage später, binde natürlich an das Land, in dem man lebe. Sein Eigentum verließe man nicht so leicht. Aber dazu hätten wir jetzt ohnehin keine Gelegenheit, und immer nur darauf warten wolle er auch nicht.

Die Behörden hatten dem Kauf endlich zugestimmt.

Vater durfte die Unterlagen selber einsehen. Demnach war unser Haus mit einer Hypothek von fünfzehntausend Mark belastet. Hilding hatte diese Summe noch vor Ausbruch des Krieges, in Reichsmark, als Kredit für den Hausbau aufgenommen. Vater erzählte Ruth und mir, was ihm die Dame in der Verwaltung gesagt hatte. Nach der Währungsreform von 1948 seien alle Guthaben im Osten im Verhältnis von zehn zu eins abgewertet worden. Die Schulden dagegen seien in ihrer alten Höhe belassen worden. Der Vater der Dame habe damals seine goldene Taschenuhr versetzt, die brachte ihm angeblich siebzehntausend Mark ein, damit sei er aus den roten Zahlen herausgewesen.

– Wenn das stimmt, sagte Vater zu uns, dann können wir nur bedauern, daß Hilding keine goldene Uhr hatte. Sonst wären wir jetzt schuldenfrei.

Vater kaufte unser Haus und Grundstück in Höhe von Hildings alten Schulden zuzüglich der inzwischen angefallenen Zinsen zurück. Die Hypothek wuchs also um das Doppelte an und wurde neu verzinst. Er mußte sich verpflichten, die festgelegten Raten monatlich abzuzahlen. Sie waren wesentlich höher als die Miete. Aber von nun an stand im Grundbuch sein Name.

❖

Annelie empfindet es als Strafe, daß Arnold seinem Ärger nicht Luft macht. Er hat sich nicht einmal über die schadenfrohe Bemerkung seiner Schwiegermutter beschwert, daß Hilding nun, wo niemand mehr aus dem Westen einreisen dürfe, auf seinen Sonntagsbraten verzichten müsse.

Frieda kommt nach wie vor jedes Wochenende. Auf die veränderte Stimmung im Haus reagiert sie noch beleidigter als vorher. Dennoch entwickelt sie mit der Zeit Arnold gegenüber so etwas wie Freundlichkeit. Warum sonst legt sie ihm beim gemeinsamen Essen die größten und besten Stücke auf den Teller, unabhängig davon, ob er es will oder nicht. Neulich hat sie sogar seine Schuhe geputzt. Annelie hat sie dabei überrascht und sich prompt anhören müssen, die Kleidung ihres Ehemannes sei nicht ausreichend gepflegt.

Arnold findet an seiner Kleidung nichts auszusetzen. Er hat überhaupt nichts zu bemängeln. Sein Ton ist herzlich, wie immer, wenn er mit Annelie alltägliche Dinge bespricht. Doch sie spürt, daß er sich ihr gegenüber verschließt. Er sagt ihr nicht, was ihn zu beschäftigen scheint.

Sie nimmt es hin, will sich nicht aufdrängen, beißt sich lieber auf die Lippen. Sie sucht den Grund für sein verändertes Verhalten bei sich. Wenn sich die Zeit zurückdrehen ließe, nur um wenige Wochen, bis zu dem Tag, an dem sie ihn darum gebeten hatte, die Reise aufzuschieben, wenn es möglich wäre, diesen Fehler wiedergutzumachen, oder wenn sie wenigstens nur allein dafür zu büßen brauchte …

Arnold stellt ein Photo von Rudolf auf seinen Nachttisch. Sie hängt andere Bilder in unmittelbarer Nähe an die Wand: von ihrer Hochzeit, von Freunden, von gemeinsamen Ausflügen.

Irgendwann ist das Photo von Rudolf verschwunden. Erst ist Annelie erleichtert, dann beginnt sie danach zu suchen. Sie findet es nicht.

Es läßt ihr keine Ruhe, doch sie will Arnold nicht danach fragen. Warum er Rudolfs Photo weggelegt hat, nachdem sie ihm sagte, schwanger zu sein.

❖

Es gab Zeiten, in denen Vater fast täglich mit Rudolf telephonierte. Abends, wenn Ruth und ich im Bett lagen, klingelte der Apparat, meist nur ein einziges Mal. Vater schien auf den Anruf schon gewartet zu haben. Er setzte sich in die Küche, weiter reichte die Schnur nicht. Wenn er leise sprach und unsere Kinderzimmertür geschlossen war, konnten wir nichts verstehen. Wenn die Verbindung aber schlecht war, mußte Vater schreien.

Er berichtete Rudolf von den Schwierigkeiten in seinem Betrieb. Ruth und mich wunderte, wie geradeheraus er alles sagte. Uns hatte Vater von Anfang an eingebleut, am Telephon vorsichtig zu sein, vor allem, wenn es ein Gespräch in den Westen war, da wurde sicher abgehört.

Einmal ahmte er sogar den sächsischen Dialekt seines Vorgesetzten nach. Wir hörten, daß Vater zu einer Unterredung bestellt worden war. Auch von der Partei und von der Gewerkschaft müssen Funktionäre dabeigewesen sein, Vater beschwerte sich bei Rudolf darüber, daß sie ihn geduzt und mit »Genosse« angeredet hatten. Ihm sei ein höherer Posten angeboten worden, auf den er, des besseren Einkommens wegen, nicht verzichten könne. Aber nun solle er seine eigene Meinung ablegen, weil sie für einen Abteilungsleiter mit künftig dreißig Untergebenen überflüssig sei. Vater fluchte, vermutlich war die Verbindung sehr schlecht.

– Jetzt haben sie sogar diese alte Geschichte wieder aufgerollt, berichtete er Rudolf an einem der folgenden Abende. Diesmal war unsere Kinderzimmertür nur angelehnt, Ruth und ich verstanden fast jedes Wort.

– Als Annelie starb, du weißt. Ich soll nun endlich einsehen, daß mein Vorhaben damals ein Fehler war. Als Beweis dafür verlangen sie, daß ich in die Partei eintrete. Dann wären sie bereit, diese Geschichte zu vergessen. Außerdem sagten sie, daß Ruth und Judith doch bestimmt einmal studieren wollen.

Wir ahnten, um welche »alte Geschichte« es sich handelte. Aber wir fragten nie nach, ob Vater deshalb in die Partei eingetreten war. Vielleicht interessierte uns tatsächlich mehr, warum Hilding und Rudolf seit Mutters Beerdigung nicht mehr zu Besuch kamen. Es sei für die beiden im Osten zu gefährlich, erklärte Vater. Wir könnten uns doch sicher noch daran erinnern, daß sie uns damals, als Mutter starb, helfen wollten. Dabei hätten sie sich nach hiesigen Gesetzen strafbar gemacht. Nun müsse man warten, bis Gras über die Sache gewachsen sei.

– Ihr dürft niemals auch nur einem Menschen davon erzählen, bat Vater uns.

Seit einiger Zeit fuhr Vater einen neuen, größeren Dienstwagen, einen »Moskvitsch«. Aber er kam noch später nach Hause als vorher. Er hatte immer Stapel von Akten bei sich, die er am Wohnzimmertisch durchsah, häufig bis spät in die Nacht. Abendbrot aß er mit uns gemeinsam, in der Küche. Vater wollte wissen, was Ruth und ich den Tag über getan hatten, aber er hörte selten richtig zu. Manchmal erzählte er von seinem Ärger: die Materialversorgung in seiner Abteilung klappte nicht, oder ein Monteur hatte unbedacht großen Schaden angerichtet, für den Vater einstehen mußte. Nach dem Essen zog er sich wieder ins Wohnzimmer zurück. Der Fernseher lief, doch wir trauten uns nicht, Vater zu stören. Ruth und ich verfolgten die Sendungen vom Korridor aus, wo wir an der Wand lehnten oder uns hinhockten. Durch die geöffnete Wohnzimmertür sahen wir einen Film oder Nachrichten, Vater hatte immer eines der beiden Westprogramme eingestellt. Er konnte uns nicht im Korridor, und wir konnten ihn nicht am Tisch sitzen sehen. Aber wir hörten wie er blätterte, mitunter schlug er die Seiten sehr geräuschvoll um, dann stöhnte er oder fluchte vor sich hin. Wir hörten auch, wie er trank, das Bier floß gluckernd aus der Flasche, danach stieß er leise auf. Wenn Vater unerwartet aufstand und Ruth und ich nicht schnell genug in unser Zimmer kamen, wurde er ärgerlich. Weil er sich von uns belauscht fühle, sagte er.

❖

Annelie und Arnold hatten nicht damit gerechnet, daß ihnen die Genehmigung zum Ausbau der oberen Etage verwehrt werden könnte. Durch ihren Antrag muß die Verwaltung darauf aufmerksam geworden sein, daß dem Staat zusätzliche Mieteinnahmen entgehen. Wahrscheinlich hat jemand in den Akten geblättert und herausgefunden, daß während des Krieges zwei Familien in dem Haus wohnten.

Arnold reißt in der oberen Küche den alten Herd und den Spültisch heraus. Sie stammen noch von dem älteren Ehepaar, das während des Krieges hier wohnte. Den Schutt tragen Annelie und Arnold nachts in den Garten und dekken ihn mit Laub ab. Kein Nachbar soll Verdacht schöpfen und sie womöglich anzeigen. Weil sie den Beweis dafür, daß früher zwei Familien im Haus lebten, beseitigt haben.

Gerade hatten sie beschlossen, in der unteren Etage ein zusätzliches Zimmer anzubauen, wie Hilding es früher schon geplant hatte. Da erhält Arnold den lang ersehnten Platz an der Abendschule. Dreimal die Woche wird er von nun an nach Arbeitsschluß studieren, um in drei Jahren, hoffentlich, ein Ingenieurdiplom in Händen zu halten. Annelie sieht ein, daß sein Beruf wichtiger als der Anbau ist. Schließlich muß Arnold bald für eine dreiköpfige Familie verdienen.

Selbst an den freien Abenden sitzt er über Büchern. Am Wochenende pendelt er zwischen Schreibtisch und Schuppen. Irgend etwas ist immer zu reparieren, am Haus auszubessern, auch um den Garten kümmert er sich nach wie vor. Den Haushalt überläßt er Annelie, sie will es so, obwohl ihr die Schwangerschaft von Anfang an schwerfällt.

Marion hat einen Jungen bekommen. Bruno führt seinen Torsten stolz aus. Annelie weiß, daß sie das von Arnold nicht wird erwarten können.

Er hätte auch gern einen Jungen. Als Ruth da ist, hat er diesen Wunsch vergessen.

Es ist ein strahlendes Kind, das nur gelegentlich quengelt – Arnold bekommt es kaum mit. Annelie kümmert sich Tag und Nacht um die Kleine. Weil er morgens für seine Arbeit ausgeruht sein muß und Kraft für sein Studium braucht. Schon deshalb ist es ihr unangenehm, daß sich ihre Mutter seit Ruths Geburt wieder kampfbereit zeigt: Freiwillig bewegt sie sich selten vom Bett ihrer Enkeltochter weg. Am liebsten möchte Frieda gar nicht mehr nach Hause fahren. Arnold muß erst ein Machtwort sprechen. Sie dürfe zwar nach wie vor freitags kommen, müsse aber am Sonnabend, spätestens nach dem Mittagessen, wieder verschwunden sein. Frieda weint.

❖

Vater stand unter Druck, das merkten wir. Er zog sich immer mehr in sich zurück. Ruth und ich versuchten ihn zu entlasten. Die Arbeit im Garten und im Haus hatten wir unter uns dreien aufgeteilt. Zusätzlich zu unseren Aufgaben übernahmen wir oft auch seine. Vater schien es gar nicht zu bemerken. Außer, wenn dabei etwas kaputtging, wie das Kabel des Rasenmähers etwa, das ich einmal aus Versehen überfahren hatte. Rasen zu mähen sei seine Aufgabe, schimpfte er. Ich hätte an einem Stromschlag sterben können.

Lohnender war es, Ruth Arbeit abzunehmen. Sie bemerkte es immer. Und erledigte daraufhin einen Teil meiner Aufgaben. Wir versuchten uns darin zu übertreffen, der anderen zu helfen. Wir sagten einander: »Ruh dich aus, ich übernehme jetzt den Abwasch, du hast heute genug getan!« Gleichwohl wußte jede von uns, daß es unmöglich war, sich auszuruhen, wenn die andere arbeitete. Das schlechte Gewissen meldete sich sofort.

Die Hausarbeit war wichtiger als meine Schulaufgaben. Die konnte ich am nächsten Tag von einem Klassenkameraden abschreiben. Ruth sah ich ebenfalls nie für die Schule lernen. Das brauchte sie auch gar nicht. Was im Unterricht gelehrt wurde, merkte sie sich sofort, ihr Wissen war jederzeit abrufbar. Meines nie. Auch in der Schule zeichnete ich lieber oder träumte vor mich hin.

Wenn ich überhaupt zur Schule ging. Ruth und Vater verließen immer vor mir das Haus; er mußte früh anfangen, sie hatte einen weiteren Fahrweg als ich. Ruth besuchte eine andere Schule. Eine Spezialschule für begabte Kinder. Auch unter den Begabten war sie eine der Besten. Ruth schwänzte nie.

Vater weckte uns morgens. Dafür reichte seine Zeit immer: Nachdem er sich gewaschen und angezogen hatte, öffnete er die Tür zu unserem Zimmer und begann eine Geschichte zu erzählen. Ruth und ich kannten sie schon, wir kannten alle Geschichten, die er uns morgens erzählte. Als wir noch kleiner waren, hatte er sie uns immer wieder ausführlich vorgetragen. Je älter wir wurden, desto mehr ließ er weg. Schließlich sagte er nur noch den ersten Satz, etwa: »Einst hat der Riese Timpetu 'ne Maus verschluckt« oder »Auf, auf!, sprach der Fuchs zum Hasen«, dann wußten Ruth und ich sofort, welche Geschichte es war und wie sie weiterging. Aus dem Gedächtnis fügten wir, unweigerlich, die folgenden Sätze hinzu – und waren wach.

Vater ließ unsere Tür offen. Im Winter ging er in den Keller, um zu heizen. Wenn er Kohlen in den Ofen warf, schallte es durch die Heizungsrohre im ganzen Haus. Ruth und ich blieben in unserem Doppelstockbett liegen. Bis Vater wieder zu uns hereinsah, er hatte bereits seinen Mantel an.

– Jetzt aber raus, sagte er, und: Denkt an die Klappe!

Dann war er fort. Ruth stand auf. Um die Ofenklappe kümmerte sie sich nie. Das war meine Aufgabe: die Luftzufuhr des Ofens zu drosseln, wenn alle Briketts brannten. Sie bereitete mir mein Frühstück. Auch die Stullen, die ich in die Schule mitnehmen sollte. Ruth belegte sie und wikkelte sie in Butterbrotpapier. Bevor sie ging, schaute sie noch einmal zu mir herein.

– Du mußt aufstehen! Und denk daran, abzuschließen.

Ich vergaß nie, das Haus abzuschließen. Wenn ich es verließ. Sobald Ruth weg war, drehte ich mich noch einmal um. Ich wußte, daß es gefährlich war, mir vorzustellen, wie dieser Schultag ohne mich ablaufen würde. Besonders gerne blieb ich mittwochs liegen. Mittwochs begann der Unterricht häufig mit einem Fahnenappell. Die Kinder versammelten sich auf dem Schulhof, die größeren trugen rote und die kleinen blaue Halstücher, die Jugendlichen FDJ-Hemden. Klassenweise stellten sie sich vor den Fahnenstangen auf. Keiner durfte sprechen, auch Flüstern war verboten. An Feiertagen wurde die Fahne mit Musik gehißt, dann dauerte der Appell doppelt so lange. Zum Schluß erhielten die besten Schüler ein Lob und die schlechtesten einen Tadel, dazu mußten sie einzeln nach vorne ans Rednerpult des Direktors treten. Es war wunderbar, im Bett zu liegen, die tickenden Zeiger des Weckers vor Augen, sah ich die Klassen nun in Zweierreihen in ihre Räume gehen. Dort wartete die Lehrerin, bis Ruhe eingekehrt war, dann rief sie »Stillgestanden!«. Alle standen an ihrem Platz und drückten die Knie durch. Ein Schüler meldete nun, daß die Klasse bereit zum Unterricht sei. Und, wer fehlte. Jetzt also, spätestens, mußten sie es bemerken. Die Lehrerin würde im Klassenbuch nachschauen, ob ich krank gemeldet war. Schließlich rief sie »Seid bereit!«, woraufhin alle den rechten Daumen auf den Scheitel legten und »Immer bereit!« antworteten. Die Lehrerin sagte »Rührt euch!«, alle knickten ein Knie ein, und »Setzen!«. Der Unterricht begann. Ohne mich.

Wenn ich nicht zu einer späteren Stunde ging, sondern zu Hause blieb, benötigte ich von Vater einen Entschuldigungszettel. Für den Fall der Fälle hatte ich seine Unterschrift einstudiert. Zu fälschen brauchte ich sie nie. Vater fragte immer, was er schreiben sollte, und ich sagte immer, daß mir übel gewesen sei. Vorhaltungen machte mir nur Ruth. Ich versuchte vor ihr geheimzuhalten, wenn ich zu Hause geblieben war. Aber sie merkte es jedesmal. Deshalb bemühte ich mich an solchen Tagen, besonders sorgfältig aufzuräumen, Fenster zu putzen, zu wischen. Ich ging sogar einkaufen, was eigentlich ihre Aufgabe war.

Ich ging nicht gerne einkaufen, das wußte sie. Die Regale der »Kaufhalle« waren gut gefüllt: reihenweise mit den gleichen Dosen, Gläsern, Büchsen. Mich deprimierte das. Auch mittags mußte man an den Kassen warten. Oft stand ich zwanzig Minuten in der Schlange und starrte meinem Vordermann auf den Hinterkopf oder auf die Wurst im Korb. Die Leute schoben sich ihre Einkaufswagen gegenseitig in die Beine. Ich versuchte mir vorzustellen, wie ein westlicher »Supermarkt« aussehen könnte. Vieles, was es dort zu kaufen gab, kannte ich aus dem Werbefernsehen. Oder aus den Paketen, die Rudolf uns immer zu Ostern und zu Weihnachten schickte. Das letzte Mal war sogar Käse in Dosen dabei! Er schmeckte wesentlich besser, fand ich, als der, den es hier zu kaufen gab. Vater nahm die meisten Nahrungsmittel in Verwahrung. Zu besonderen Anlässen, wenn wir Besuch hatten, holte er sie heraus.

Leider erreichten uns nicht alle von Rudolfs Paketen. Manche kamen um Wochen verspätet, einige waren bereits geöffnet. Was fehlte, konnten wir sogar überprüfen. Denn die von Elvira geschriebene Inhaltsliste fanden wir merkwürdigerweise immer. Wenn ein Paket verschollen war, halfen Nachfragen bei der Post gar nichts. Uns blieb dann nur die Vorstellung von dem, was verlorengegangen war.

Zu waschen, war Vaters Aufgabe. Ruth und ich konnten mit der Maschine nicht umgehen. Die verschiedenen Programme hätten wir wohl einstellen können – wenn nicht zusätzliche Tricks nötig gewesen wären, um sie überhaupt in Gang zu setzen. Manchmal schaffte es auch Vater nicht.

Die Waschmaschine versagte unregelmäßig. Es war nie vorhersehbar, welcher Defekt wann auftreten würde. Mal saugte sie das Wasser nicht ab, beim nächsten Waschgang funktionierte die Pumpe wieder, dafür regte sich die Schleuder nicht. Das konnte bei einem erneuten Versuch klappen, und dann verrichtete sie ihre Arbeit zwei, drei Monate lang normal. In dieser Zeit bereitete die Maschine etwas besonders Hinterhältiges vor. Sie wartete nur auf die Gelegenheit, wenn die neuesten und besten Kleider in der Trommel lagen. Und schon spielte das Thermostat verrückt, die Hemden, Hosen und Pullover schrumpften um etliche Größen. Ein anderes Mal ließ die Maschine das Wasser völlig kalt. Ruth und ich wuschen unsere Lieblingsstücke nur noch mit der Hand.

So manches Wochenende verbrachte Vater im Keller, um das Gerät zu reparieren. Es half nicht immer. Wenn, dann nie lange.

Aber eine neue Waschmaschine wolle er nicht kaufen. Das erklärte uns Vater, als wir ihm dabei zusahen, wie er mit einem Holzlöffel die weiße Kochwäsche in dem riesigen Topf rührte, den früher bereits seine Mutter benutzt hatte. Ein neues Gerät könnten wir uns gegenwärtig nicht leisten. Außerdem müsse es nicht unbedingt besser funktionieren, die sogenannte Waschvollautomatik sei technisch noch nicht ausgereift und daher störanfällig, sagte er.

Vater legte unter dem Kessel Kohlen nach. Wenig später stiegen erste Blasen auf, der heiße Dampf verschlug uns den Atem.

Als Kind habe er sich hier einmal verbrüht, berichtete er, während er rührte. Kochendes Wasser sei ihm über das Bein geschwappt, daher die lange Narbe mit der Hauttasche. Rudolf habe ihn früher um dieses »eingebaute Portemonnaie« beneidet.

Vater rührte heftiger, er beugte sich tiefer über den Kessel. Ruth und ich sahen, was auch er entdeckt zu haben schien: die weiße Kochwäsche schimmerte rosa.

– Vielleicht liegt es an dem Licht, meinte er.

Wir schauten kurz zur nebelverhangenen Lampe. Dann hob Vater den Holzlöffel. Darauf hing ein roter Strumpf.

❖

Schon lange vorher graut ihr vor diesem Tag, Annelie hofft, daß er schnell vorbeigeht. Vielleicht könnten sie an jenem Wochenende eine Reise unternehmen, an die Ostsee oder nach Dresden, eine Stadt, die beide nicht kennen.

Arnold lehnt ab. Er habe zu arbeiten. In der Abendschule stünden Prüfungen bevor.

An diesem Tag aber sieht sie ihn kein einziges Mal am Schreibtisch.

Arnold will ausgerechnet heute die Dachziegel, die der Sturm schon vor Wochen abgedeckt hat, durch neue ersetzen.

Er gönnt sich keine Pause. Zum Essen muß sie ihn mehrfach rufen, kaum hat er den letzten Bissen im Mund, springt er schon wieder auf. Hinaus in den Garten, in den Keller, dann auf den Dachboden, kurz darauf läuft er noch einmal hinunter, in den Schuppen, wo sie ihn hämmern hört, und wieder hinauf.

Als Ruth eingeschlafen ist, steigt sie die Stiege hoch.

Sie weiß, daß er oben ist, gerade noch hat sie Schritte gehört. Im Dämmerlicht entdeckt sie ihn nicht sogleich.

Er steht auf einer Leiter, sein Kopf ragt aus dem Loch im Dach. Annelie schaut sich um, sie ist selten hier oben. Sie betrachtet den Balken, den Arnold ihr gezeigt hatte, kurz nachdem sie eingezogen war. Ein Kreuz ist an der Stelle eingeritzt, wo sich vor vielen Jahren seine Tante erhängt hat. Warum sie sich das Leben nahm, weiß er angeblich nicht.

Einige Minuten wartet sie. Arnold steht immer noch auf der Leiter, sie hört, wie er an den Ziegeln rückt. Annelie verläßt den Dachboden, ohne ein Wort mit ihm gewechselt zu haben.

Es ist bereits spät, als er endlich herunterkommt, müde und gereizt. Er will nicht reden.

Im Bett liegen sie lange wach, lauschen beide auf ihren Atem. Annelie ist sich sicher, daß auch Arnold an die Feier denkt. Nur wenige Kilometer von hier werden jetzt die vielen Gäste miteinander trinken, tanzen, lachen. Unerreichbar für sie: die Doppelhochzeit von Hilding und Rudolf in Westberlin.

❖

Vater ärgerte der unbewachsene Fleck in der ansonsten makellosen Rasenfläche. Häufig säte er Gras nach, harkte, düngte, sprengte. Doch die Stelle wuchs nicht zu. Sie konnte nicht zuwachsen, das wußte Vater nicht: Ich sprang von der Terrasse immer wieder darauf.

Vom Garten aus stieg ich die Treppe hoch. Jede der sechs Stufen hatte einen eigenen Klang. Hintereinander ergaben sie eine Tonfolge, man konnte hören, ob jemand heraufkam oder hinunterging.

Hinunter ging ich selten. Ich stieg immer wieder hoch und zwängte mich durch das enge Geländer. Einen Augenblick blieb ich so hocken: beide Fußspitzen über das Podest geschoben. Dann ließ ich mich fallen. Es klang dumpf, ich landete meist auf den Füßen. Sie summten, wenn ich sehr oft hintereinander gesprungen war, mein Kopf begann zu schmerzen, manchmal auch der Rücken und die Knie. Bis die Stauchung verschwand, konnte es viele Tage dauern.

Ich sprang nur, wenn mich dabei niemand sah. Nach der Schule, wenn Ruth und Vater noch nicht zu Hause waren. An den Wochenenden mußte ich die Gelegenheiten abpassen, wenn sie sich im Keller oder in der Küche aufhielten.

Einmal muß er mich heimlich beobachtet haben. Wütend kam er hinter der Hausecke hervor. Doch schon nach wenigen Sätzen wurde Vaters Stimme wieder ruhig. Ich solle an seinen Rasen denken, wozu mache er sich die Mühe.

Ich hatte es ihm nicht wegen des Rasens versprochen. Sondern weil ich über seine Entdeckung erleichtert war, ich glaubte, nun damit aufhören zu können.

Aber ich mußte wieder springen.

Vater redete noch einmal mit mir. Und noch einmal versprach ich, daß jetzt wirklich Schluß sei.

Die Stelle im Rasen blieb kahl.

Eines Tages erklärte Vater, daß wir zu einem Arzt gehen müßten. Den Termin hatte er bereits ausgemacht.

Die Psychologin hatte einen Oberlippenbart und eine riesige Brille. Sie lächelte kein einziges Mal. Während sie mir Fragen stellte, wartete Vater vor der Tür. Dann durfte er herein.

– Judith möchte ihrer Mutter folgen, sagte sie.

– Durch Sprünge aus anderthalb Meter Höhe?

Ich sah, daß Vater schwer schluckte.

– So sind kindliche Selbstmordversuche. Aber mir ist noch etwas aufgefallen.

Die Psychologin rückte ihre Brille zurecht. Mich schien sie gar nicht mehr zu beachten.

– Ihre Tochter hypostasiert das Haus.

– Sie macht was?

– Das ist nicht ungewöhnlich bei Kindern, die ihre Mutter früh verloren haben. Sie dichten die entbehrten mütterlichen Eigenschaften dem Haus an, in dem sie wohnen oder auch aufgewachsen sind. Es wird für sie zum Ersatz.

– Und was kann man dagegen tun?

– Wenn Ihre Tochter die nötige Zuwendung und Aufmerksamkeit erhält, geht das von selbst vorüber.

Vater nickte. Er legte mir eine Hand auf die Schulter und schob mich zur Tür. Dort drehte er sich noch einmal um.

– Eine Frage, sagte er. Hat es irgendwelche psychologischen Ursachen, wenn man nachts immer träumt, aus großer Höhe zu fallen?

Sie nahm ihre Brille ab.

– Das kann bedeuten, daß man Angst hat, im Leben zu scheitern. Haben Sie diese Träume?

Vater schob mich hinaus.

– Manchmal, sagte er und zog die Tür hinter uns zu.

❖

Über Ruth können sie nur staunen. Sie hat Torsten, der sechs Monate älter ist, längst überholt. Ruth ist viel eher gelaufen, hat viel eher gesprochen, und jetzt liest sie, mit ihren zwei Jahren, sogar schon einzelne Buchstaben. Arnold und Annelie wünschen und befürchten zugleich, daß sie ein Wunderkind ist.

Arnold muß Ruth an Zuwendung und Aufmerksamkeit vieles schuldig bleiben. Annelie versucht auszugleichen. Sie wird auch künftig nicht arbeiten gehen. Sondern sich die Arbeit nach Hause kommen lassen. Arnolds Gehalt ist nicht hoch, sie müssen mit jeder Mark rechnen. Gerade im Hinblick auf den geplanten Hausanbau.

Die Pakete, die nun regelmäßig eintreffen, enthalten Papiere. Aktenordner und Quittungsblöcke, in denen Listen zu vervollständigen sind, Annelie muß Summen ausrechnen oder nur überprüfen, seitenlange Abkürzungen ausschreiben, Blätter und Blöcke sortieren und in Kartons packen, die vorher zu falten und zu kleben sind. Selten werden von ihr rein mechanische Tätigkeiten verlangt, wie etwa Metallfedern über Vergaserringe spannen. Ruth findet das viel interessanter. Annelie erzählt ihr, was die Kleine doch noch nicht begreifen kann: daß diese Arbeiten normalerweise von Bewohnern von Pflegeheimen verrichtet werden. Sie ist froh, wenn man ihr, zumindest gelegentlich, ein wenig mehr zutraut.

Folgenschwerer als die stupide Heimarbeit, die sie täglich mehrere Stunden kostet, ist ihre Neigung, Fett anzusetzen. Annelie hat darunter bereits früher gelitten, eine Tatsache, über die Arnold nur lachen kann, denn er findet sie keinesfalls zu dick.

Ob sie ihre Beine in einer Flasche waschen wolle, fragte er gleich zu Beginn ihrer Bekanntschaft, als sich Annelie über ihre breiten Hüften und fülligen Waden beklagte.

Mittlerweile hält sie die Unzufriedenheit über ihren Körper vor ihm geheim. Obwohl sie nach Ruths Geburt noch einmal etliche Kilo zugenommen hat. Es fällt ihr schwer, die Reste auf Ruths Tellern nicht aufzuessen, Lebensmittel konnte sie noch nie wegwerfen, an die Hungerjahre erinnert sie sich. Nun aber ist der Kühlschrank randvoll. Sie öffnet ihn häufig, wenn sie sich von Ruth nicht beobachtet fühlt. Sie ißt nie viel, läuft aber immer gleich zur Waage im Schlafzimmer und betrachtet sich im Spiegel. Je unzufriedener sie mit ihrem Aussehen ist, desto mehr ärgert sie ihre Schwäche. Die Verzweiflung darüber wird Annelie nur mit einem Stück Schokolade oder einer

Scheibe Wurst los. Es ist ein Teufelskreis. Den sie endlich zu durchbrechen hofft: mit rezeptfreien Mitteln aus der Apotheke. Sie schluckt Appetitzügler.

❖

Eines Abends stürzte Marion herein. Sie klopfte nicht an, kam einfach ins Haus, völlig aufgelöst.

– Bruno ist abgehauen!

Vom Kinderzimmer aus sah ich Vater und sie im Korridor stehen. Marion trug einen Mantel und Hausschuhe, sie hatte keine Strümpfe an, dabei lag draußen Schnee.

– Vorhin kam ein Telegramm. Aus Westberlin.

Vater lehnte sich gegen die Wand.

– Angedroht hat er es schon öfter. Wenn wir uns gestritten haben, wenn ich gesagt habe, daß ich ihn verlassen will. Aber ich hätte nie gedacht, daß er tatsächlich …

Marion wischte die Tränen mit dem Ärmel weg.

– Torsten ist gerade eingeschlafen. Er weiß es noch nicht.

– Bruno, sagte Vater. Wie hat er das geschafft?

– Ob sie mir Torsten wegnehmen?

– Glaub ich nicht. Bruno ist weg. Im Westen.

Vater legte die Hände aufs Gesicht.

In der ersten Zeit war ich fest davon überzeugt, daß sie zurückkehren würde. Daß ihr Sarg bei der Beerdigung leer gewesen war, oder es hatte eine Verwechslung stattgefunden. In Wirklichkeit lebte Mutter noch, weder Ruth noch ich hatten sie tot gesehen, und Vater konnte sich getäuscht haben. Mutter würde zurückkehren. Weil sie bisher immer zurückgekehrt war.

Ich stellte mir vor, wie sie plötzlich wieder vor der Tür stand. Weil ich befürchtete, ihre Rückkehr zu verpassen, setzte ich mich ans Küchenfenster und ließ das Gartentor nicht aus den Augen. Auch nachts, wenn ich aufwachte, lief ich heimlich in die Küche, ich spürte, daß sich Mutter näherte, gleich würde sie dasein.

Irgendwann entdeckte ich in der Dunkelheit glimmende Punkte vor unserem Haus. Zuerst nur einen, dann zwei. Sie bewegten sich schnell über kurze Strecken, dann wieder schienen sie in der Luft zu stehen, und ihr rötliches Licht wurde stärker. Am folgenden Abend sah ich sie wieder, kaum daß es dunkel geworden war, am übernächsten auch. So lange hatte ich gehofft, Mutter würde mir ein Zeichen geben, daß ihre Rückkehr bevorstand. Nun war ich nur allzu bereit zu glauben, daß dieser Wunsch in Erfüllung gegangen war: die glimmenden Punkte hatte sie mir geschickt.

Spätabends, als Ruth bereits schlief, stand ich wieder auf. Vater saß im Wohnzimmer und sah fern. Ich schlich mich in die Küche ans Fenster. Ich wartete auf die Punkte, doch noch bevor ich sie entdeckte, kam Vater herein.

– Geh ins Bett, sagte er. Zu warten hat keinen Sinn. Mama kommt nie mehr wieder.

Ich wußte es natürlich besser. Und erzählte es ihm.

Vater schien mir auf Anhieb zu glauben. Er hörte mir zu, er lachte mich nicht aus, im Gegenteil. Er wollte genau wissen, wie oft ich die Punkte schon gesehen hatte, wann das erste Mal. Er zog einen Stuhl ans Fenster und nahm mich auf den Schoß.

Wir saßen lange in der dunklen Küche. Unsere Hände wärmten wir am Heizkörper, allmählich kühlte er aus. Draußen war nichts Auffälliges zu bemerken, ausgerechnet in dieser Nacht. Schließlich stand Vater auf und ging hinaus. Ich sah ihn mit einer Taschenlampe den Bürgersteig vor unserem Gartenzaun ableuchten. Dann kam er wieder herein und hielt mir seine Hand hin. Sie war mit Zigarettenkippen gefüllt.

Am übernächsten Morgen hatten Ruth und ich Ferien und Vater Urlaub. Es war noch sehr früh, als Stimmen uns weckten. Durch das kleine Fenster der Kinderzimmertür fiel Licht. Dann ging es aus, wir hörten die Haustür klappen. Ruth und ich rannten in die Küche. Draußen war es noch dunkel, dennoch sahen wir, wie Vater mit drei anderen Männern in ein fremdes Auto stieg. Sie fuhren weg.

Vater kehrte nicht wieder. Bis zum Abend, selbst in der Nacht warteten Ruth und ich am Küchenfenster. Erst am folgenden Nachmittag stand er vor unserem Gartentor.

Er war sehr müde. Er hatte überhaupt nicht schlafen können die ganze Zeit. Sie hatten ihn vernommen.

– Wegen Bruno?, fragte Ruth.

– Seine Flucht war nur der Anlaß, sagte er zögernd. Es ging um uns. Was wir vorhatten, als Mama starb, wäre schiefgegangen, das weiß ich nun. Sie müssen unseren Plan von Anfang an gekannt haben. Hätten sie uns geschnappt, wärt ihr beide in getrennte Heime gekommen, das war alles schon geregelt.

Vater zitterte.

– Ich verstehe nur nicht, sagte er, mehr zu sich, warum sie mit dem Verhör so lange gewartet haben. Wahrscheinlich dachten sie, wir würden es noch einmal versuchen, dann hätten sie uns auf frischer Tat ... Jetzt konnte ich alles abstreiten, sie haben nichts gegen mich in der Hand. Es ist ein Wunder, daß Hilding und Rudolf bei Mamas Beerdigung nicht verhaftet worden sind. Wir müssen sehr vorsichtig sein, hört ihr! Niemand darf davon erfahren! Habt ihr etwa jemandem erzählt, daß ich abgeholt worden bin?

Wir schüttelten die Köpfe. Nur Marion hatten wir einweihen müssen, weil uns kalt war und wir den Ofen nicht allein in Gang bekamen.

Vater ging noch am selben Abend zu ihr.

❖

Arnold wirbelt Annelie vor Freude herum. Ein Passierscheinabkommen ist unterzeichnet worden! Von nun an dürfen Westdeutsche wieder in den Osten einreisen, um ihre Verwandten zu besuchen.

Rudolf ruft sofort an. Er will erst die gute Nachricht loswerden: Er und Elvira hätten eine Wohnung in einer kleinen Stadt in Bayern gefunden, vom Wohnzimmerfenster aus blicke er auf die schneebedeckten Alpen, einfach zu schön, um wahr zu sein, auch seine neue Arbeitsstelle gefalle ihm sehr, das Gehalt wolle er lieber verschweigen, es sei unverschämt hoch. Nun die schlechte Nachricht: Er werde von dem Passierscheinabkommen vorerst keinen Gebrauch machen können. Es sei zu gefährlich. Rudolf befürchtet, wegen seiner Flucht am 13. August '61 eingesperrt zu werden.

Hilding kommt, in Begleitung seiner Gattin Gretel. Er läßt es sich nicht nehmen, sie selber durch das Haus zu führen. Jetzt lacht er über seine früheren Baufehler, klopft seinem Sohn auf die Schulter und erinnert ihn an Karls Ratschläge. Arnold kann sich an den einstigen Nachbarn kaum noch erinnern, er kennt ihn nur vom Hörensagen. Ob hier überhaupt noch welche von den alten lebten, will Hilding wissen, die meisten seien wohl abgehauen.

Arnold kommt es so vor, als wäre sein Vater nicht drei, sondern dreißig Jahre lang weggewesen. Er scheint dem Leben hier keine Träne nachzuweinen. Nicht einmal dem Haus, das er eigenhändig gebaut, nun aber wohl auch innerlich für immer verlassen hat.

– Heute, sagt Hilding, gehe es ihm besser denn je. Von der Pension, die er seit zwei Jahren erhalte, könne er jeden Monat noch etwas beiseite legen.

Er beobachtet, wie Arnold und Annelie die mitgebrachten Taschen auspacken. Zum Vorschein kommen mehrere Packungen Kaffee, Tortenguß, Obst in Dosen, für Ruth Schokolade und Spielzeug. Die Auswahl hat Gretel getroffen. Die Flasche Schnaps und die Zigaretten, die Vater und Sohn zügig aufbrauchen, habe sie aber nicht gekauft, versichert sie Annelie später, als Arnold und Hilding immer heftiger über Politik diskutieren. Dabei scheinen sich ihre Ansichten gar nicht wesentlich zu widersprechen. Annelie befürchtet, daß das Gespräch bis draußen zu hören ist. Man könne nie wissen, ob da einer mithorche, erklärt sie Gretel. Die beiden ziehen sich für den Rest des Abends in die Küche zurück. Gretel möchte unbedingt Annelies alte »Singer« ausprobieren, sie nähe leidenschaftlich gern. Das nächste Mal wolle sie Stoff und Schnitte mitbringen.

Sie kommen wieder, von nun an einmal im Monat, meist sonnabends. Dann hat Frieda das Feld besonders zeitig zu räumen. Außer, Hilding und Gretel sind für einige Wochen auf Gran Canaria oder in Tunesien. Einmal reisen sie in die Vereinigten Staaten, zu Hildings Schwester Minna. Bei ihrem nächsten Besuch im Osten bringen sie eine Miniatur der Freiheitsstatue mit. Arnold stellt sie zu den bereits früher erhaltenen Souvenirs in die Vitrine.

– Wenn ich damals zu Minna nach New Jersey ausgewandert wäre, sagt er zu Annelie, hätten wir uns nie kennengelernt.

❖

Ruth und ich waren vorbereitet: Wenn wir morgen vom Unterricht nach Hause kämen, würde Mutter mit ihrem Invalidenpaß schon nach Westberlin gefahren sein. Wir sollten unsere Faschingskostüme anziehen und am Nachmittag zum Schulkarneval gehen. Aber auf jeden Fall um neunzehn Uhr wieder zu Hause sein. Dann würden wir beide je eine Tablette »Faustan« erhalten. Mutter nahm das Beruhigungsmittel regelmäßig, um ihre Hustenkrämpfe zu lösen. Sie fand, daß eine halbe für jede von uns genügte. Damit wir noch fähig waren, in den Kofferraum eines Autos zu steigen. Dort könnten wir ruhig schlafen, sagte Vater. Wenn wir aufwachten, würden wir bei Mutter und Hilding und Gretel sein. Nur anmerken lassen dürften wir uns vorher, in der Schule, absolut nichts.

Kaum waren wir zu Hause, probierten wir unsere Faschingskostüme an. Mutter hatte sie von einer Nachbarin anfertigen lassen. Durch die Krankheit war das Feingefühl in ihren Fingern fast verschwunden, zum Nähen reichte es nicht mehr aus.

Ruth war eine orientalische Prinzessin. Mit blauen Pluderhosen und Tunika tanzte sie vor dem Spiegel im Schlafzimmer. Ich durfte sie jetzt nur noch »Suleika« nennen, wie das schöne Vorbild aus den Comic-Heften »Mosaik«. Auch mein Kostüm war aus Tüll. Ich wurde darin zur rotgelben Rose, von Blättern umhüllt.

Gerade hüpfte ich durch den Korridor, um festzustellen, ob ich mich als »Gloria Dei« noch ausreichend bewegen konnte. Da kam Vater herein.

Er ging an uns vorbei in die Küche.

– Es ist etwas Schreckliches passiert, sagte er.

Ruth und ich sahen uns an. Wir wußten, daß es um Mutter ging. Wir hatten sie beim Nachhausekommen nicht vermißt, weil sie ja schon im Westen sein sollte. Und auf uns wartete. Mit Mutter war etwas Schreckliches passiert. Das Schrecklichste überhaupt.

Vater stand am Küchenfenster.

– Heute morgen, ihr wart gerade zur Schule gegangen, hat sie mich im Betrieb angerufen. Ich kam gleichzeitig mit dem Notarzt vor unserer Haustür an. Sie wurde sofort eingeliefert. Ich war bis zum Schluß bei ihr.

Vater sah hinaus, er sah uns nicht an. Aber Ruth sah mich und ich sah Ruth an. Ihre Lippen formten das Wort, lautlos formten es auch meine: »tot«.

Ich lief in den Keller. Ich hockte mich vor den Ofen und hielt meine Hände in die Wärme. Das Feuer war fast heruntergebrannt. Tief unten lagen noch einige Kohlestücke. Sie glühten gelb und rot. Heute früh, bevor wir zur Schule gingen, hatte ich Mutter beim Heizen zugesehen. Jetzt sollte sie nicht mehr leben. Aber das Feuer, das sie gelegt hatte, brannte noch.

Um neunzehn Uhr warf Vater eine Münze. Aber er warf nicht nur einmal, sondern oft. Kurz vor Mitternacht sagte er uns, daß er das Zeichen verstanden habe.

Ruth und ich erhielten jede eine halbe Tablette »Faustan«. Um die Beerdigung leichter zu ertragen.

Zur Besinnung kamen wir erst, als das Schlimmste vorbei war. Im gemieteten Festsaal, wo es Suppe und danach Kaffee und Kuchen gab. Natürlich nur für diesen Zweck geeignete trockene Sorten, ohne Sahne. Erst da löste sich unsere Benommenheit. Überhaupt wich die Stille, die am Vormittag auf der dunkel gekleideten Gesellschaft gelastet hatte. Hier und da wurde nun der Knoten einer schwarzen Krawatte gelockert, ein verdeckter Bundknopf geöffnet und erleichtert aufgeatmet. Auch die verweintesten Gesichter begannen zaghaft zu lächeln. Denn alles in allem war es doch eine Erlösung. Für Annelie. So hörte ich sie leise miteinander reden, während sie immer häufiger die Plätze wechselten und die Gläser leerten. Etwas später schallte das erste Lachen durch den Gaststättensaal.

Hilding stand hinter Vater. Er legte eine Hand auf seine Schulter, die andere auf Rudolfs. Vor dreizehn Jahren hatten sich die beiden zum letzten Mal gesehen. Als Vater seinem Bruder zur Flucht verhalf.

Ich kannte ihn zwar von Photos. Dennoch enttäuschte mich nun, daß Rudolf gar nicht wie Vaters Zwilling aussah. Ähnlich waren nur ihre Augen, auch die Haarfarbe. Seine Erscheinung war die eines Riesen, dabei sprach er merkwürdig singend, und viele seiner Wörter hatte ich noch nie gehört. Am meisten befremdete mich aber, daß er als Mann Parfum benutzte. Ich konnte nicht »du« zu ihm sagen, auch »Onkel Rudi« fiel mir schwer. Ich versuchte, die Anrede zu umgehen. Ebenso bei seiner Frau, die sich mir, mit einem Kuß, als »Tante Elvira« vorgestellt hatte.

Vater stellte erstaunt fest, wie verändert sie aussehe. Rudolf sagte laut, daß sie seit ihrer Heirat sage und schreibe fünfzig Kilo zugenommen habe. Er sei mit den Jahren auch nicht dünner geworden, erwiderte Elvira, genauso laut. Sie wolle aber gern zugeben, nach der schwierigen Geburt ihrer Tochter, die wegen der Schule leider nicht habe mitkommen können, etwas fülliger geworden zu sein. Falls sie einmal krank werden sollte, hätte sie wenigstens was zuzusetzen.

– Und früher warst du immer so stolz, flüsterte Vater, daß du mit den Händen um ihre Taille herumfassen konntest.

– Das schaffe ich jetzt nicht mal mehr mit den Armen, meinte Rudolf. Das ist ein dickes Problem.

Er dachte wohl, ich hörte nicht zu.

– Aber jetzt mal zu dir, Arnold. Willst du immer noch rüber?

Vater schenkte Cognac in ihre Gläser nach.

– Daß Annelie genau an dem Tag sterben würde, an dem die Aktion laufen sollte, sagte Rudolf, damit konnte ja keiner rechnen. Aber du mußt jetzt überlegen, ob du es noch mal probieren willst. Red mal mit Hilding darüber. Der wartet, daß du ihn ansprichst. Er hat zwei Drittel der Summe schon bezahlt. Die Schleuser wären wohl in den nächsten ein, zwei Wochen bereit …

– Ich weiß nicht, sagte Vater.

– Was hält dich denn noch? Du mußt dich doch längst von allem hier verabschiedet haben.

– Nicht von ihr.

– Meinst du ihr Grab? Da gehst du in einigen Jahren ja doch nicht mehr hin.

Sie griffen beide nach ihren Gläsern und tranken. Ich spürte, daß Vater zu mir sah. Ich tat so, als hörte ich Elvira und Ruth zu, die links von mir saßen.

– Mir kann es ja egal sein, meinte Rudolf. Ich hänge, im Gegensatz zu dir, mit keiner Faser mehr am Osten. Und ich sage dir, daß sich das auch nicht lohnt.

Sie zündeten sich gegenseitig Zigaretten an. Elvira bemerkte es und schimpfte mit Rudolf, nur kurz.

– Ich könnte dir eine Stelle besorgen. Vielleicht nicht in Westberlin, wir werden sehen. Beruflich bist du jetzt im besten Alter. Der Markt ist dicht, aber deine Erfahrungen und die Qualifikation zählen. Länger solltest du nicht warten. Für deine Mädchen wäre es bestimmt auch besser. Woanders kämen sie wahrscheinlich leichter über Annelies Tod hinweg. Arnold, du solltest dir einmal nicht vorwerfen müssen, sie um ein freieres Leben gebracht zu haben.

– Ich denke ja an die beiden, rechtfertigte sich Vater. Aber ich habe irgendwie das Gefühl, daß das mit Annelie kein Zufall ist. Erinnerst du dich noch, als ich damals in die USA auswandern wollte? Kurz vorher starb Mutter. Mir kam das wie ein Einspruch vor: daß ich nicht gehen sollte. Ein paar Jahre später brachte mich Annelie dazu, unsere Hochzeitsreise nach Italien abzusagen, wegen ihrer Mutter. Sonst wären wir noch vor dir im Westen gewesen. Und jetzt hat sie auch diesen Plan durchkreuzt. Mit ihrem Tod. Ich soll eben hierbleiben, anders kann ich das nicht sehen. Dabei zweifle ich keine Sekunde daran, daß Mutter und Annelie mein Bestes gewollt haben, vielleicht ahnten sie eine Gefahr …

Rudolf lachte. Er zündete sich eine neue Zigarette an, er gab Vater keine.

– Mach, was du willst, sagte er. Ich kann deine Deutungen nicht teilen. Für mich sind all diese Geschehnisse nichts als ungünstige Zufälle.

❖

Arnold ist Ingenieur! Die Prüfungen und die Abschlußarbeit hat er sehr gut bewältigt und behauptet jetzt, daß ihm das auch noch Spaß gemacht hätte. Annelie widerspricht nicht, obwohl es ihr leichtfallen würde, dieser Aussage eine Reihe anderer entgegenzustellen, die ihm gerade in den letzten Wochen häufig über die Lippen gekommen waren.

Die Qual ist vorbei, diese Dreifachbelastung von Studium, Beruf und Haus gehört ab jetzt der Vergangenheit an. Annelie ist glücklich und stolz. Sie fühlt, daß nun alles einfacher werden wird. Arnold hat bereits eine besserbezahlte Stelle angeboten bekommen. Er soll Technischer Bereichsleiter in seinem Betrieb werden, künftig mehr Verantwortung tragen. Annelie glaubt, daß es für ihn genau das Richtige ist, er wird sein Wissen unter Beweis stellen können, längst fällige Bestätigung erhalten. Und er wird endlich aufhören, sich so in sich zurückzuziehen. Die Abende können sie nun wieder gemeinsam verbringen, auch vor dem neuen Fernseher, den sie sich zum bestandenen Abschluß gekauft haben: ein modernes Gerät auf vier Holzbeinen, wie ein Schrank.

– Von nun an geht es aufwärts!, sagt sie zu ihrem Spiegelbild und streicht sich über ihre Hüften. Im Schubfach der Damenkommode liegen die Appetitzügler. Annelie schluckt fünf Stück. Dann hebt sie den schweren Flacon aus gelbem Kristallglas in Ohrhöhe und drückt den Gummiball; Parfum stäubt auf ihre Haut.

– Jetzt geht es aufwärts, wiederholt sie, als sie sich das Haar frisiert. Und noch einmal beim Tuschen der Wimpern, was für sie ungewohnt ist, denn ihre Wimpern sind von Natur aus dunkel und lang. Auf Lidschatten verzichtet sie, auf Lippenstift nicht, denn der paßt genau zur Farbe des Kleides, das sie sich extra für diesen Abend genäht hat. Scharlachrote Giorgette, ein kostbarer Stoff, den ihr Gretel mitgebracht hatte. Annelie mußte sich überwinden, ihn zu zerschneiden.

Für Arnold ist das neue Kleid eine Überraschung, natürlich muß sie ihn erst darauf aufmerksam machen. Denn er hat nur Augen für sein Hemd, seinen Anzug und seine Krawatte. Sie spöttelt, daß der Abschlußball für ihn aufregender als die Prüfungen sei. Er nimmt sie in den Arm, streichelt ihr dichtes, lockiges Haar, so zärtlich, daß sie bedauert, jetzt nicht zu Hause bleiben zu können. Doch Frieda wird gleich erscheinen, sie soll heute abend auf Ruth aufpassen.

– Schau mal, sagt Annelie, meine Fingernägel!

– Du lackierst sie, stellt er fest.

– Sie verformen sich!

Er betrachtet sie genauer.

– Die sind ja ganz wellig.

Vielleicht sollte ich sie bügeln, lacht sie und pustet kräftig gegen den frischen Lack.

Arnold kann endlich damit beginnen, zum Garten hin einen zusätzlichen Raum und eine Terrasse an das Haus anzubauen, wie Hilding es früher geplant hatte. Ruth soll ein eigenes Zimmer erhalten. Vorerst. Denn Annelie möchte unbedingt noch ein Kind. Sie verspricht Arnold einen Jungen.

❖

Mutter kam immer häufiger ins Krankenhaus. Vater redete mit dem Arzt. Erst Jahre später erzählte er Ruth und mir von dem Gespräch.

Er hatte reinen Wein gewollt. Der Stationsarzt, ein Spezialist für Lungenfragen, schenkte ihn ihm ein.

Annelies Krankheit sei unheilbar.

Wie lange noch?

Der Arzt hob seine Hände.

Er könne das beim besten Willen nicht sagen. Vielleicht zehn Jahre. Vielleicht nur noch eins.

Und wirklich keine Hoffnung? Keine Medikamente, nichts?

Die Lungen seien von der Fibrose sehr angegriffen. Zumal der kindliche Typhus im Krieg vermutlich nie richtig ausgeheilt sei, später habe sie eine Bauchfellentzündung verschleppt. Nun könne man nichts mehr machen.

Wirklich gar nichts?

Nicht mit den Mitteln, die uns hier zur Verfügung stehen.

Aber woanders könnte man sie retten? Gäbe es Medikamente im Westen? Wir haben Verwandte, die das besorgen würden.

Ob das noch helfe ... Selbst bei einer kontrollierten Dauerbehandlung könne wohl niemand einen Erfolg garantieren.

– Weiß meine Frau, wie es um sie steht?

– Nein. Ich überlasse es Ihnen, ob Sie es ihr sagen.

Zuerst dachte Vater: Ich muß es ihr auf jeden Fall sagen, Annelie hat ein Recht darauf zu erfahren, wie es um sie steht. Er wollte eine günstige Gelegenheit abpassen. Erst einmal sollte sie aus dem Krankenhaus entlassen werden.

Aber als sie dann zu Hause war, wirkte Mutter so unbeschwert und lebensfroh, sie lachte viel, wie früher. Er konnte es ihr nicht sagen. Er schob es vor sich her.

Zehn Jahre. Oder nur noch eins. Oder vielleicht dreißig, wenn sie sich im Westen behandeln ließ. Mutter durfte ja seit einiger Zeit dorthin fahren. Sie hatte einen Invalidenpaß.

Vater wollte ihr vorschlagen, bei einem ihrer nächsten Besuche drüben zu bleiben. Weil nur dort Aussicht auf Heilung für sie bestand. Doch ihm war klar, daß sie es dort ohne uns kaum zwei Wochen aushalten würde. Erst recht nicht für die Dauer der Behandlung, »Dauerbehandlung« hatte der Arzt gesagt.

Vater mußte immerzu daran denken: zehn Jahre oder

eins. Oder dreißig. Aber er weihte Mutter nicht ein. Er begann zu trinken.

Einmal nahm er sich vor, Bruno alles zu sagen. Er hätte keinen Ton von sich geben, nur die Lippen bewegen müssen. Aber dann dachte Vater, daß es so lange her war, seit sie sich das letzte Mal, nicht nur als Nachbarn, getroffen hatten. Er traute sich nicht zu ihm hin.

Er bat Hilding um Hilfe. Ein Gespräch unter vier Augen, sie trafen sich, ohne Mutters Wissen, in einem Restaurant. Auch da sagte Vater nicht, wie schlimm es um sie stand. Nur, daß wir vier schnell in den Westen müßten.

Hilding schien nur auf ein Wort gewartet zu haben. Er war sofort bereit, eine Möglichkeit zu finden. Und zu bezahlen.

Sie trafen sich wieder. Um alles zu besprechen. Hilding hatte inzwischen mit einer Fluchtorganisation Kontakt aufgenommen. Diplomaten gehörten dazu, die Menschen in ihren Autos in den Westen schmuggelten. An den Grenzübergängen wurden sie, aufgrund ihres politischen Status, nicht kontrolliert.

Vater wollte Mutter erst einweihen, wenn der Termin feststand. Aber sie schöpfte Verdacht. Seine heimlichen Treffen, glaubte sie, hätte er mit einer anderen Frau.

Mutter machte nicht ihm, sondern sich selber Vorwürfe. Weil sie krank war. Ihn treffe keine Schuld, sagte sie Vater, sie würde an ihrem Vertrauen zu ihm niemals zweifeln, es sei eben alles verständlich, sein gutes Recht. Sie fühle sich durch ihren Zustand, der kaum besser werden wolle, lange schon wertlos, besonders als Frau. Nie habe sie eine Last für andere sein wollen, das sei das Schlimmste gewesen, was sie sich für ihr Leben hatte vorstellen können, doch nun sei es dazu gekommen, und jetzt klage sie auch noch über ihr Leid. Vater habe mit ihr Pech gehabt.

Jetzt mußte er es ihr sagen. Aber er sprach nur von den Treffen mit Hilding und von dem Plan.

Mutter hielt das Ganze für viel zu gefährlich, vor allem für Ruth und mich, und er könne im Gefängnis landen, ob es das wert sei.

Er sprach von den Medikamenten im Westen, von der Dauerbehandlung. Er sagte nicht: ein Jahr oder zehn. Sondern: du wirst damit sehr alt werden können.

Aber sollen drei ihr Leben aufs Spiel setzen, damit eine es erhalten kann?

Diese Hoffnung teilen wir alle vier.

Ob der Arzt wirklich gesagt hatte, daß sie im Westen geheilt werden könne.

So habe er sich ausgedrückt, sagte Vater.

Später erzählte er Ruth und mir, daß ihm selber nicht klar gewesen sei, ob er Mutter dabei belog. Er hatte so oft über das Gespräch mit dem Arzt nachgedacht und mit niemandem darüber geredet; seine Erinnerung daran schien sich seinem Wunsch angepaßt zu haben. Wie es wirklich gewesen sein muß, fiel ihm erst wieder ein, nachdem dieser Wunsch bezuglos geworden war.

Mutter mußte erst noch einmal ins Krankenhaus kommen, bevor sie in den Plan einwilligte. Dennoch fing sie immer wieder davon an, ob sie hier wirklich alles aufgeben sollten, das Haus vor allem, und Ruth und ich hätten uns gerade in der Schule eingelebt, wir müßten unsere Freunde verlassen. Und dann die Gefahr! Alles nur ihretwegen.

Sie hatte unserer Flucht zugestimmt, und sie dann doch verhindert. Indem sie vorher ging. Geblieben war ihr kaum ein Jahr.

❖

Das mit den Fingern ist unangenehm. Die Nägel wuchern nach oben, bis sie spröde werden und sich flache Hornschichten ablösen. Annelie bleibt überall hängen. Die wertvollen Feinstrumpfhosen, die ihr Hilding und Gretel mitgebracht haben, zerreißen bereits beim Anziehen, bei der Reparatur nimmt sie ihr selten jemand ab. Das Mittel, das ihr gegen Nagelpilz verschrieben wurde, schlägt nicht an. Im Gegenteil wird nun auch die Haut an den Fingerkuppen dicker, wodurch das Feingefühl verlorengeht. Sie spürt nicht mehr, wenn sie eine Stecknadel hält. Aber damit läßt sich irgendwie leben, schlimmer empfindet sie, was sie vor einigen Wochen entdeckt hat und seither vor sich selber zu verbergen versucht. Denn vielleicht ist es ja nur Einbildung, bestimmt aber vorübergehend – daß ihr nun auch die Haare ausfallen. Morgens, nach dem Aufstehen, sieht

Annelie sie auf dem Kissen liegen, und beim Kämmen zieht sie sie strähnenweise aus der Kopfhaut. Vor Schreck wird ihr schlecht, fast fällt sie in Ohnmacht. Sie blickt in den Spiegel, entsetzt darüber, wie entsetzt sie blickt. Ausgerechnet ihr Haar! Darauf war sie immer besonders stolz gewesen. Es sah nie so aus wie bei anderen, früher hatte sie manchmal geflucht, denn die Locken waren störrisch und ließen sich kaum frisieren.

Der Anbau macht Fortschritte. Arnold ist fleißig, ihm gefällt diese Arbeit. Er könnte glücklich sein, wäre da nicht die Sorge um Annelie. Als sie zu husten anfängt, fällt ihm Hildings Spruch ein: »Was von allein kommt, geht auch von allein wieder.«

Ihr Husten wird schlimmer und quält nun auch nachts. Was ihr unangenehm ist, weil sie Arnold dadurch weckt. Er soll am Morgen ausgeschlafen zur Arbeit fahren.

Sie versucht, die krampfartigen Anfälle abzuwürgen, indem sie ein Taschentuch auf den Mund preßt und sich auf ihren Atem konzentriert. Wenn es nicht gelingt, drückt sie ihr Gesicht beim Husten fest ins Kopfkissen. Doch ihr Körper wird dabei so stark geschüttelt, daß das Ehebett wackelt.

Arnold sagt nie ein Wort. Sie kann es hören, ob sie ihn geweckt hat. Manchmal seufzt er oder atmet heftig aus. Wenn sie in derselben Nacht zum dritten oder vierten

Male das Licht einschalten muß, um die Tabletten gegen Bronchitis zu nehmen, die ihr ein Arzt verschrieben hat, greift er kurz nach seinem Wecker, stopft das Kissen unter seinen Kopf und dreht sich schwungvoll zur Seite.

Annelie schlägt vor, ins Wohnzimmer zu ziehen. Für Arnold kommt das nicht in Frage. Außerdem würde sie dann Ruth, die während des Umbaus dort schläft, mit ihrem Husten stören.

❖

Ruth sollte ein Jahr früher eingeschult werden. Weil sie bereits mit fünf lesen und schreiben konnte. Mutter war dagegen. Sie wollte ihr die unbeschwerte Kindheit nicht verkürzen. Als Ruth dann, mit sieben, in die Schule kam, schlug ihre Klassenlehrerin nach wenigen Wochen vor, sie ein Schuljahr überspringen zu lassen. Weil der Stoff sie offensichtlich unterfordere. Wieder war Mutter dagegen. Diesmal lag es an der netten Lehrerin. Ruth hätte, in der nächsthöheren Klasse, eine andere bekommen. Eine, die womöglich in der Partei gewesen wäre, und bei der sie immer hätte aufpassen müssen, nicht zu verraten, daß wir zu Hause Westfernsehen schauten.

Als ich in die Schule kam, mußte ich wegen des Fernsehens ebenfalls aufpassen. Die Lehrer erkundigten sich häufig nach dem Sandmann des vorherigen Abends. Weil der im Westsender immer andere Fahrzeuge als der im

Osten benutzte, bekamen sie leicht heraus, welche Eltern ihre Kinder »staatsfeindlich« erzogen. Eine Klasse zu überspringen, davon war bei mir nie die Rede.

Mutter hatte die Heimarbeit aufgeben müssen, einige Male schon war sie im Krankenhaus gewesen. Sie nahm viele Medikamente, unter anderem »Prednisolon«. Dadurch schwemmte sie auf, vor allem ihr Bauch, die Hände und das Gesicht. Sie hatte Mühe, ihre Finger einzuknicken, so gespannt war die Haut, in den Spiegel wollte sie gar nicht mehr schauen. Sie kam sich entstellt vor. Zum Glück verdiente Vater mittlerweile recht gut. Denn die Invalidenrente, die Mutter von der Sozialversicherung erhielt, war nicht der Rede wert.

Um in der DDR invalidisiert zu werden, müsse man seinen Kopf schon unter dem Arm tragen. Das hatte Mutter früher manchmal zu Gretel und Hilding gesagt, wenn sie bei uns zu Besuch waren. Nun könne sie ihren Kopf unter dem Arm zu Hilding und Gretel tragen, sagte Mutter und betrachtete ihren Invalidenausweis. Durch ihn war sie gewöhnlichen Rentnern gleichgestellt, sie durfte nun für dreißig Tage im Jahr in den Westen. Einmal pro Jahr erhielt sie dort dreißig DM Begrüßungsgeld, zusätzlich durfte sie fünfzehn DDR-Mark im Verhältnis eins zu eins umtauschen.

Mutter fuhr morgens allein zum Grenzübergang Friedrichstraße, Vater holte sie von dort spätabends wieder ab.

In der Zwischenzeit war sie bei Hilding und Gretel, denn den ganzen Tag herumlaufen, das konnte sie nicht mehr. Bei den beiden war sie immer willkommen. Allerdings nicht mit Frieda, die zur gleichen Zeit berentet worden war. Hilding und Gretel halfen Mutter bei Besorgungen, sie fuhren sie im Auto durch die Stadt, zum Ku'damm, zur Potsdamer Straße oder an den Wannsee. Natürlich gaben ihr die beiden auch Geld. Denn ihres hätte für die vielen Geschenke, die sie Ruth und mir jedesmal mitbrachte, nicht ausgereicht.

Vater holte Mutter von der Friedrichstraße ab, wenn wir schon im Bett lagen. Meistens schliefen wir noch nicht, wenn sie heimkamen. Aber wir taten so. Vom Korridor her fiel Licht durch das kleine Fenster unserer Tür, wir hörten ihre Stimmen und Schritte. Es dauerte nie lange, bis Mutter auf Zehenspitzen zu uns hereinkam. Wir blieben reglos liegen, wenn sie uns übers Haar. Sie verteilte die knisternden Geschenke auf unseren Tischen, damit wir sie morgen früh, beim Aufwachen, gleich entdeckten. Kaum hatte Mutter die Tür wieder hinter sich zugezogen, stiegen Ruth und ich aus den Betten. Wir schalteten kein Licht ein, weil es draußen zu sehen gewesen wäre. Der Schein, der vom Korridor hereinfiel, reichte aus, um festzustellen, was sie uns diesmal mitgebracht hatte. Süßigkeiten, die wir sofort probierten, Barbie-Puppen, Filzstifte, Kleidung.

Einmal, als Mutter nach einem Besuch im Westen nachts

in unser Zimmer kam, blinzelte ich. Und war entsetzt. Mutter hatte plötzlich langes blondes Haar.

Am nächsten Morgen sah sie wieder völlig normal aus. Im Schlafzimmer entdeckte ich einen weißen Styroporkopf mit langem blondem Haar. Es sei Gretels Idee gewesen, sagte Mutter, die hätte von Natur aus dünnes Haar und trage schon seit langem eine Perücke. So eine schöne Echthaarperücke sei im Osten natürlich gar nicht zu haben. Trotzdem setzte Mutter sie nie wieder auf. Vater machte es nichts aus, ihre Kopfhaut schimmern zu sehen, er überredete sie, die langen blonden Haare wieder zu verkaufen.

Mutter gab in der Tageszeitung eine Annonce auf. Darin durfte allerdings kein direkter Hinweis enthalten sein, woher die Perücke stammte; der Handel mit Westprodukten war streng untersagt. Es meldeten sich viele Interessentinnen, die die verschlüsselte Anzeige verstanden hatten. Von nun an kehrte Mutter immer mit einer Perücke aus dem Westen zurück. Fremde Frauen probierten sie vor dem großen Spiegel in unserem Schlafzimmer aus. Oft sah ich ihnen dabei zu. Früher oder später erkundigten sie sich alle, wozu die riesigen Metallflaschen in der Ecke neben dem Bett standen. Mutter erklärte dann immer, daß sie bei Atemnot Sauerstoff inhalieren müsse. Zu Vater sagte sie einmal, sie sei froh über diesen offenkundigen Beweis ihrer Invalidität. Weil er das Mißtrauen der Frauen ausräume, daß sie in den Westen reisen dürfe.

Mutter bekam häufig Atemnot. Sogar auf der Straße, wenn wir einkaufen gingen. Dann mußte sie sich sofort hinsetzen, wenn nötig, auf den Bordstein. Ihre Lippen waren blau, es schien, als wollte sie die Luft in vielen kleinen Schlucken trinken. Erst wenn die Schlucke größer wurden, konnte sie wieder aufstehen und langsam weitergehen.

Auch zu Hause bekam sie Erstickungsanfälle. Einmal hatte sie gerade einen unserer Teppiche in den Garten geschafft. Sie wollte ihn ausklopfen, hörte aber schon nach wenigen Schlägen wieder auf. Der Teppichklopfer fiel ihr aus der Hand, gebeugt schleppte sie sich zur Terrassentreppe. Mit den Armen zog sich Mutter hoch, sie hechelte wie ein Hund, dabei pfiff es leise. Bis ins Schlafzimmer versuchte ich sie zu stützen. Sie griff nach dem Hahn einer Sauerstoffflasche, hatte aber nicht die Kraft, ihn zu öffnen. Mit beiden Händen zog ich daran, Mutter schob sich das Schlauchende zwischen die blauen Lippen. Bevor sie nach einigen Minuten wieder zudrehte, blies sie mir, mit einem Lächeln, ein wenig Luft ins Gesicht.

Nachts hörten Ruth und ich Mutter manchmal weinen. Das Schlafzimmer lag neben unserem. Sie redete mit Vater, aber wir verstanden nichts. Noch viel öfter hörten wir sie nachts husten. Davon wachten wir immer auf.

Mutter kochte gern. Besonders, wenn sie neue Rezepte und alle erforderlichen Zutaten hatte. Vieles ließ sie sich von Hilding und Gretel mitbringen. Täglich versorgte sie auch eine alte Nachbarin, die schräg gegenüber wohnte. Mutter füllte von unserem Essen etwas ab, ich trug den Topf zu der Frau, die ihr Haus nur noch selten verließ.

Ihr selber ging der Appetit zunehmend verloren. Mutter bekam nur mit Mühe einige Bissen herunter. Schon beim Kochen wurde ihr übel. Sie wollte es nicht zugeben, aber ich hatte es längst bemerkt. Schließlich entdeckte auch Vater, daß sie zwischen Herd und Toilette pendelte. Sie behauptete, es sei sonst nie so schlimm. Vater schien ihr nicht zu glauben. Zumindest an den Wochenenden kochte von nun an er.

❖

Arnold und Annelie sitzen auf ihrer neuen Terrasse. Vor wenigen Tagen wurden die transparenten Kunststoffplatten geliefert, nur halb so viele, wie sie haben wollten, weshalb Arnold nicht die gesamte Fläche überdachen konnte. Aber Tisch und Stühle sind nun vor Regen geschützt.

Heute ist der Himmel klar, erste Sterne leuchten. Der Flieder neben der Terrasse duftet, Ruth schläft bereits.

Annelie polkt sich die brüchige Haut von den Fingerkuppen. Arnold schlägt ihr sacht auf die Hände. Das Rätsel um ihre wuchernden Nägel ist inzwischen gelöst. Es ist kein Pilz, wie ursprünglich angenommen, sondern eine Auswirkung ihrer angegriffenen Lungen.

– Früher hätte ich mich gefreut, so schlank zu sein, sagt sie und streicht sich über ihre flachen Hüften.

– Du wirst schneller wieder zunehmen, als dir lieb ist.

Arnold öffnet sich ein Bier. Er trinkt täglich, vor dem Zubettgehen, eine oder zwei Flaschen. Um besser schlafen zu können, wenn sie hustet.

– Es ist noch nicht mal zu sehen, daß ich schwanger bin. Hoffentlich schädigen die Medikamente das Kind nicht.

– Die Ärzte werden schon wissen, was sie dir geben.

– Glaubst du, daß der Anbau bis zur Geburt fertig ist?

– Ich müßte es schaffen.

– Manchmal überlege ich, sagt sie, was gewesen wäre, wenn wir die Reise nach Italien damals nicht aufgeschoben hätten. Vielleicht wären wir ja trotzdem zurückgekehrt.

Er reißt das Etikett der Flasche in kleinen Streifen ab.

– Möchtest du immer noch rüber?

Arnold wendet den Kopf zum Nachbarhaus, als wolle er sich versichern, daß niemand lauscht.

– Jetzt ist daran sowieso nicht zu denken, sagt er.

❖

Ich kann mich erinnern, wie es war, als Mutter das erste Mal ins Krankenhaus kam. Zwei Männer trugen sie frühmorgens aus dem Schlafzimmer, das Auto fuhr mit Blaulicht ab. Vater hatte sie nicht begleiten können. Er mußte sich um Ruth und mich kümmern.

An diesem Morgen ging alles drunter und drüber. Vater wußte nicht, wo frische Kleider für uns lagen, wir zeigten sie ihm. Beim Anziehen kämpfte er mit verdrehten Strumpfhosen und Pullovern, die ihm viel zu klein vorkamen, er zwängte uns die engen Halslöcher über, ohne sie vorher aufzuknöpfen. Was wir zum Frühstück aßen und tranken, wußte er auch nicht. Ruth und ich verlangten warmen Kakao, wir lachten, als die Milch überkochte und Vater den Herd reinigen mußte. Immer öfter schaute er auf die Uhr, ausgerechnet heute hatte er pünktlich bei einer wichtigen Besprechung zu sein. Er versuchte noch, uns zu kämmen. Wir wollten beide geflochtene Zöpfe, am liebsten Affenschaukeln, das konnte Vater nicht. Er gab schon bei Ruth auf. Dabei war ihr Haar nicht so lang und so kraus wie meines. Er setzte uns vor dem Kindergarten ab. Und ließ ausrichten, daß uns die Frauen dort, bitte schön, die Haare kämmen sollen.

Zwei Wochen später kehrte Mutter endlich zurück. Von nun an stand sie zwar wieder früh auf, aber den Tag über mußte sie sich öfter hinlegen. Wenn ich vom Kindergarten nach Hause kam, leistete ich ihr Gesellschaft. Ob sie nun in den Keller ging, um zu heizen, oder in den Garten, um Wäsche aufzuhängen: ich begleitete sie. Selbst wenn sie sich ins Bett legen mußte, um auszuruhen, kroch ich unter ihre Decke. Mutter streichelte stundenlang meinen Rükken mit ihren rauhen Fingerkuppen. Dabei erzählte sie mir Geschichten. Fast immer erzählte sie, daß jemand von zu Hause fortging, auf Wanderschaft oder auf Reisen. Manchmal müsse man verlassen, was einem lieb geworden sei, sagte Mutter, auch Menschen, die einem alles bedeuteten. Selbst wenn man wüßte, daß man nie wieder zurückkehren kann.

❖

Die Geburt verläuft problemlos, einfacher als beim ersten Mal. Arnold und Annelie haben auf einen Jungen gehofft. Aber sie sind glücklich, das Kind ist gesund.

– Judith also, sagt Arnold.

Als er das Fenster in der früheren Außenwand zumauern will, die nun zwischen den Zimmern verläuft, entdeckt er in einem Hohlraum die etwas vergilbte, aber noch gut lesbare Zeitung vom Tag seiner Geburt. Oben, auf der ersten Seite, hat Hilding in Schönschrift vermerkt: »Meinen Söhnen Arnold, Rudolf und Winfried zum Gedenken«.

Arnold unterbricht die Arbeit, obwohl der Mörtel in der Wanne frisch angerührt ist. Er liest alle Artikel und ruft dann Rudolf an, um ihm von dem Fund zu berichten.

Dreißig Jahre alt ist die Zeitung jetzt. Er legt sie in den Hohlraum zurück. Und fügt die Zeitung von gestern hinzu. »Judith zum Gedenken« hat er auf die Titelseite geschrieben. Er mauert die letzten Steine in den Anbau.

❖

Mit dem Finger tippe ich gegen die Wand. Die Fläche, wo früher das Fenster war, klingt hohl. Irgendwo dort liegen zwei alte Zeitungen verborgen. Wer wird sie einmal finden.

Im Wohnzimmer ist es dunkel, die Heizung knackt. So warm war es im Haus schon lange nicht mehr. Draußen verhüllt Nebel die Bäume, die Lichter der Nachbarhäuser scheinen fern. Ich muß los.

Christian fällt mir ein. Sein Blick, als wir uns heute vormittag verabschiedeten. Er wollte meine Hand nicht loslassen, obwohl ich sagte, er könne morgen wiederkommen.

Morgen könnte ich tot sein. Oder im Gefängnis. Oder im Westen.

In Gedanken gehe ich noch einmal durch unser Haus. Alle Räume und die Dinge darin will ich mir ins Gedächtnis prägen. Bleiben wird mir nur, woran ich mich erinnern kann.

Im Korridor ziehe ich meine Stiefel an. Ruths Schlafanzug liegt neben der Eingangstür. Ich werde ihn nicht in die Mülltonne werfen, ich lasse ihn liegen. Ich lasse alles los.

Hoffentlich springt mein Motorrad jetzt an. Und die Straßen sind nicht gefroren, das Außenthermometer an unserem Küchenfenster zeigt drei Grad.

Ich rücke zwei Rotweinflaschen an den Heizkörper, nur für den Fall, daß ich zurückkehren muß.

Auf der Kellertreppe streift Stroh meinen Kopf. Vielleicht zum letzten Mal dieser unverkennbare Geruch nach feuchtem Ruß, die Wände, die Waschküchentür, ich streichle das Holz. Die Kohlen im Ofen sind noch nicht ganz zerfallen, sie sehen weich aus, sie glühen in den Farben von »Gloria Dei«. Mutter liebte diese Rosen, wir haben einige Stöcke davon im Garten. – Durch den Garten kann ich nicht mehr gehen, die Zeit ist zu knapp.

Wahrscheinlich reicht zum Schluß, egal wann man sich fertigmacht, die Zeit nie mehr aus, um sich zu trennen. Der Abschied hat immer schon stattgefunden, bevor er bewußt wird. Man kann nur so gehen, als würde man zurückkehren.

Wieder im Korridor, ziehe ich meinen Anorak an und blicke mich ein letztes Mal um. Im Schubfach des Schuhschranks liegt unser Skatspiel. Ich stecke es ein.

Als ich die Haustür hinter mir ins Schloß ziehe, weiß ich, daß ich mich nicht umdrehen darf.